JN166950

蒼碧の孤将

神石ノ記2

奥乃桜子

角川文庫
24496

神石ノ記2

目次

人物紹介

イラスト／夢子

ナツイ

神北《かみきた》の少女。
主《あるじ》と記憶を失い、隠密集団〈鷺《さぎ》〉に拾われた。

犀《さい》利《り》

東国出身の鎮兵。
戦場でナツイと出逢い、〈鷺〉の一員となる。

維《これ》明《あきら》

神北の侵略を目論《もくろ》む持節鎮守将軍。鬼神の如き戦いぶりで知られる。

弓幹《ゆがら》の本州とその周辺の島々

地図作成・デザイン／青柳奈美

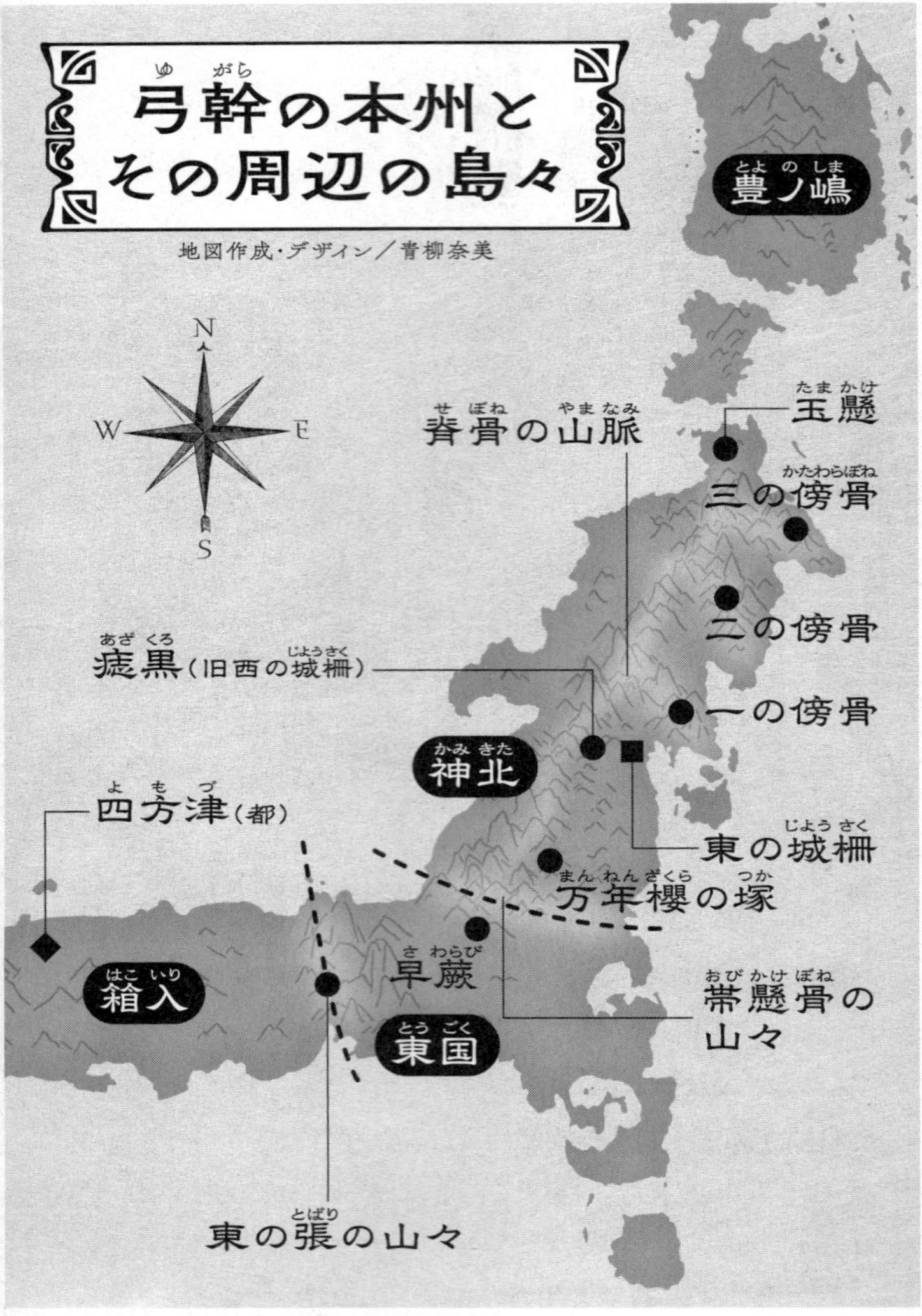

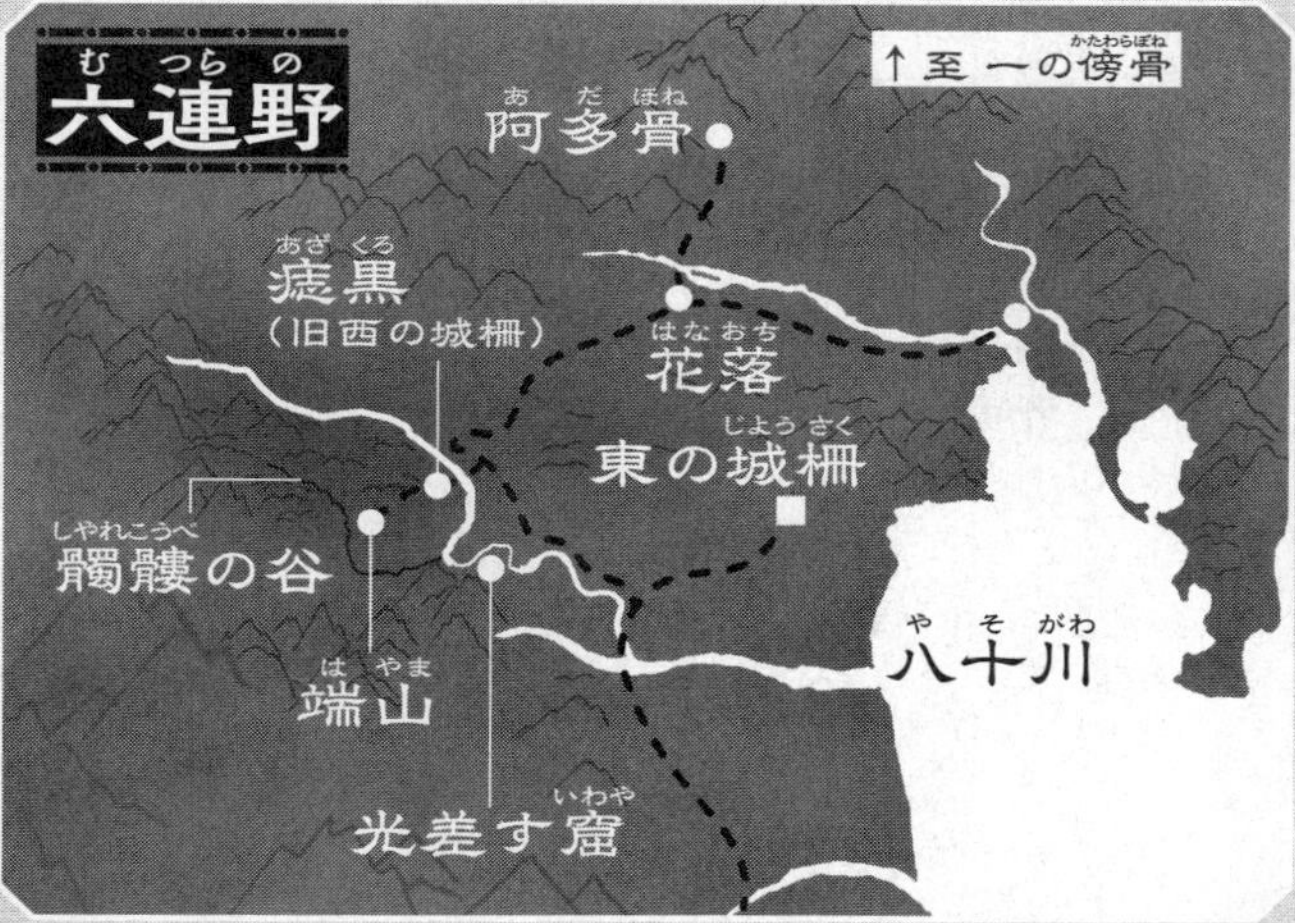
六連野《むつらの》
↑至 一の傍骨《かたわらぼね》
阿多骨《あだほね》
痣黒《あざくろ》
（旧西の城柵）
花落《はなおち》
東の城柵《じょうさく》
髑髏《しゃれこうべ》の谷
端山《はやま》
八十川《やそがわ》
光差す窟《いわや》

西の諸島
西国《さいごく》
尖《とがり》
西の張《とばり》の山々

京を去ること一千五百里
尖《とがり》の国の界《さかい》を去ること三千里
早蕨《さわらび》の国の界を去ること三百里

帯懸骨《おびかけぼね》の山々の北は、律と令の及ばぬ僻地《へきち》である。
民はいまだ王を戴《いただ》かず、首に大珠《たいしゅ》なる翡翠《ひすい》の飾りをさげている。
此《こ》の辺境を、在地の者は『神北《かみきた》』と称す。

皇尊《すめらみこと》の威光の外にある此の化外《けがい》の地に、なにゆえ神なる文字が冠されたか。
かつて石角生《いしづの》やしたおぞましき神が、此の地に『石』を携え降りたと謂《い》う。
神はひと振りの短刀を以《もっ》て『石』を十三に砕き、欠片《かけら》を各々の里長《さとおさ》に授けたと謂う。

そして予言《かねごと》す。

『石』を育てよ。
さすればいつの日か、十三のうち唯ひとつのみが世に残る。
其《そ》の『石』携えたる者こそ一なる王と成り、いかな国をもしのぐ安寧を民に与えよう。

在地の民曰《いわ》く、
石とはすなわち意思なり。
信念にして矜持《きょうじ》、教義にして理念なり。

それより此の地の民は、神より賜った石を奉じ、心に石を押し戴く。
目に見えぬ石を奉ずる証《しるし》として翡翠の大珠を首にさげ、
石こそまことの安寧をもたらさんと信ず。

此の狄地《てきち》は、神に賜りし石抱く地なり。
ゆえに神北と称す。

第六章　四方《よも》の朝廷

脊骨《せぼね》の山脈《やまなみ》から吹きおろす冷たい風が六連《むつら》の野を渡る夜、ナツイは怒りと悔しさを押しこめ維明《これあきら》の背を追った。

夜闇《よやみ》に紛れて維明が目指したのは、四方国《よものくに》による神北支配の中心にして、かつて維明自身が持節《じせつ》鎮守将軍として君臨した、東の城柵《じょうさく》だった。焼け落ちた西の城柵、つまりは今の痣黒《あざくろ》の『新宮《あらたのみや》』から、六連の平野を二十里ほど東に行ったところに広がる丘陵の端に築かれている。西には『新宮』のある丘と脊骨の山脈のごつごつとした影を望み、東に目を向ければ広大な海を眺め渡せる、まさしく神北が四方の朝廷に侵されつつある象徴のような場所だ。

星明かりすら雲に隠れる暗い夜だったが、維明の足どりに迷いはいっさいなく、日がのぼるころにはなんなく城柵近くの葦原《あしはら》まで辿《たど》りついていた。

きっとイアシは追っ手をかけただろうにその気配すら感じなかったのは、維明が官道ばかりか、神北の民がよく使う路《みち》までも慎重に避けたからだ。土地を知り抜いた足どりに、ナツイは認めざるを得なかった。この男は確かに、かつては神北の民だったのだ。

なのに故郷を裏切って、朝廷に仕えた。

暴虐なる将軍として神北に舞い戻ってきた。

胸が締めつけられたように苦しくなって、朝靄《あさもや》に浮かぶ維明の影から目を逸《そ》らす。

本当は、悪夢にすぎないと笑い飛ばしたいのだ。誰かがナツィを起こしてくれるはずだと信じていたい。

だが前をゆく犀利《さいり》そのものの男の横顔に、ナツィの大切なひとのやわらかな面影が欠片《かけら》もないのを見せつけられるたび思い知らされる。淡い期待は打ち砕かれて、息ができなくなる。強烈な怒りがこみあげて、暴れだしたくなる。

握りしめて落ち着こうにも、もう胸に白い石はなかった。維明に奪われてしまっていた。心細さに耐えられず、だからこそナツィは進んで怒りに身をゆだねた。そうだ、奪われたのだ。すべての元凶はこの男だ。

全部、お前のせいなんだ。

心の中で責め続けながら葦原を進むうち、靄のなかに田畑の形が朧《おぼろ》げに見てとれるようになった。ついにはうっすらと、朝廷風の板屋根の家々が浮かびあがる。城柵の門前に広がる町並みだと悟り、ナツィはいよいよ覚悟した。道中、維明がすこしでも気を抜いた瞬間に襲いかかろうと気を張りつめていたのに、結局一瞬たりとも隙などなかった。こうなってはもう、城柵に至るまえには犀利を取りもどせそうにもない。

「城柵の者には、俺は『鷺《さぎ》』に捕らえられていて、お前の助けを得て脱したのだと説明する。話を合わせろ」

『鷺』の隠れ里を出てこのかたナツィに目すら向けなかった維明が、低く口をひらいた。

いまや神北文様の入った帯を解《ほど》き、漆黒の衣もうち捨てている。その姿はどこから見ても四方の男で、神北の民ではない。ナツィの犀利でありはしない。そう確認して救われて、同時に憎しみが膨れあがる。

「そんな嘘はつきたくない。神北の敵であるお前に与《くみ》しただなんて」

「笹目《ささめ》や子らを助けたくないのか？」

「それとこれは別だ。城柵の奴らにお前の潔白は証言してやる。お前は『鷺』に捕まっていて、どうにか逃げだしたんだって。お前は神北の敵だ。だけどわたしが自ら望んでお前や朝廷を助けたってことには絶対にしない。お前になど協力しなければ、あんな悲しい最期を迎える必要もなかったのに」

唐突に維明は立ちどまり、鋭くナツィを睨《ね》めた。激しい憤りが瞳《ひとみ》の底に燃えている。

それでもナツィは退かなかった。睨《にら》みかえしてやった。なにもおかしなことは言っていない。維明は、『受けいれる』という美しい石を抱いた阿多骨《あだほね》に取り入って、神北支配の足がかりとして利用したのだ。

やがて維明はふいと顔を背け、再び歩きだした。

「俺の潔白を証《あか》す気があるのならばそれでいい」

声は淡白で、怒りどころかなんの感情も窺《うかが》えない。ことごとく自分の中に押しこめることに、この男はずいぶんと長《た》けているようだった。きっとそうしてほしいものを手に入れてきたのだと思うと、薄気味悪く、おぞましかった。

日が昇り、あたりを呑《の》みこんでいた靄がみるみる晴れてゆく。路の左右に並ぶ板葺《ぶ》きの家々がはっきりと立ち現れるにつれ、この城柵の門前が想像していたよりもはるかに大きな町だと悟って、ナツィは動揺した。進むほどに家々の数はますます増え、路自体も大きく、整備されたものに変わっていく。

立派な路や建物の多くはいまだ普請中ではあるものの、それすら町の勢いを示すものにしか思えなかった。西の城柵が焼け落ちてから本格的に神北行政の中心として機能しはじめたから、ここに人が集まりはじめて数年しか経っていない。

——それでもこれだけ賑《にぎ》わっているなんて。

ナツィが知る神北の里でもっとも栄えているのは、痣黒の『新宮』だった。だがこの東の城柵の前に広がる町並みは、すでに『新宮』より大きく立派ではないか。板を葺いた建物など、『新宮』ではエツロの館《やかた》をはじめ数えるほどしかないのに、ここにはそこかしこに並んでいる。

しかしなによりナツィが信じがたかったのは、その普請に、多くの神北の民が参じていることだった。

「なぜ神北の民が、朝廷の砦《とりで》を建てているんだ。脅してこき使っているのか?」

つい独り言をつぶやくと、

「まさか。相応の対価を払っている」

と維明は平淡に返してきた。平淡ではあったが、答えが返ってくるとは思ってもみなかったから、ナツィは内心ひどく驚いた。

「表向きは朝廷に媚《こ》びへつらっているエツロなど、条件のよい普請を数多《あまた》請け負ってずいぶんと潤っているはずだ」

そもそも、と維明は、大きな木槌《きづち》を持ちあげては振りおろして土塁を突き固めている人々に目をやる。

「ここで普請に従事している神北の民は、鎮軍の庇護《ひご》を求めて城柵の周囲に移り住んだ者ばかりだ」

「庇護？」ナツィは耳を疑った。「神北をおびやかすための砦に、神北の民が庇護を求めてくるものか」

「珍しくもないが。鎮軍の目の届く場所にいれば、他の部族に襲われずにすむ」

「……嘘だ。神北の民が、神北を侵す鎮軍に守られるなんて」

だが実際の光景を目の当たりにすれば、黙りこむほかなかった。

方形を好む四方の都市らしく、すべての路はきっちりと縦横に交わっている。そのどの小路からも、のどかな朝の音と匂いがする。挨拶《あいさつ》を交わす声、水浴びの音、釜《かま》で米を炊く香ばしい香り、革をなめし、漆を扱う独特の匂いも漂《ただよ》う。すべての音と匂いのさきに、移民である柵戸《さくこ》に交じって楽しげに暮らす、大珠を抱いた神北の民の姿があった。

「栄えているだろう」

言葉もないナツィに目すら向けずに維明は言った。「だが燃え落ちた西の城柵がかつて誇った繁栄は、この比ではなかったという。城柵の南門から大路を見渡せば、柵戸も神北の民も相交じり、おびただしい人々がゆきかい、大小の家々の門塀がずらりと建ち並び、活気に溢《あふ》れた声がほうぼうから聞こえてきて、小さな都のように見えたと聞く。一夜にして灰燼《かいじん》と化してしまったが」

「いい気味だよ」とナツィはうつむいた。「どうせお前たちが神北から吸いあげた富がもたらした、偽の繁栄だ。よそ者と裏切り者の寄せ集めがどうなろうと構わない」

「……やはりお前は、なにもわかっていないのだな」

「なにがだ」

思わず問い返せば、維明は立ちどまった。含みのある表情をのぼらせ、ナツィに身体を向ける。

「お前はかつての自分を覚えていない。故郷の里がどこにあったかも、一族がどの『十《じゅう》三道《さんどう》』と懇意にしていたかも、部族の名すら記憶から抜け落ちてしまっている。だがそれでも、自分が誰だったのかと考えたことくらいはあるだろう」

唐突な問いにかすかな戸惑いと苛立《いらだ》ちを感じながらも、ナツィは答えた。

「もちろんある。たぶんわたしは新興部族の出身だ。そして四年前、花落《はなおち》の大乱で、花落や『鷺』とともに征討軍相手に立派に戦った。だけどお前に里ごと燃やされたんだ。幼子も、戦えない者もひっくるめて灰にされた」

ありったけの怒りを込めたというのに、維明は黙っている。ナツィは知らず胸に手をやった。やはり白い石は、支えの大珠はない。心細さを追い払えない。

「なぜ黙っているんだ、鬼将軍。言いたいことがあるならはやく言え」

「お前は波墓《なみはか》の神石を――大珠にしていた白い化け物石を、逃げこんだ砦の焼け跡から拾った。そうだな」

「それがどうした」

「ならば教えてやろう。波墓の神石《かみいし》が埋まっていたのは、かつて波墓の里があった地だ。波墓の里が滅びたのち、朝廷は跡地に砦と政庁を造った。それが西の城柵《じょうさく》で、四年前に再び焼け落ちた」

「……なにが言いたい」

「お前の住んでいた里を――いや、西の城柵とその庇護のもとに暮らしていた人々を焼いたのは、俺ではない。朝廷の軍ですらない。『鷺』だ」

ナツイは目を見開いた。この男は、なにを言っている。

『鷺』は当時から暗躍していた。朝廷に叛旗《はんき》を翻した花落の部族と共謀して、征北大将軍だった縛北《ばくほく》将軍、枯松宮《かれまつのみや》もろとも西の城柵を焼き払った。そのときに、周囲で暮らしていた部族や柵戸の多くも犠牲になった。つまりお前が守りたかった『若』は、『鷺』に殺された。お前の仇《かたき》は俺でも朝廷でもない。『鷺』だ」

「……嘘だ」

ゆるゆると、次第に激しくかぶりを振る。嘘だ、嘘に決まっている。

「シキさまは、敵は朝廷だと言っていた。『若』を殺したのはお前、維明だと」

「おそらくシキは、あえて嘘を教えこんだのだ。仇は俺と朝廷だと、朝廷に戦いを挑んでこそ、神北を守ることができると――」

「嘘だ！」

すべてを脊骨の山脈の向こうに吹き飛ばしたかった。だが維明の表情は変わらない。

いっそ嘲笑《ちょうしょう》してくれればいいのに。

やがてナツイは、乾いた笑いを漏らした。

「別にわたしは、里を焼いたのが『鷺』だろうと構わないんだ。昔なんて気にしない、忘れてしまったからな。だいたいわたしの一族が浅はかだったんだ。城柵なんかに身を寄せて、敵に守ってもらおうなんて。そりゃ『鷺』に焼かれたって文句は――」

「そうしてシキに抱えこまされた石に縋《すが》らないと不安か？　あれだけ『鷺』のありかたを否定したというのに、その追い求める夢そのものは信じずにはいられないのか？」

「……なにを言っている」

「わからぬならはっきりと教えてやる。お前は、己の一族は間違っていた、ゆえに殺されて当然だったと嗤《わら》っている。かつて恐れた、変わってしまったイアシと同じことを言っている」

ナツイは息をとめた。冷ややかな維明の横顔が、すっかりのぼった日に照らされている。それを見つめるうちに、どろどろとした怒りが噴きあがってくる。

「……お前に言われたくない。シキさまや伯櫓《はくろ》さまとなにがあったか知らないが、故郷を裏切って敵の先鋒《せんぽう》に収まったお前に、朝廷の支配に抗《あらが》おうと立ちあがった同胞《はらから》を殺したお前にだけは言われたくない！」

わかっている、言うとおりなのだ。故郷を否定し、父母を嘲《あざわら》笑っているナツイは、あの日のイアシとまったく同じだ。だからこそ、維明にだけは抉《えぐ》られたくない。

「そうだろうな」

維明はあっさりと同意すると、いなすように身を翻した。

「待て、話は終わっていない！」

「あとにしろ。もうすぐ城柵の南門が見えてくる」

振り返りすらしない。それにナツイは憤慨して、そして突然、維明がこれほどナツイの過去に易々と踏み入るわけに気がついて青くなった。そうだ、この男は全部覚えているのだった。ナツイが犀利へ明かした身の上話を、ひとつ残らず鮮明に記憶している。

わたしのすべてを、握っている。

腹の底がぞっと冷たくなった。こうしてはいられない、すべてを暴かれるまえに早く、一刻も早く神石を奪い返さねば。犀利を取りもどし、ふたりでどこか——朝廷も『鷲』もいないどこかへ逃げなくては。

焦る心と裏腹に、大路のさきにはいよいよ城柵の入口、そびえ立つ朱色の楼門が現れる。門の左右には土塁が築かれ、さらにその上に白い築地《ついじ》塀《べい》が建造されている。見渡す限りにまっすぐ続き、周囲を威圧している。

人が造ったとは思えないほど巨大な門と壁。

おのずと身が震えて、恐怖にも似た緊張が身を覆っていく。それは、はじめて六連野《むつらの》の拓《ひら》けた場所から脊骨の山脈の山容を見あげたとき、知らず湧きあがった畏《おそ》れと同じものので、だからこそ懸命に振りはらった。維明に悟られてなるものか。

とうの維明はナツィになど目を向けず、背を正し、堂々と門へ近づいていく。南門の警邏《けいら》の兵は死んだはずの維明だとすぐに気がつき、門の周りは騒然となった。

気取った絹の官服に石帯《せきたい》を締めた官人が幾人も慌てふためき駆けてきて、維明に矢継ぎ早に質問を投げかける。維明はすべてにすらすらと答えてみせた。地滑りで死んだ副将軍が、自身と間違えられたらしきこと。維明は『鷺』に捕らえられていたが、ナツィの手助けにより脱したこと。その際『鷺』の隠れ里のひとつを燃やし、軍師を名乗っていた伯櫓の首をとったこと。

ナツィは官人が腰に締めた石帯をじっと睨《にら》んだまま、維明の言葉が真実であるとだけ証言した。一度も目をあげなかった。鎮軍の兵も、政庁の官人も、長年敵とみなしてきた者ばかり。吐き気がした。それでも、なぜ維明を助けたのかとしつこく尋ねられたからこう言った。

「『鷺』を脱したかったからだ。『鷺』の追い求める崇高な夢に、ついていけなくなった潮時だったんだ」

嘘ではなかった。

ナツイが『鷺』の一員であると聞いた官人たちは色をなした。朝廷側からすればにっくき敵だから当然だろう。だが維明は、ナツイは下働きの娘にすぎないと嘘をついて庇《かば》った。ナツイは耳を塞《ふさ》ぎたかった。

やがて官人たちは、ここに現れた維明が確かに本物であると結論づけたらしい。ようやく門の中へと通される。城柵の外側から続く大路は、門の内側をも貫き丘陵の頂《いただき》へ延びているらしいが、中腹にはまた朱塗りの門と築地塀があって、路と景色を遮っている。城柵の中心にある政庁は、門と塀が作る方形に幾重にも囲まれているのだ。方形のなかにまた方形。四角四面に囲まれたうちにさえいれば守られる。

傾斜がきつくなり、坂道はゆるやかな階《きざはし》に変わった。ナツイはただ前を睨んで、一心にのぼっていく。白木の官衙《かんが》から鈴なりに顔を出している官人が、どんな表情でナツイや維明を見ているかなど興味もなかった。たいした丘でもないのに息が切れる。押しつぶされるな、と自分を叱咤《しった》する。

ふたつめの門がひらき、内側に足を運んだ。ここが東の城柵の中心、政庁だという。鎮軍のみならず、神北統治を司《つかさど》る按察使《あぜち》の本拠でもある。すべての建物が見あげるように大きく、鮮やかな朱色に塗られている。溢《あふ》れる朱の色は、糸彦《いとひこ》の腕を彩っていた文様を思い出させる。つい足がとまりかけて、ナツイはうつむいた。

「ここよりの受け答えはすべて俺がする。お前はなにを言われようと黙っていろ」

途中の官衙で袍《ほう》をまとって冠を戴《いただ》き、すっかり四方の高官そのものの姿となった維明は、すこしも足を澱《よど》ませず政庁の門をくぐった。

「……わかった」

維明は表情をころしつづけているが、内心では我が城に戻れて嬉《うれ》しいのだろうとナツイは思っていた。違いない、この男は鎮軍ばかりか按察使すら務めていた。いわばこの城柵全体が維明のものといっても過言ではなかったのだ。

「いや驚きました維明殿、生きていらっしゃったとは！」

中心にあるひときわ大きな建物に入るや、維明よりは年上の、それでも若い男が維明を笑顔で迎えた。維明のあとに鎮守将軍を拝命した浜高《はまたか》だ。

「維明殿と、副将軍であった我が兄山高《やまたか》を同時に亡くし、どうしたものかと途方に暮れていたのですよ。まさかあの奇襲を経て生き延びられ、戻って来てくださるとは」

「その節はご負担をおかけして申し訳ございませんでした、浜高殿」

維明の受け答えは思いもかけず慇懃《いんぎん》で、ナツイは驚き、そして落胆した。この裏切り者は、朝廷の官人にはこんなふうにへつらうのか。神北の同胞を顔色ひとつ変えずに斬り捨てていたのに。

「ちなみに兄は、まことに亡くなったのですよね？」

念押しのように尋ねる浜高に、ええ、と維明は神妙にうなずいた。「山高殿はまことに残念でした。連れて帰ることができず――」

「いえいえお気になさらず！　むしろ胸がすきました。こう言ってはなんですが、瘤《こぶ》が今さら帰ってきても困るものですから」

と浜高は、にこにこと自分の瞼《まぶた》の上を指差した。それから維明の顔を、物珍しい文物でも眺めるように見やる。

「しかし維明殿のお素顔、久方ぶりに拝見いたしましたが麗しゅうございますねえ。すっと通った鼻梁《びりょう》、桃実のように整っているにも拘《かかわ》らず眼光鋭き両の瞳《ひとみ》、絹のごときめの細かい、いかにも化外《けがい》の民らしき肌もお美しい。さすがは斎宮さまのご寵愛《ちょうあい》深い御方。聞き及ぶに斎宮さまは、あなたさまのその美貌《びぼう》をことさら好まれておられるとか。それゆえむくつけき化外の民であるあなたさまを、ご自身の養子にお迎えされたそうではありませんか。やはりこのたびも、山猫のごとく手に負えない『鷲』の娘を、その美貌をもって手なずけたのでしょうね？」

ナツイを値踏みするように一瞥《いちべつ》すると、浜高は返答も待たずに続けた。

「それとも化外の血同士、相通ずるところがあるのでしょうか。いやうらやましい、わたしはやはり都の女でなくては。女は見目も大事ですが、話が合わねば長続きしません。この化外の地には、女の形《なり》をしたものは多くおりますが、まことの女はおりませんから」

こちらこそ願い下げだ、とナツイは拳《こぶし》を握りしめた。この男は、神北の民を『化外の民』と呼ぶ。化外とは、『王化の外』という意味だ。皇尊《すめらみこと》の威光に額《ぬか》ずいた、いわば朝廷の石を心に抱いた者が『王化の民』と呼ばれる。神北の民はその外、朝廷の石を心に抱かぬ愚かで粗野な民だと蔑《さげす》んでいる。

浜高を睨みつけるナツイに気づいたのか、維明はあからさまに話を変えた。

「ところで都といえば、征討の軍はいつ遣わされるのですか」

「それが揉《も》めているようで、いまだ軍を率いる大将軍さえ決まっておらぬようです。しかし安心召されませ、むろん我ら在地の鎮軍は、維明殿の仇《かたき》をとるべく、楯突《たてつ》く化外の民を厳しく取り締まっておりましたよ。けっして勝手はさせておりません」

「……我らに協力を惜しまなかった阿多骨の部族は滅びたと聞きました」

「ああ！　そうでした。ですが問題はございませんよ、阿多骨が滅びようと、この城の普請に滞りなどございません。実はわたしは痣黒の部族と懇意にしておりましてね。阿多骨に預けていた郡領の地位も、痣黒のエツロに授けて恩に着せようかと考えているのです。エツロは感極まって、ますますわたしに尽くすようになりましょう」

「それはよきことです。しかし痣黒を重用しすぎるのもいかがなものかと忠告いたします。神北は古来、数多《あまた》の部族が並び立つ地。ひとつの部族に力を持たせすぎては、いらぬ混乱を招きましょう」

穏やかに返すばかりの維明に、ナツイは顔をしかめた。なにを言っているのだ。『鷺』を裏で糸ひいているのがまさにそのエツロなのだと、痣黒こそが鎮軍の敵だと真実を明かせばよいではないか。なぜ隠す。

「なるほど、化外出身だからこそのご忠告、痛み入ります」

丁重に礼を言った口で、そういえば、と浜高は得意げに顎《あご》を持ちあげた。

「維明殿は、痣黒を操るのに難儀されておりましたよね。あなたほどの御方が手こずるとは不思議で仕方ありません。なにも難しいことなどないのですよ。化外の民などしょせんはこの神北しか知らぬ田舎者。将軍のひとりふたりは殺せようと、国の行く末になど思いも至っておりません。褒めてやれば喜んで尻尾《しっぽ》を振り、我らに尽くすようになるのです」

なにをわかったような戯《ざ》れ言《ごと》を。

怒りに震えるナツイをよそに、「なるほど」と維明は微笑んだ。

「さすがは浜高殿でございますね。そのご深慮、わたしのような浅はかな化外の民には到底及びもいたしません」

「ご謙遜《けんそん》を。維明殿も、化外の民ご出身としてはなかなか賢くいらっしゃる。斎宮さまのご眷顧《けんこ》を賜ってのめざましいご出世など、とてもわたしには真似できません」

ナツイはますます腹が立ってきた。話の詳細はよくわからない。だが浜高が、維明を馬鹿にしているのは理解できる。神北の出身だからと蔑んでいるのだ。

なぜ維明は言いかえさない。『鷺』をあとすこしのところまで追いつめたのは我なりと。

だが維明は、笑みさえ浮かべてへつらうばかりだった。

「お恥ずかしい限りです。その浅ましさを恥ともせずにお願い申しあげますが……」

「どうぞなんでもお話しくだされ。わたしでよいなら助力いたしましょう」

「阿多骨の治めていた里に、わたしが目をかけていた女が数名残っております。エツロに奪われるまえに別の地へ移したく考えているのです」

「ああそういうことなら」と浜高はさもわかったような下卑《げび》た顔をした。「どうぞご勝手に連れてゆかれよ」


浜高のもとを辞した維明は、振り返りもせずに政庁を離れると、その日の宿舎として宛《あて》がわれた白木の柱が並ぶ板敷の曹司《ぞうし》に入り、届けられていた御膳《ごぜん》の前に座った。御膳はナツイのぶんもあったが、ナツイは近寄りもしなかった。部屋の端に座りこみ、維明を睨んでいた。

「食わないのか」

「敵と膳を囲むわけがない」

そうか、と維明は箸《はし》をとる。口にしかけて、結局食べずに椀《わん》を置いた。

「言いたいことがありそうだな」

「……なぜあれだけ馬鹿にされて平然としている。なにも言いかえさないどころか、へらへらとへつらっていた」

「あえて馬鹿にさせたからだ。阿多骨の遺児を、『鷺』の影響が届かない遠い地に移してもいいという許しがほしかった。だから心地よくさせてやった」

「許しなんて必要ないだろう。お前は鎮守将軍で、あいつはその配下にすぎない」

「今は違う。もはや俺は、浜高も鎮軍も動かせる立場にない」

維明はひんやりと続けた。

「これで笹目たちを東国へ向かわせてやれる。帯懸骨の山々の南端に、南に長く裾野《すその》をひいた山がある。その麓《ふもと》に、立派な郡司が治める美しい土地があるのだ。そこならば幸せに暮らせるだろう」

維明は甘んじて嘲笑《ちょうしょう》を受けいれたのだと悟り、ナツィは黙りこんだ。すべては阿多骨の遺児のためか。信じて協力してくれた部族をその手で皆殺しにしてしまった罪滅ぼしのつもりか。そう思ったが言えなかった。ナツィがそんな刃《やいば》を向けてよいはずもない。

それに認めたくはないが、ナツィは確かに胸をなでおろして、感謝していた。これで笹目たちは、あのかわいらしい子どもたちは怯《おび》えずにすむ。ゆっくりと眠って、おいしいものをたらふく食べて、心を癒《い》やすことができる。

――よかった。

維明は碧滲《あおにじ》む瞳をちらとナツィに留めた。見透かされたような気がして、ナツィはそっぽを向く。

「じゃあ痣黒が『鷺』と一心同体だと明かさなかったのも、浜高を動かせないからか」

「それもある。あの男は痣黒から金《きん》や駿馬《しゅんめ》をたんまりと恵まれている。知らせたところで動くわけもない」

「だったらお前が、勝手に鎮軍を使えばいい。お前をあれだけ信奉しているんだから、討てと命じれば動くはずだ」

政庁を出ると、維明の帰還は鎮兵たちにも知れ渡っていた。それでこの館《やかた》に至るまで、維明は幾度となく囲まれたのだった。みな熱っぽい目をして、口々に言っていた。維明さまがご存命で本当によかった。鎮守将軍としてお戻りになる日を心待ちにしております。あなたさまこそ我らが将軍にふさわしい。

あれほど望まれているのならば、維明が討てと命ずれば、みな嬉々《きき》として従うに違いない。

だが維明は、否と冷たくかぶりを振った。

「鎮兵は、自分たちが生きて兵務を終えるためには、浜高より俺のほうがましと考えているにすぎない。浜高は都にいる有力者におもねって将軍の位を手に入れたさもしい男だが、朝廷の権威を背負っているのは事実。俺がその権威に背いたところで、ついてくる者はいない。そもそも、兵に望まれることにはなんの意味もない。物事の多くは数多の下々ではなく、選ばれし幾人かが決めるものだ。都から一歩も出たことがないくせに、国のすべてをわかっているつもりになっている愚か者がな」

そしてナツイを正面から見つめた。険しい視線は、お前もまた同じと糾弾しているようだった。神北から一歩も出たことがない、神北しか知らない愚か者。

「逆に言えば、だからこそ朝廷の愚か者へ媚《こび》を売る意味もある。ゆえに俺はこれからも彼奴《きゃっ》らにへつらい続けるだろう。都人に嗤《わら》われようと、お前たちに裏切り者と誹《そし》られようと構わない。必ず将軍職に返り咲く。そのために使えるものはみな使う」

言い切るや御膳を端にやり、口の端を引き結んで、携えてきた物をひとつひとつ取りだし検《あらた》めはじめた。ナツイから奪った波墓の神石を首にかけ、目立たないように衣の下にしまいこむ。糸彦の帯を小さく巻いて、懐の奥深くに収め直した。

そしていつでも腰に差している、いたく古めかしい早蕨《さわらび》型の短刀。鋼の刃《やいば》に指を滑らせる。幾度も幾度も切れ味を確認する。決意を固く塗り重ねてゆくように。

ナツイはその仕草から、どうしても目が離せなかった。心の底にあったざわめきが膨らんで、無視できないほどうるさくなって、とうとう問わずにはいられなくなった。

「お前はなぜ、そこまでして将軍であることにこだわるんだ。なんのために、神北を捨ててまで朝廷に与《くみ》している」

昨夜からずっと、ナツイは怒っていた。それでいて戸惑い、動揺していた。維明は四方の進んだ政治のありかたに心服しているからこそ、遅れた神北を導いてやろうとでも驕《おご》っているのかと思えばまったく違う。地位や富に目が眩《くら》んでいるわけでもない。冷めた目で見つめている。朝廷も朝廷だ。維明をよっぽど重んじているのかと思えば、明らかに見下げているではないか。

ならばなにが維明に、同胞《はらから》へ太刀を振るわせている。故郷を捨てて、裏切り者として生きさせている。どんな石がこの男を衝《つ》き動かしている。

わからない。それが怖くて仕方がない。

「復讐《ふくしゅう》か？　お前の部族を滅ぼしたシキさまを殺すために、朝廷に魂を売って――」

「そうだ」

　と維明は嚙《か》みつくように答えた。「波墓の部族を裏切り、故郷を焼いたシキを殺す。どこまでも追いつめて、この手で討つ。そのための力が必要だった。地位と武力が」

「私怨《しえん》を晴らすために故郷を裏切って、同胞殺しに手を染めたっていうのか。自分の復讐さえできれば、神北はどうなってもいいのか。自分のことしか考えていないのか？」

「エツロもシキも、自分のことしか考えていない」

「ふたりは、神北を守ろうとしている！」

　維明は刃《やいば》を辿《たど》る指をとめた。短刀を腰に差し、ひと息に立ちあがった。

「ゆくぞ」

「……どこに」

「都だ。明朝発《た》つつもりだったが、御膳に毒を盛られているようだからな。浜高は俺に生き返ってほしくはないのだろう」

「朝廷は、味方に毒を盛るのか」

「たいしたことではない。同胞を殺して回る『鷺』と同じだ」

「一緒くたにするな！　『鷺』には……夢があるんだ。わたしはもう追い求められないけれど、それはわたし自身の問題で、やりかたはどうあれ、神北に一なる王を立てて、四方の朝廷を退けるという夢自体は正しいはずだ」

「本当に、四方の軍勢を排除できるのならばな」

「できるに決まっている。征討軍が来れば、神北の民は団結するんだ。エツロさまを一なる王として戴《いただ》いて——」

維明はナツイの胸ぐらを摑《つか》み、低い声で言った。

「お前はなにもわかっていない。たとえエツロが信じがたいほどうまくやり、神北が完全にひとつになって立ち向かったところで、しょせんは神北。朝廷とは擁する土地の広さも、民の数もかけ離れている。征討軍を返り討ちになどできるわけがない。すべてを踏みにじられ、土地を追われ、伝統も矜持《きょうじ》も失うだけだ。ひとつの石も残らぬまで、ひたすらに蹂躙《じゅうりん》されるだけだ」

「そんなわけは……」

「絶対に勝てない。嘘だと思うのなら、自分の目で確かめてみればいい」

維明の瞳《ひとみ》の奥で、なにかが燃えさかっている。ナツイに訴えかけている。

急にナツイは恐ろしくなった。蹂躙される？　まさか。王さえ立てば、神北の諸部族はひとつの石の下に団結する。団結さえすれば、朝廷など追い返せる。そう誰もが信じてきた。それが追い求めてきた夢だ。痣黒の石に誓った、理想の夢だ。

そのはずだ。

「わたしは、行かない」

小さく首を横に振って後ずさる。掠《かす》れる声で拒絶する。「今ここで、波墓の神石を奪ってやる。そして犀利と神北に残るんだ。わたしは神北を離れない」

「朝廷を知るのが怖いのか？　愚か者のまま死にたいのか」

「そうじゃなくて――」

「出立する」維明はナツィの手首を握り、強く引いた。「気づかれるまえに神北を離れなければ」

「いやだ、わたしは置いていけ！」

「犀利を見捨てるのか」

「そうじゃない」そうじゃないけれど。

ナツィにはどうしても理解ができなかった。

「なぜお前はわたしを連れ回そうとするんだ。笹目たちを助ける算段はついたし、お前の潔白だってちゃんと証言した！　これ以上わたしを近くに置いたところで、お前に得なんて欠片《かけら》もないはずだ。なのに」

自らナツィを連れ歩かずとも、東の城柵《じょうさく》に閉じこめておけばよいではないか。一度は自分を殺した女の顔など見たくもなかろうに。本当は殺したいほど憎んでいるのを、武人らしい尋常ならざる我慢強さでねじ伏せているだけのくせに。

なのになぜ、ナツィを手放さない。これほどまでに強く腕を握りしめている。

「なぜ、か」

ナツイを引きずるように歩いていた維明の鋭い視線が、肩越しに突き刺さる。

「知りたいのか？　お前の石はお前に、『なぜ』と問いを発することを許すのか」

「それは」

触れられたくないところを迷いなく抉《えぐ》られて、言葉が出てこない。

――お前は考えずともよいのだよ。

――考えず、ただ守ればよいのだよ。

「……であれば俺も、今は言えぬな」

沈黙を答えと受けとったのか、維明は再び背を向けた。

「ゆくぞ」

固く握られた拳《こぶし》を、ナツイは振りはらうことができなかった。

徒《かち》で冬迫る万年櫻《まんねんざくら》の塚《つか》を越え、早蕨の平野に出ると、脊骨の山脈はすっかり帯懸骨の山々の向こうに隠れてしまった。いくら北へ振り返ろうと目をこらそうと白き頂《いただき》すら窺《うかが》えないことに、ナツイは凄《すさ》まじい衝撃を受けた。あれだけ大きな山脈なのだから、ひらけてさえいれば、弓幹《ゆがら》の本州のどこからだって見えるはずだと信じていたのに。ナツイは、故郷との唯一のよすがを突然失ってしまった心細さのなか進まねばならなかった。

せめてもの支えにしようとした帯懸骨の山々ですら、街道沿いに数里ごとにある朝廷の駅家《えきか》で宿をとり、馬を借りての道行きになってからは、あっという間に背後に去っていった。それでもまだ四方津《よもづ》の都なるものが見えてこないことに、ナツイは恐怖を抑えられなかった。弓幹の本州とはどれほど広いのだろう。この男はどれだけ遠くの国へ去り、再び神北に戻ってきたというのだろう。

維明はなにも教えてはくれなかった。

それどころか道中、ほとんど口を利きすらしなかった。どこにいても気を張りつめて、感情を押しこめた冷ややかで隙のない横顔しか見せず、ナツイにひとつの興味もないようにふるまっていた。

だからナツイも犀利の面影から顔を背けて、ただただ自分に言い聞かせていた。準備していたといってもいい。都なんて、どうせ取るに足らない場所に違いないんだ。おそらく東の城柵をすこし大きくしたようなものだ。『新宮』より栄えているのも当たり前。驚くものか。

だが険しい東の帳《とばり》の山脈をようやく越えて、永遠に終わらないのではとすら思えた冬の枯れ林のさき、都が横たわる箱入《はこいり》平野にいよいよ踏み入ったとたん、ナツイの足はぱたりととまってしまった。

広がる田畑のはるかなさきに、豆粒のように小さな朱色の塊がぽつりと見える。陽光を受けて光り輝いている。あれはなんだ。まさか都の門ではないだろう。都まではまだ一刻以上はかかるのだから。

都の近隣にある、別の里の門に違いない。まずはそう思いこもうとした。しかしどれだけ進もうと、それらしき里にも、門自体にも辿りつかない。朱色の楼門はいまだはるか彼方《かなた》にあり、ナツイの怯《おび》えなど素知らぬ顔で、近づくほどに大きさを増していく。ほどなく東の城柵の南門と同じ程度になり、すぐに抜き去って、とうとう辿りついたときには、信じがたいほど巨大な楼門と化してナツイの前に立ちはだかった。

あまりの偉容に、ナツイは天を仰いだまま動けなくなった。今にも門が自分に覆い被《かぶ》さってくる気がした。押しつぶされて死んでしまう錯覚が、錯覚とは思えないほど鮮明に脳裏をよぎる。

そして巨大なのは門ばかりではなかった。天を貫く朱色の門の左右には、身ふたつぶんは高さのある大垣の塀が延々と続いている。ここは四方の都なのだから、当然あの大垣は都全体を方形に囲いこんでいるはずだ。なのにひたすら目をこらしても、四隅に必ず据えられているはずの、四方印を染め抜いた流旗《ながればた》の影すら見つけられない。

とすればこの大垣は、この都は、どこまで続いているというのか。

「この門の中が四方の都か。これが、全部……」

やっとつぶやいても、維明は「そう、都なるものだ」と素っ気なく返すばかりだった。

「俺の館《やかた》に向かうから、おとなしくついてこい。絶対に市中で騒ぐな。庇《かば》い立てできなくなる」

釘《くぎ》を刺されなくとも、暴れる気力も余裕もなかった。門をくぐり、都を貫く大路へと足を踏み入れる。まっすぐな路《みち》がどこまでも続く。その路が交差して、数え切れないほどの辻《つじ》が現れる。路の左右には門塀と門に囲まれた家。家、また家。蟻のように人が溢《あふ》れてゆきかう。ナツィのことなど誰も見ていない。

維明の館だというとてつもなく立派な屋敷に着いたころには、ナツィは深く打ちのめされていた。

維明の帰還はあらかじめ知らされていたらしく、家人が総出で出迎える。喜びの涙を流す見知らぬ都人を横目に、宛《あて》がわれた一室に引きこもり、膝《ひざ》を抱えて強く目をとじた。

あの男の言うとおりだ。

でも認めたくない。認められない。どうしたらいい。

しばらくして、御簾《みす》の向こうから維明の声がした。

「都をどう思った」

「……肥え太った、醜い町だ」

ナツィは膝を抱えたままつぶやいた。本当の気持ちなど知られたくもなかった。

「美しいとは露ほども思わない。どれだけ巨大で栄えていようと、道行く人々が幸せそうに見えようと、その糧は全部、神北や東国みたいな辺境から奪ったものだ。自分たちだけ気持ちよくなっているくせにわたしたちを見下して、それがおかしいと気がつきもしていない愚劣な奴しかいない」

最後のほうは吐き捨てた。なのに維明は、怒りも呆《あき》れもしなかった。

「そのとおり。だからこそお前も、この都を作りあげた朝廷がいかに力を持っているのかをおのずと理解したはずだ」

「……なにが言いたい」

「勝てない。そう悟っただろう」

ナツイは唇を噛みしめた。急所を抉られたような気がして、本当は喰《く》ってかかりたかった。だがそんな気力も残されていない。

そうだ、この仇敵《きゅうてき》の言うとおりだ。

ナツイたちはけっして勝てない。たとえエツロやシキの願いどおりに神北が一致団結しようと、数と富の力で絶対に太刀打ちできない。征北大将軍や鎮守将軍をひととき討ち果たせたとしても、すぐに代わりがやってくる。朝廷の勢力を完全に追い出すことなんて叶《かな》うわけもない夢なのだ。

「無知な奴らだって笑いたいんだろう」

ナツイは自分の膝頭をひたすら睨《にら》んだ。そうしないと涙が落ちそうだった。「石をひとつにして王を戴《いただ》きさえすればお前たちを追い払えるなんて思いこんで、叶わぬ夢を追い求める神北の民を、馬鹿な田舎者だと嘲《あざけ》っているんだろう」

「笑っても嘲ってもいない」

「じゃあ、朝廷に従うが正しいってわたしに言わせたいんだ。刃向かったところで神北が負けるのは目に見えている。だから儚《はかな》い夢などはじめから追い求めるなと、抵抗せずに支配を受けいれろと」

「まさか。俺は朝廷が正しいなんて言うつもりは毛頭ない。この都の醜さは、俺が誰より知っている」

「だったら――」

「だが朝廷が正しくないからといって、『鷺』が正しいわけでもない」

「わたしたちの夢そのものが間違っていると言いたいのか！　神北に一なる王を戴き、朝廷を追い出すって夢を持つことすらお前は否定するのか」

「まったく違う」

　維明は重く、含みのある声で言った。

「よく考えろ。お前たち『鷺』と痣黒は、神北の民を守り導くなる美しい夢を声高に掲げるその口で、民を踏みにじるであろう征討軍の到来を心待ちにしていた。違うか？」

「……それですべてがうまくいくと、みんな信じていたんだ。征討軍の脅威の前にこそ、神北の部族は団結する。そうすれば――」

「言い方を変えよう。シキやエツロが征討軍を待ちわびていたのは、本当に神北を守るためなのか？」

　ナツイは口ごもった。

　神北を守るため。そんなの当然ではないか。意味がわからない。

　征討軍のもたらす犠牲は神北の未来のために必要なのだと、シキもエツロも覚悟していたはずだ。今のままでは、神北の諸部族はまとまらない。『十三道』は、神石に強力に守られたそれぞれの石を掲げて譲らない。外から強大な敵が襲いかかりでもしなければ神北は変われない。だから征討軍は必要だった。すべては神北を守るためのものだった。

維明はなにを言おうとしているのだ。

「わからぬのなら考えろ」

と維明は突き放した。

「もったいぶらずにはっきり言え!……言ってくれ」

「旅の疲れを癒やすがさきだ。侍女として、見潮《みしお》という名の娘を用意した。都の流儀は知らないだろうから、遠慮なく世話をしてもらえ。心の清い娘だ、おかしなことを言って悲しませるなよ」

侍女なんていらない、と言おうとしたときには、男の影は御簾の向こうへ消えていた。

ほどなくいそいそと入ってきたのは、ナツィよりひとつふたつ年下と見える、目のぱっちりとしたかわいらしい娘だった。

朝廷風につややかな髪を長く肩におろし、一夜にして色づいた脊骨の山脈の紅葉のごとく鮮やかな大袖《おおそで》の衣《ころも》を幾重にも打ち重ねている。ナツィはその綾《あや》なる色の美しさについ目を奪われてから、はっとして視線を逸《そ》らした。

見潮はナツィの前に膝を折り、化外の民を前にした都人らしからぬ和やかな笑みを浮かべる。

「お初にお目にかかります、ナツイさま。維明さまをお助けくださった、勇気ある御方にお仕えできて光栄です」

どうやら見潮たち家人は、ナツイを客人として丁重に扱うよう命じられているようだった。毒気のない声に、ナツイは気まずくなった。

「……わたしはなにもしてないよ」

むしろあなたの主《あるじ》を殺そうとしたんだ。

だがなにを勘違いしたのか、見潮はますます喜んでいる。

「ナツイさまは驕《おご》らない、素敵な御方ですね。維明さまが大事になさるわけです。お疲れでしょう、すぐに湯浴《ゆあ》みの用意をいたしますね！　終わったらお食事も」

そして訂正の隙も与えず、にこにこと世話を焼きはじめた。ナツイはされるがままにたっぷりの湯で清められ、つややかな絹であつらえられた清潔な衣を勧められた。見潮は自身がまとっているような、地《お》に引きずって着る美しい襲《かさね》の装束を選びたかったようだが、ナツイが拒むと、すぐに男の童《わらわ》がまとう水干なる衣を見つけてきてくれた。これならば、と袴《はかま》の帯を強く締めつつナツイはひそかに安堵《あんど》した。この身軽な衣をまとっていれば、いつでも維明を殺せる。犀利と逃げられる。

とはいえそれも信じがたいほど上等な生地で、とろける肌触りにどうにも慣れないでいるうちに、今度は御膳《ごぜん》が運ばれてきた。

その想像を超えた豪奢《ごうしゃ》な見目に、ナツイは度肝を抜かれた。漆塗りの方形の折敷《おしき》には、大皿小皿がひしめいている。光り輝く白飯に、ナツイごときでは到底ありつけない馳走である銀魚《しろがねうお》の干し物が三尾、香ばしい香りをこれでもかと際立たせている。磨いた翡翠《ひすい》のようにとろりとなめらかな餡《あん》がかかった茄子《なす》の羹《あつもの》がほくほくと湯気をあげ、これから冬を迎える季節というのに、柑橘《かんきつ》が数種も彩りを添える。神北では重要な交易品で金のように崇められる昆布を惜しげもなく使った、昆布締めの鮭まで並んでいた。

どれも食べてしまうのがもったいないほど細やかで、上品に調えられている。獣汁《けものじる》や、雑穀をかき集めた握り飯などどこにも見当たらない。それどころか見たこともない、味も素材も想像ができない品すらあった。縄のようにねじられた赤松色の棒が、漆の椀《わん》にさらりと積まれている。

これはなんなのかとナツイが尋ねると、菓子だと見潮は言う。米粉をふるい、水を加えて練ったものを茹《ゆ》でて餅《もち》のようにして、それをなんと、胡麻《ごま》を搾った油をたっぷりと注いだ甕《かめ》に落とし、揚げたものなのだと。

ナツイは耳を疑った。油はなにより貴重なものだ。とくに胡麻の油など、エツロでさえ秘儀の際くらいしか使えない。

それを菓子ごときのために湯水のように使うとは。

ぜひご賞味ください、と見潮はにこにこと促す。ナツイはどうしていいのかわからなくなった。敵に恵まれることへの反発と情けなさ、食べたこともない品への恐怖でなかなか手が出ない。

それでいて空腹は堪えがたく、結局ナツイは揚げ菓子をおずおずと口にした。こんなものが旨《うま》いわけがない、と自分に言い聞かせながら。

だがその強情も、さくりと嚙《か》みしめ、たっぷりと油を含んだ欠片《かけら》を舌に乗せたとたんに飛んでいってしまった。阿多骨の里で白米を口にしたときと同じ、記憶の底を直《じか》に揺さぶられたような衝撃だ。

美味だった。

ナツイは呆然《ぼうぜん》としながら他の皿を食べ進めた。茄子の羹を口に入れようとしたらあまりの熱さに声が出て、ふうふうと冷ましてからそっと一口嚙みしめれば、じわりと出汁《だし》が口の中いっぱいに溢《あふ》れでる。柑橘は驚くほど甘く瑞々《みずみず》しく、昆布締めの鮭の旨みにくらくらとした。

並んだ料理の味付けはすべてが繊細で、薄味で、間違いなく異邦のものだ。それでいて温かく、やわらかだった。ここのところろくなものを口にしていなかったのも相まってか激しく心惹《こころひ》かれたのと、そんな自分が許せないのと、相容《あいい》れない思いを抑えられず、ナツイの目から涙がこぼれる。

そういう複雑な心情を察しているのか、見潮は黙ってやさしく見守ってくれる。維明が言うとおりの気立てのよい娘なのだと悟って、ナツイはまたしても泣きたくなった。

食事が終わると、見潮は折敷を片づけに立った。そのまままさがるのかと思いきや、今度は漆塗りの箱を手に携えて戻ってくる。そして中に収められていた見事な柘植《つげ》の櫛《くし》で、ナツィの髪を丁寧に梳《くしけず》りはじめた。

どんな顔をしていればよいかわからず、ナツィは思いついたことを口に出してその場をごまかそうとした。

「その……都の女は、髪を肩に長く流すんだな」

「ええ。高貴な御方は背丈より長い髪を引きずっておられることもあるのですよ」

「そんなに長かったら、出歩くのに支障があるんじゃないのか」

「高貴な御方は、そもそも出歩かないのです」

「……どこにもか？　偉いのなら、どこへ顔を出したって誰にも咎《とが》められないだろう」

「この都では、高貴な御方になればなるほど、どちらへも出かけないのですよ。国を統べる皇尊《すめらみこと》さまに至っては、即位の日から崩御の際まで、御所の中心、幾重にも重なった箱のうちのごとく奥まった一室から、一歩もお出ましになりません」

ふうん、とナツィは火鉢に目を落とした。

「そんなのつまんないだろうに」

神北では逆だ。地位が高い者ほどどこにでもゆける。どの館《やかた》にだって入れるし、領地の隅々に勝手に出かけられる。脊骨の山脈を挟んだ西神北に行くも、東西に走る傍骨《かたわらぼね》の山々を越えて北を目指すも、船で漕《こ》ぎ出すのだってすべて叶《かな》う。どこにもゆけないのなんて、半端者ゆえに許しがなければ隠れ里を出られなかったナツィのようではないか。

と、ナツイの心を汲《く》み取ったように見潮は言った。

「ものの本によると、神北では逆のようですね。古《いにしえ》の時代、この四方がまだ環《わ》と呼ばれる小国だったころ、とある商人が交易で神北を訪れたそうです。そして神北の民に『権力とは、どこにでも好きな場所へゆけるということだ』と諭されて、深く考えこんだという逸話を読んだことがございますよ」

――ものの本によると。

懐かしい響きに、ナツイの胸はちりりと痛んだ。あのひともそうやって、いつも楽しそうに話をしてくれた。

「どうなさいました？」

「……いや、見潮は本が好きなのかなと思って」

我が意を得たりというように、見潮の瞳《ひとみ》が輝いた。

「はい！　いろいろ知れるのが楽しくて。どうしておわかりになりましたか？」

「『ものの本によると』って言っただろ。あるひとの口癖だったよ。その人も書物が好きだった」

犀利の笑顔が思い浮かぶ。やさしい犀利。ナツイを想って、ナツイのために変わろうとしてくれたひと。いつになったら取りもどせるのか。

と、見潮は照れたように肩をすぼめた。

「やはりナツイさまもご存じなのですね。そうなのです、それは維明さまの口癖なのですよ。わたしに読書の楽しみを与えてくださったのは維明さまなので、いつの間にか移ってしまいました」

言葉もないナツィの前に、見潮ははしゃいでいくつもの冊子や巻子《かんす》を並べた。これは維明さまがとくにお気に召している書物です、こちらは維明さまが無理を言って手に入れてくださったもので――。

「維明さまはいつも仰《おっしゃ》ります、知ることとは、道を増やすことに他ならない。いつか己自身の道を選びとるためには、知っている道は多ければ多いほどよいのだと。まことに仰るとおりです。実はわたしがナツィさまのお世話を申しつけられたのも、ナツィさまに、わたしが知るさまざまな話をお聞かせせよと維明さまに命じられたからなのですよ。どうですかナツィさま、さっそく――ナツィさま？　どうなさいましたか」

力なく立ちあがったナツィを、見潮が怪訝《けげん》に見あげてくる。

「寝るよ。あなたを煩わせたくない」

「そんな、お気遣いはいらないのです、わたしは話すのも好きで」

「ありがとう、でもいい。新しいことを知ったら、考えなきゃいけなくなる。わたしは考えるのが嫌いなんだ」

戸惑う見潮を置いて、ナツィは用意してあった褥《しとね》に潜りこんだ。

悔しかった。

――ものの本によると。

その口癖は、犀利のものだったはずなのに。

見潮は戸惑いつつも出ていってくれたようだった。しばらくそのまま身を丸めていると、御簾《みす》の向こうに再び影が差す。

「なぜ断る」

彩帛《さいはく》をふんだんに使った装束をまとい、髪を結いあげ冠を戴《いただ》いた維明の影だった。

ナツィは身じろぎもせず黙りこんだ。そのままやり過ごしたかったのに、維明はなおも言う。

「残念だ。お前はまだ抱かされた石にこだわり、もっとも大切な者をないがしろにしているのだな」

辛抱できずにナツィは跳ね起きた。

「していない。わたしは犀利をないがしろになんかしていない！　あのひとを必ず取りもどす」

「俺が言っている『大切な者』とは犀利ではない。誰のことかとっくに悟ったと思っていたのだがな」

「うるさい、石を返せ！」

飛びかかろうとして、ナツィは身を強ばらせた。いつの間にか維明は太刀の切っ先を、ナツィにぴたりと向けている。

「しばしお前はこの一室に留め置く」

維明は冷たく言い放った。

「俺はほうぼうの皇族やら貴族やらに頭をさげにゆかねばならない。お前と遊んでいる暇はないのだ」

「将軍に戻してくれって懇願するのか？　勝手にすればいい。でも頭をさげたって無駄に決まってる」

とナツィは笑い飛ばしてやった。「だって朝廷は、お前なんてどうでもいいんだ。だから征討軍を送ってこなかった。お前の仇《かたき》を討つ必要なんてないと思ってたから」

かつて皇族の征北大将軍が討たれたときは、ふた月も経たずに大軍が押しよせたという。だが維明が死んだとなっても、いくら季節が移り変わろうとも音沙汰《おとさた》もなかったではないか。

都の人々にとって、維明などその程度なのだ。『鷺』がどれだけ維明を憎み、恐れていようと、維明がどれだけ戦功を立てようと関係ない。神北出身の『化外の民』の仇討ちに、大軍など割けない。

「お前は軽んじられている。そんな男の願い、今さら誰が聞くもんか」

しかし維明は、堪《こら》えるそぶりすら見せなかった。それどころか、今さらなにをわかりきったことをとでも言いたそうな顔をした。

「構わない。むしろ維明など死んでも惜しくないと、その死ごときで征討軍など動かせないと、そう軽んじられるようふるまってきた。それだけを考えて生きてきた」

ナツイは瞬《まばた》いた。にわかに理解できなかったのだ。

「……どういう意味だ」

征討軍が動かないよう、あえて軽んじられてきた？　なぜ。なんのために。

維明は黙って身を翻す。長い裾《すそ》を引き、柱の陰に消えていく。

「どういう意味だ！」

ナツイはその背に叫んだ。考えるのは怖かった。なんでもいいから答えがほしかった。

どれだけ待っても、声は返らなかった。


維明の言葉どおり、ナツイは屋敷に留め置かれた。逃げだすわけにもいかず、かといって犀利を取りもどしようにも、肝心の維明は屋敷をほとんど空けている。ただただ無為に時が過ぎていく。

今日も澄んだ空気を伝って、往来の活気がナツイのもとまで流れこむ。築地塀《ついじべい》の向こうには大きな路《みち》があるようで、さまざまな品物を運ぶ車の車輪が軋《きし》んでいる。明るい商人の呼びかけは途切れることなく、小さな子どもの甲高い歓声と入り交じる。ほらそこな童ども、干し柿をくれてやるから持っていけ。ありがとうおばさん！　ねえこれ、母上にも持っていっていい？　仕方ない、今日だけ特別だからな、今日は飛ぶように土器《かわらけ》が売れて気分がいいんだ。

ナツイは耳を塞《ふさ》いで背中を丸めた。

見潮が言うに、維明は苦労しているのだという。まず不在のあいだのことを洗いざらい話し、『鷲』に寝返ったわけではないと証明しなければならなかった。その後はひたすら皇族や貴族のもとに赴いてご機嫌伺いと陳情。

へつらい、頭を下げ続けているのは、失った地位を取りもどすためだろう。ナツイはそんな維明の姿など想像したくもなかった。自分たちの恐れた『鎮守将軍』は、もっと抜きんでた、なにもかもを意のままに操る存在だったはずだ。なぜ屈辱に耐えてまで将軍の座を取りもどしたいのかがまったく理解できない。

維明自身は、復讐《ふくしゅう》するために朝廷に寝返ったと言っていた。復讐が生きる意味なのだと。ナツイは信じていなかった。ならばわざわざ都に戻って再び力を得る必要などなかったはずだ。犀利の記憶を覗《のぞ》き見ているのだから、『鷲』の隠れ里の位置も兵力もなにもかも知っているはず。自分を取りもどしたあのとき、そのままエツロとシキを討ちに向かえばよかったではないか。伯櫓を討ったように、ふたりの首を刎《は》ねればよかった。

なのに、なぜか都に戻ってきた。

「本当は、ただ権力がほしいだけじゃないのか」

その心地よさが忘れられないだけなのではないか。将軍として大きな力を振るうことに慣れてしまって、もはや復讐は道具にすぎないのでは。

そもそもだ。

「なぜわたしを、生かしたうえに都にまで連れてきたんだ……」

維明は朝廷に嘘をついている。記憶をなくしたわけでなく、単に捕虜になっていただけだと報告している。知られたくないのだ。まさか朝廷に仇《あだ》なしたうえ、味方であった阿多骨族を滅ぼしたとは言えないのだろう。

ならばなぜ、すべてを知っているナツィを連れてきたのだろう。殺しておけば、秘密が漏れる心配もない。だいたい維明は、自分を一度殺したナツィを深く恨んでいるはずだ。記憶を取りもどした直後だって、怒りの形相で首を締めあげたではないか。

それでもとどめを刺さなかった。刺さないどころか、波墓の神石を鼻のさきにぶらさげて、ナツィを都に連れてきた。連れてきたくせに閉じこめている。

なぜ。

正午を知らせる鐘が遠くで響いている。それでようやく、自分がまたしても考え事をしていると気がついて、ナツィは強く目をとじ、畳の上へ突っ伏した。

――お前は考えずともよいのだよ。

――考えず、ただ守ればよいのだよ。

「馬鹿みたいだ」

犀利に会いたかった。ただ自分を信じればいいと言ってくれた犀利が恋しかった。

維明邸の、一面に白砂を撒《ま》いた生気のない庭に寒さが居座るようになっても、多忙らしき館《やかた》の主《あるじ》はほとんどナツィの前に姿を見せなかった。ただ一度だけ突然現れたと思えば、笹目たちの近況を伝えただけだった。

東国から報告が来て、笹目たちは無事神北を脱し、帯懸骨の山々を望む里へ移ったのだという。冬を迎えるまえに間に合ったから、道行きは穏やかなもので、出産を控えた笹目も含め、みな元気でいるのだそうだ。

そう淡々と、いっさいの感情を入れずに伝えてから、維明はナツィをちらと眺めた。

「気が楽になったか」

「うん」とナツィは素直に答えた。「よかった。わたしがよかったなんて言うのはおこがましいのはわかってるけど、それでも安心した」

『鷺』も、万年櫻の塚を越えてまでは追わないはずだ。これで阿多骨の生き残りは、『鷺』の手から逃れられる。あのあどけない子らには長い生が残されている。生き延びてゆける。よかった、本当によかった。

「……あなたに感謝するよ」

うつむいたまま、それでも本心から告げた。

ナツィだけでは結局、本当の意味では救えなかったのだ。阿多骨の遺児を真に守ったのは間違いなく、維明の力だった。

しかし維明はナツィの感謝を受けとめるどころか、喜びも安堵も滲《にじ》ませることなく背を向けた。

「お前に感謝されるいわれはない。そもそも俺に感謝する隙《ひま》があるのなら、見潮から話のひとつも聞くがよかろう」

それだけ言って去ってしまった。

ナツイはむっとして、だがむっとするに足るほどのものもまた自分にはないのだと悟って黙りこんだ。

維明がわからない。わかりたいとも思わない。それでいい。


それからまた幾日も経ったある日の夕方のことだった。

「ナツイさま、すこしよろしいでしょうか」

東の空低くにかかった雪雲をぼうっと眺めていると、見潮がひょっこりと顔を出した。微笑んでいる見潮につられて、ナツイもつい頰を緩める。

「大丈夫だよ。どうした？」

相変わらず維明の館の一室に閉じこめられているナツイだが、家人たちは主君の恩人として丁重に扱ってくれている。なかでも見潮は、どんなときも甲斐甲斐《かいがい》しく世話を焼いてくれるばかりか、まっすぐに慕ってもくれるから、危ういと思いつつ、ナツイはすこしずつ絆《ほだ》されてしまっていた。これは朝廷の女なのに。わたしはまた同じ過ちを犯しているのに。

招き入れると、見潮はいそいそと、貴族の女がまとうような美しい絹の衣《ころも》を衣桁《いこう》に掛けて準備しはじめる。

「どうしたんだ、これ」

「ナツイさまがいらっしゃるとお聞きしたときに用意したものです。雪下宮《ゆきしたのみや》さまがどうしてもと」

「雪下宮？」

「維明さまがご不在のあいだ、わたくしどもを世話してくださったお方ですよ。ナツイさまがこのような大仰な衣をあまり好まれていらっしゃらないのは存じています。それでもまずは一度袖《そで》を通していただければと機会を見計らっていたところ、今日こそその日にふさわしいかと思いたちまして」

「……わたしには似合わないよ」

衣桁を飾る衣は、深い紅色《くれないいろ》の絹の美しさもさることながら、裾を彩る銀糸の刺繡《ししゅう》が素晴らしい。そのまばゆさは、富を蓄えた朝廷の醜さそのもののようだった。それでいて、ナツイは刺繡から目が離せない。

「こちらの刺繡、お気に召しましたか？」

ナツイは逡巡《しゅんじゅん》して、うん、と小さく認めた。「こんな美しいのは初めて見た」

「そうでしょう！　気に入ってくださってよかった」

言うや見潮は、ナツイが着ていた男物の水干を脱がせにかかった。断るのもかわいそうで、ナツイはおとなしく装束される。重なる衣、たなびく裾《すそ》、長くおろした黒髪。

「まあ、よくお似合いです」

やがて見潮は目を輝かせた。向けられた円鏡《まるかがみ》に映っているのは、大袖の衣を美しく重ねた、垂髪《すいはつ》の女。どこから見ても四方の女だ。ナツィは気恥ずかしくなり、そんな自分を嫌悪した。

「……お気に召しませんでしたか？」

「まさか！　見惚《みと》れてただけだよ、とても素敵だ」

慌てて笑みを取り繕うと、見潮は嬉《うれ》しそうな顔をして小走りで出ていった。嫌な予感がする。

予感は当たった。はしゃいだ見潮に背を押されるように、立派な袍《ほう》に身を包み、むっつりと押し黙った維明が現れる。御簾《みす》越しでもわかる。機嫌が著しく悪い。

ナツィは帰れと言いたかった。だが見潮の手前それもできなかった。

押し黙ったふたりをよそに、見潮は声を弾ませた。

「ご覧ください、維明さま。ナツィさま、とてもお似合いになっておられますでしょう？　どうかふたりでゆっくりとお過ごしください。お心が癒《い》やされますように」

見潮は気を利かせたつもりなのか、いそいそと出ていった。

残されたふたりのあいだに沈黙が満ちる。

やがてナツィは気まずく言い訳した。

「別にわたしが着せてと頼んだわけじゃない。ただあの子が——」

凍った声が遮った。

「きちんと見潮に言っておけ。お前に愛情があるなどと思われるのは迷惑だ」

ナツイは一瞬、なにを言われたのかわからなかった。幾度か瞬《まばた》き、それからかっとなって言いかえす。

「当たり前だ、誰がお前などを愛《いと》しく思う！」

「それはいい、『鷺』の夢などに心酔する愚かな男へ笑みを振りまく女など、こちらも願い下げだ」

「犀利を侮辱するな！」

「真実だろうに。俺はすべて覚えている。あの男がなにをしたのか」

維明は怒りを滾《たぎ》らせ右手を強く握りしめた。「この手が阿多骨の民を嬉々《きき》として殺《あや》めたかと思うと吐き気がする」

「嬉々として神北の民を殺めていたのは裏切り者のお前だろう！」

ナツイはもう我慢ができなかった。犀利が喜び勇んで人を殺めるわけがない。あれは苦渋の選択だったのだ。

美しい衣の袖を振り乱し、維明の袍の胸ぐらを摑《つか》んだ。

「神石を返せ」

終わりだ。この獄のような生活も、なにもできない日々も全部終わりだ。

「奪えるなら奪えばよい。いつでもここにある」

維明は動じなかった。ナツイを睨《にら》んだまま、手を自分の懐へと滑りこませる。身構えすらしなかった。今この状況で、丸腰のナツイが石を奪えるわけがないと悟っている。犀利の記憶を我が物にしているからこそ、慌《あわ》てる必要などないと知っているのだ。

ナツイは歯嚙《はが》みした。耐えがたい感情が溢《あふ》れてくる。

「せめて、犀利の記憶を盗み見るのはもうやめてくれ」

涙が落ちる。ふたりで過ごした日々は、ナツイと犀利だけのもののはずなのに。

維明は黙りこんだ。うつむき涙を堪《こら》えるナツイに目を落とし、やがてぽつりと、かつてどこかでよく耳にしていたような、懐かしさすら覚えるような声音でつぶやいた。

「俺だって、好きで覚えているわけではない。捨て去れればどれだけ楽か」

ナツイは息を吞《の》んで顔をあげた。

維明は目をすがめ、遠くを見やるような顔でナツイを見つめている。瞳《ひとみ》の碧《あお》が、かすかにさざ波立っている。

ふいに思い出した。こんな顔でナツイを見る犀利が、なにを思っていたか。

「やめろ」

ナツイは維明の胸元から手を放し、後ずさった。「その目で見るな」

維明ははっと眦《まなじり》をひらいた。思ってもみなかったことを指摘されたという顔をして、次の瞬間には頬を怒りで染めあげていた。

「見たくて見ているわけではない！」

言い捨てて背を向けると、大きく御簾を揺らし、早足で去っていく。晩秋の乾いた風にさらされて、御殿に響く足音はすぐに聞こえなくなった。ナツイはひとり両手を握りしめた。歯を食いしばって心に決意を刻みこんだ。

次に会ったときこそ、なんとしてでも波墓の神石を奪い返してやる。

こんな苦しみ、もうたくさんだ。

歯がゆいことに、次なる機会はまったく訪れなかった。もともと足繁《あししげ》く姿を見せていたわけではなかった維明は、あの日から一瞬たりともナツイに近寄ろうとはしなくなった。あからさまにナツイを避けている。

痛いほどに冷えた板間で神北由来の朱鹿《あかしか》の毛皮にくるまり、冬枯れの枝が重苦しい曇天を掃くさまを、ナツイはむなしく見つめていた。この四方津にも、いよいよ真の冬がやってきた。神北ではとっくに脊骨の山脈が、寒空に白骨《しらほね》を晒《さら》しているのだろう。

「申し訳ありません」

火鉢をつつきながら、見潮がしょんぼりと肩を落とす。あの日余計な気を回したせいで、維明とナツイが仲違《なかたが》いしたと思っているのだ。

「見潮のせいじゃないよ」

ぽつりと返して、ナツイはほのかに赤く光る炭に目を落とした。「最初からわたしと維明は、信頼しあってすらいないんだ。維明は『鷺』から逃れるためにわたしを利用して、わたしは……ただ別の暮らしがしてみたかった。今だって維明は、打算でわたしをここにおいている。朝廷の敵の一員だったわたしを検非違使《けびいし》にも引き渡さず、殺しもしないのは、『鷺』に捕まっていたときの潔白を証明してくれるから、それだけだ」

しかし見潮は食いさがる。

「いいえ、維明さまは、けっして打算や下心で人と交わる方ではありません。それに敵であったナツイさまをご自身の屋敷に住まわせるのは、ナツイさまを信頼なさっているからこそでしょう」

それは違う。成り行き上ナツイはここにいるけれども、それは維明の心の表れではない。だが言えるわけもなく、ナツイはごまかした。

「……そもそも維明はこのあいだ、ものすごく虫の居所が悪かったんだよ。喧嘩《けんか》みたいになったのも単にそのせいだ」

見潮自身、維明の著しい不機嫌を察知していたからこそ、喜ばせようとナツイに朝廷の女の装束など着せたのだろう。だから納得してくれるかと思いきや、見潮はますます沈んだ顔をする。

「やはりナツイさまもお気づきになっていましたか。そうなのです、あの日維明さまは、たってのお望みを四縛《しばく》将軍に陳情されて、しかしすげなく退けられてしまったのです」

四縛将軍とは、四方の王である皇尊《すめらみこと》を支える四人の皇族だ。将軍という名ではあるが、軍事ばかりでなく政をも司《つかさど》っているという。この四方津の都のちょうど中心には皇尊が住まう宮城があって、その周囲の角地に四人はそれぞれ邸宅を構え、まるで田畑を区切る境の縄のように、邸宅同士を繋《つな》ぐ長大な縄で宮城をぐるりと囲んでいるそうだ。

四方には数多《あまた》の貴族がいるものの、実質はこの四将軍と、皇尊の意向をみなに伝える役目を担った斎宮が、多くの方針を決めているのだという。

そんな四方の朝廷の頂点に、維明はとあることを嘆願したそうだった。

だが将軍たちは聞きいれなかった。維明の願いを撥《は》ねつけた。

「それで維明さまは失意のうちにお戻りになった。だからこそナツイさまの美しいお姿で、お心が癒やされればと考えたのですが……」

失意か。ナツイは火鉢を眺めたまままつぶやいた。

「鎮守将軍への復職を拒まれたのか？」

そうとしか考えられなかった。あれだけなりふり構わず執念を燃やしていたのに。

だが見潮が返したのは思わぬ答えだった。

「いいえ、あの日叶《かな》わぬと決まってしまったのは、鎮守将軍への復職などではありません。そもそも維明さまは、将軍職などあくまで二の次とお考えでした」

「二の次？　将軍に返り咲くのが、維明の宿願だったはずだ。それより大切なものなんてあるわけない」

「それは違うのです、ナツイさま。維明さまには、再び鎮守将軍になることよりなにより重要で、なにより切なる願いがおありだったのです」

はっきりと言い切られて、ナツイは身じろいだ。再び将軍になることよりも切なる願い。なんだそれは。そんなもの、一度だって匂わせすらしなかったではないか。

いや。

ぞわぞわと、なにかが胸の裏側を撫《な》でていく。かつて大珠があった胸の中心に手が伸びる。先日の維明の声が頭をよぎる。

あの男は言っていた。征討軍など来なくていいと。誰も自分のために征討なんぞに思い至らないよう、それだけを考えて立ち回ってきたと。

それは、つまり――。

荒らかな足音が近づいてきて、御簾《みす》が大きく揺れた。立派な彩帛《さいはく》の袍《ほう》に身を包んだ維明が、やつれた顔を険しく歪《ゆが》ませ踏み入ってくる。

「維明さま！　お早いお戻りで――」

「見潮、ナツイを内裏へのぼらせる。今すぐ支度をしろ」

見潮の顔色がはっきりと変わった。怯《おび》えたように声が揺れる。

「なにを仰《おっしゃ》います、内裏には斎宮さまがおられるではないですか。ナツイさまが参内したと、もし知られてしまったら」

「残念ながらその斎宮ご自身が、必ず連れてこいとの仰せでな」

見潮は絶句した。胸の前で両手を寄せる。

「本当に連れてゆかれるのですか？　斎宮さまは、ナツイさまをよく思われておりません。最悪の場合、命すら――」

「仕方あるまい」維明は昏《くら》い声で、ぴしゃりと遮った。「それしかもう、俺が鎮守将軍に返り咲く手はないのだ」

ますます青ざめた見潮の横顔に、ナツイは自分の運命を理解した。

維明は、自分の手から逃げだしかけている権力を引き留めるために、ナツイをさしだそうとしている。

わたしはこれから、殺されるのだ。

「斎宮さまとは、朝廷においてすべての物事を処断される御方なのです」

慌ただしくナツイの耳に金環を嵌《は》めこみながら、見潮は教えてくれた。

斎宮は、ナツイに『化外の民らしい』恰好《かっこう》で参内せよと命じたという。それでナツイは釧《くしろ》を腕に、耳に耳輪を嵌めて、なめした鹿皮を腰に巻き、朱鹿《あかしか》の毛皮で仕立てた衣を肩から打ち掛けていた。首にも大珠もどきの大きな翡翠《ひすい》をさげている。いったいどこから手に入れたのか、仕上げに立派な神北文様が刺繡《ししゅう》された帯までまとわされた際には、乾いた笑いが漏れてしまった。こんなもの、神北にいるときは一度も身につけることを許されなかったのに。

なぜわざわざこんな恰好をさせるのかといえば、一目で異質と理解でき、安心できるからだろう。目の前にいるのが人ではなく、自分と違うモノだと信じれば、殺したところで心はすこしも痛まない。

そうしてまで自分の罪を軽くしたいのかと怒りが湧いた。それでいて、その心が理解できないわけでもなかった。かつて『鷲』も同じような理屈を掲げて、四方風の服装をした移民を人とも思わず残虐に殺してきたではないか。

最低だ。わたしたちも、斎宮も。

「だけど、斎宮が国のすべてを処断できるのはおかしくないか。そういうのは王の役目だ。皇尊っていうのが四方の王なんだろう」

そうなのですが、と見潮は声をひそめる。

「この国では、皇尊はご即位されると御簾の奥に姿を隠してしまわれるのです。そして崩御されるまで、斎宮さま以外にけっしてお姿をお見せになりません。政についても、大きな指針しかお示しにならなくなります」

たとえばどこぞで反乱が起きると、皇尊はただ斎宮に『平定せよ』と伝える。いつ、どのように平定せよとは命じない。御所の中心にある箱宮《はこのみや》の御簾をくぐると、そのような俗なるものへの興味が失《う》せてしまうのだという。

「皇尊は、ただ国の向かうさきのみを示します。そして民を守るための、特別なお力の源となるのです」

見潮は詳しくは語らなかった。皇尊がどのような力をもって『民を守る』のかは秘されているらしく、見潮自身よく知らないようだ。祭祀《さいし》の力か、はたまた呪術《じゅじゅつ》かわからないが、国を守る強力な力を生みだす、それが皇尊なるもののありかたらしかった。

だとしたらと、ナツィはひそかに納得した。四方の砦《とりで》の四隅に建てられた流旗にも、実際なにかの力が宿っていたのかもしれない。死角の多い方形で、壁だってそれほど高くもない四方の砦が、なぜあれだけ落としがたいのか。疑問に思っていたが、皇尊の力によって守られているとすれば説明もつく。

とにかくその皇尊の、おおまかでふんわりとした意向を貴族たちに伝え、皇族である四縛将軍とともに仔細《しさい》を論じ、その結論を皇尊に奏上したうえで勅を賜る。それが斎宮の役目なのだという。斎宮になるのは女に限るわけではないが、必ず皇尊となる者の妻だったり兄弟だったり、強い結びつきがある者が選ばれるそうだ。今の斎宮は、皇尊の妻であるようだった。

「つまり実のところ、斎宮がこの国の長《おさ》みたいなものなのか」

そんな女がなぜナツィを呼び寄せ、そのうえで殺したがっているのかはわからない。

——だけどすくなくとも、望みはいっさいないってことはわかった。

塞《ふさ》ぎこんだ気分で、神北では身につけたこともない金の釧で飾られた手首に目を落とす。それほどの高位の者が殺せと言えば誰も逆らわないだろうし、維明に至ってはなおさらだ。たっての願いなるものが叶わなくなったという今、あの男は将軍の座だけは絶対に逃さない。

むろんナツィだって、諾々と殺される気もなかった。見潮と別れ、維明とふたりきりで牛車《ぎっしゃ》なる車に乗せられるや機会を窺《うかが》いはじめる。一瞬だ。維明の気が緩んだ一瞬を狙って、波墓の神石を奪う。そして犀利と逃げるのだ。それしか生き延びる道はない。

ナツイの思惑など当然悟っているだろうに、維明は同乗したナツイの腕を縛りさえしなかった。後れ毛のひとつも残さず髪を結いあげ、冠を戴《いただ》き、ふんだんに彩帛を用いた袍に身を包み、儀礼のための使い物にもならない太刀を佩《は》き、いつもどおりにナツイのことなど一顧だにせず、今にも雪を落としそうな重苦しい空を眺めていた。

と思えば、唐突に、おもむろに口をひらいた。

「『維明は、今上の斎宮の愛人である。ゆえに卑しき化外の民の出でありながら、将軍まで成りあがった』」

「……なにを言いだす」

「そういう噂を、一度は耳にしたことがあるのではないか」

「知らない。都のごたごたになんて興味がなかった。わたしは言われたとおりに殺して、守れればよかったんだ」

そうか、と維明は目をつむる。車が揺れれば身体も揺れる。ナツイはふと、阿多骨の子どもたちを逃がした馬車の乗り心地を思い出した。笹目は無事子を産み落としただろうか。みな東国に辿《たど》りついて、安き心でいるだろうか。僭越《せんえつ》なのはわかっている。それでも祈らずにはいられない。

目をとじたまま、維明は言葉を継いだ。

「斎宮とは、唯一皇尊《すめらみこと》のそばに侍《はべ》ることが許されている高貴な者だ。皇尊に、政について伺いを立て、貴族へは、皇尊の代わりに勅命を下す」

興味がないと言おうとしたが、ナツィは口をつぐんだ。心の窟《いわや》を覗《のぞ》きこみ、より本心に添った言葉を探しだした。

「お前はそういう女に取り入っていたのか？　愛人に収まって利を得ていたのか」

「愛人ではない。だがおもねって、媚《こび》を売っていたのは事実だ。俺が成りあがるには後ろ盾が必要だった。斎宮のほうも、夫である皇尊が御簾の向こうへ去り、子もなく孤独だった。かつ、俺の見目をいたく気に入っていた。だから獣でも飼うように気まぐれに俺をかわいがり、支配した。俺が身に余る権力を得られるよう手を回した。俺と斎宮には、互いに利があった」

「……実力で将軍にのぼりつめたんじゃなかったんだな」

薄々悟ってはいたが、本人の口から聞くとひどく落胆してしまう。維明が足元へも寄りつけないほどの手強い敵だったからこそ、対抗する『鷺』の夢は美しかった。維明が穢《けが》れれば、『鷺』の努力まで汚されたような気がする。

だが維明は、眉《まゆ》をひそめすらしなかった。

「実力とはなんだ。俺がどれだけ強かろうと、たとえ不世出の大人物であろうと、神北の民を侮っている都の貴族が、『化外の民』をまっとうに評価するわけがなかろう。犀利だって言っていたではないか。都の者は東国出の者さえ、『見えぬ民』として扱う。

いないもののように気を遣わず、評価もしないと。四方に呑《の》みこまれ三百年もが経った東国の民ですら、今も苦労を重ねているわけだ」

「……犀利なんて男はいなかったんだ。犀利が語った過去だってでたらめばかりだ」

「まさか」

と維明は、槍《やり》の穂先のような視線を一瞬ナツィに向けた。

「犀利の苦しみや思いに、でたらめはひとつもない。犀利なる男が持ち合わせた考えも、その記憶も、すべて俺の経験や記憶をもとに作りあげられていた。あの男はまったくの幻というわけではない。俺が実際に経験したこと、見聞きしたことがそのまま映しだされた、鏡のようなものだった」

「そんな話は聞きたくなかった」

ナツィは唇を噛《か》んで顔を背けた。それではまるで、維明と犀利に通じるものがあるようではないか。

だろうな、と維明はつぶやいた。その目は再び、重い空に向けられている。

「とにかく都の者は、枠に嵌めて人を見るのだ。どれだけ努力しようと、その枠以上には評価しない。ならば俺は俺のやりかたで、ほしいものをもぎ取るしかない」

「だから、お前はなにをそこまで望んでいるんだ。復讐《ふくしゅう》するための力なのか？　それとも」

それとも。

脳裏に、維明がこれまで漏らした言葉がよぎる。『征討軍にはけっして勝てない』。『征討軍が来ないように、それだけを考えて立ち回ってきた』――。

本当に、なぜなのだろう。維明はなぜ、征討軍が神北を訪れないように願っていたのだろう。どうして神北の民が束になっても勝てない大軍がけっして神北へ踏み入らないように、どれだけ侮られようと蔑《さげす》まれようと心を砕いてきたのだろう。

その心はなんだ。切なる願いとは、いったいどんなものだったのだ。

――もし、だ。

膝《ひざ》の上で拳《こぶし》を握りしめる。口の端に力を込める。

もし犀利が、維明の水面《みなも》に映った姿だというのならば、この男が再びの征討を防ごうとした理由なんて、ナツイにはひとつしか思いあたらない。

「もしかして、お前は――」

「復讐の力を欲していたに決まっている」

維明は最後まで言わせなかった。目をひらき、瞬《まばた》きもせずに言い切った。

「俺はシキを殺し、シキを唆したエツロを殺し、痣黒が奉じる夢を、ひいてはその夢を支える石を粉々に砕くまでは、絶対に力を手放せない。鎮守将軍でありつづけなければならない」

「それだけか」

「それだけだ」

「だから今ここでわたしの命をさしだすのか。お前がへつらう斎宮に」

「そのとおり」

黙りこんだナツィに、維明は厳しく言い放った。

「斎宮は、俺が死んだと聞いて荒れくるっていたそうだ。生きていると知り喜んだのも束の間、今度はお前の存在を許せず激怒している」

「飼い犬が、勝手にどこぞの山猫と恋に落ちたとでも思っているのか？　だからわたしを殺してやろうと？　でもわたしはお前の愛人でもなんでもない」

「斎宮にとっては事実などどうでもいいのだ。ただ――」

「わたしにだってそのくらいわかる。斎宮って女は、みなの前でお前にわたしを殺させるつもりなんだ。そしてお前に、しょせんは自分の飼い犬にすぎないと知らしめ悦に入る気だろう」

維明は答えなかった。ただ犀利のような目をしてつぶやいた。

「ナツィ、お前は賢い。なぜその賢さを生かそうとはしない」

「その目で見るなと言っている！」

ナツィは大袖《おおそで》から腕を抜き、維明に挑みかかった。虚を衝《つ》かれたのか維明は動かず、なんなくその懐に手が届く。ゆける。神石を奪える。奪って、犀利と逃げられる。

「どこへ逃げる」

心を読んだかのように維明は、自分の懐に入りこんだナツィの手首を摑《つか》む。

「お前と犀利はどこへゆく。神北へ戻るのか？　『鷺』の一員として、もう一度理想の夢を追い求めるのか」

「うるさい」

ナツイは指を広げて必死に神石を探した。触れさえすればこちらのものだ。あとは殺せと命じるだけだ。

だが見つからない。見つからないうちに維明はナツイの腕をひっぱりだした。捻《ひね》りあげ、牛車の床に組み伏せる。

「いくら探したところで無駄だ。神石ははじめから屋敷に置いてきた」

「卑怯者《ひきようもの》が！　やっぱりお前は犀利とは違う。全然違う！」

一拍の静寂があった。

やがて色のない声が落ちてくる。

「そうだな。俺はお前の犀利などではない。お前が今ここでそれを断言してくれて安心した。安心して、お前の命をさしだせる」

「意味がわからない、放せ！」

維明はあっさりとナツイを手放した。

それからふたりは牛車《ぎつしや》がとまるまで、一言も発さなかった。

四方津の都は、大垣にぐるりと四方を囲まれている。もっとも都を囲うは大垣だけではなかった。都の内側に一歩入れば、どこもかしこも方形に区切られている。

はじめに縦横に張り巡らされた大路が、都を坊と呼ばれるいくつもの区画に分ける。箱のなかに、びっしりと小さな箱が並んでいるようなものだ。そして坊の内部に至っても、屋敷の敷地はやはり築地塀《ついじべい》や板塀で四角く囲まれていた。むろん必ずどの四隅にも、嫌になるほど見慣れた流旗が高々と掲げられている。流旗に染め抜かれた印でさえ菱形《ひしがた》だ。

四方はその名のとおり、方形の囲《かこ》いに守られ暮らす民の国なのだ。

そして政の場である宮城もまた、幾重にも入れ子になった方形に囲まれていた。

まずは宮城の外側を、長大な縄が巡っている。縄は大路に沿うよう並んだ柱の上を渡り、宮城のすぐ外側の角地を占める立派な邸宅に建つ、三重塔《さんじゅうのとう》の頂《いただき》に結ばれていた。四つの角にはそれぞれ邸宅があり、三重塔があり、縄が結ばれているから、宮城そのものが、巨大な方形の縄張りのうちにあることになる。

宮城の門をくぐっても、入れ子の箱は重なり続けた。官人の働く官衙《かんが》街《がい》を抜け、貴族らの政の場である内裏へ、さらに斎宮のおわすという御所へと、内側に入りこむごとに門をくぐらねばならなかった。門があるなら、そこには塀がある。塀があるなら、方形に囲まれているということ。始終外敵に狙われているわけでもないのにあまりに執拗《しつよう》に思われて、ナツイは薄気味悪くなった。こうしてひたすら囲まれることで、四方の民は安らいでいるのだろうか。箱のうちから一歩も出なければ、安寧を得られるのか。そして内の論理で、神北を『化外』と蔑むのか。

小さな門をくぐり、ようやく牛車はとまった。維明に促され牛車を降りて、延々と続く夜の簀子縁《すのこえん》を歩んでいく。

いくつの篝火《かがりび》が近づいては遠ざかったのだろう。暗闇のうちから白木の立派な建物がのっそりと現れては、黙して背後へ去っていく。丸木柱の列。庭を過ぎればまた庭。深い森へ迷いこんでしまったようだ。

だがここは森ではない。ひとつひとつの建物には意味があり、役目がある。この膨大な殿舎がなくては捌《さば》けないほどのなにかを、朝廷は抱えこんでいる。それはそのまま朝廷の支配する土地の広大さを、民の数を、否《いや》が応でも意識させる。

――勝てるのか。

問いただした維明の声が脳裏をよぎる。維明は、考えろとナツィに強いる。

――今さらだ。わたしは死ぬ。死ぬしかない。

慣れない神北文様の帯を、指先が白むほどに握りしめる。前を歩く維明の鋭い眼光は、すこしも揺らぐことはなかった。

指骨のように白い小石が敷き詰められた広場を通り抜け、再び門をいくつかくぐり、塀に囲まれた檜皮葺《ひわだぶ》きの御殿へ至る。そこで維明は歩をとめた。やっと目的の地に辿《たど》りついたようだった。

御殿は板間になっていて、左右に太い丸木の柱が建ち並び、奥へと続いていた。柱の傍らには、立派な朝服をまとい、太刀を佩《は》いた武人がずらりと並んでいる。

奥まったところは一段高くなり、ぽつねんと厚い畳が置いてある。その背後には大きくあいた両開きの戸があって、白い布がかかっていた。布の下からわずかに垣間見《かいまみ》えるのは、また門だ。

あの門の向こうにこそ、皇尊《すめらみこと》がいるのだとナツイは悟った。あの奥が入れ子の箱の中心か。

そして維明はその、皇尊が引きこもっているであろう在所に向かって膝を折り、深くひれ伏した。鍛え抜かれた首と背中が無防備に晒《さら》されているのを見るや、ナツイの中で抑えこんでいた苛立《いらだ》ちがわっと燃えあがる。なにを畏《かしこ》まっているんだ。皇尊なんて、内心ではひとつも敬っていないくせに。朝廷の石なんて欠片《かけら》も持ち合わせていないくせに。

すべては呑《の》みこむしかない。ただ黙って維明のうしろに腰をおろし、背をぴんと伸ばした。低頭しないが、騒ぎもしない。どうでもいい。もう死ぬのだ。

やがて左の渡殿《わたどの》から大勢の付きの者を従えて、美しい女がひとり姿を現した。朝廷の女のまとう重そうな襲《かさね》の上に、白い紗《しゃ》の衣《ころも》を打ちかけ、額には金の飾りが日輪のようにきらめいている。斎宮だろう。維明の母代わりとはいうが、親子ほどは歳は違わない。

自分で呼びつけたというのに、斎宮はナツイになど目もくれなかった。しゃなりと畳に座りこみ、猫なで声で維明に問いかける。

「維明よ、これが件《くだん》の女か」

はい、と維明が答えれば檜扇《ひおうぎ》を揺らし、ようやくナツィを見おろし鼻を鳴らす。

「神北の民ならば維明、お前のごとく肌が白く、鼻筋がすらりと通り、さぞ美しいかと思ったのにの。頬は赤いわ目がぎょろぎょろと大きすぎるわ、残念極まりないではないか。これより見目よい女など、都に掃いて捨てるほどいようぞ」

そのとおりだとナツィは思った。わたしは美しくもなければ賢くもない。ただ頑《かたく》なに自分の石を守ることしか取り柄がない女だ。だからはやく殺してくれ。

しかし維明はなにを思ったのか、育て親にして王の補佐たるやんごとなき女に、言いかえしにかかった。

「見目など関係ありません、斎宮さま。わたしはこの娘に助けられました。ゆえに客人として遇しているのです」

斎宮は大げさに驚いたような顔をした。

「生意気にも口答えか、維明。石の飾りを胸に携えた、黴臭《かびくさ》い化外の民に心を奪われるとはお前らしくもないの。お前は楯突《たてつ》く化外の民を討って名を高めた男ではなかったか。それが『鷺』の娘などを恋い慕うとは」

「恋い慕っているわけではございません」

「では困っているのか？」

「いいえ。わたしはこの者に信を置いているのです。必ずや、我が切なる望みを叶《かな》える一助となってくれると」

「……匂うは黴ばかりではなかったようだ。腐臭がこびりついている」と斎宮は柳眉《りゅうび》をひそめた。「お前には嗅《か》ぎとれぬのか？」

「斎宮さま」

「この女は、必ずお前を裏切るぞ」

維明は動きをとめた。胸を大きく広げ、再びゆっくりと口をひらいた。

「まさか。この娘には、ものの道理が見えております。必ず正しき道を選びとりましょう。ゆえに、なにとぞ、平にご容赦を」

そして平身低頭した。

あっさりと従うものとばかり思っていた人々は意表を衝かれ、斎宮のみならず、その場の誰もがたじろいだ。

ナツイも同じだった。なぜひれ伏してまで命乞《いのちご》いをしている。ナツイの命などさしだすと言ったではないか。将軍職を再び手にするのだと。復讐《ふくしゅう》のための力を得るのだと。だいたい命乞いの言い分だっておかしい。ナツイにはものの道理なんて見えていないし、正しき道とはなんなのかすらわからない。

神北にとっての正しさとはなんだ。

朝廷にひれ伏す道か。

それとも勝ち目のない戦いに挑み、美しい夢とともに心中する道か。

斎宮の瞳《ひとみ》が、ほう、と細まる。

「……そこまで入れこんでいるとは驚いた。しょせんは同じ化外の血か」

「義母上《ははうえ》」

「殺せ」

斎宮は低く言い放った。

「どうやらお前は、いまだ道理のわからぬ獣のようだの。ならば妾《わらわ》が教え諭してやらねばならぬ。太刀を持て。お前の手で、今ここで、その女の首を刎《は》ねよ。さすれば許してやろう。お前の望むものを与えよう」

「しかし」

「殺せ」

鋭い命が、御殿の端々まで響く。冷気が恐れと相交ざり、足元からひたひたと這《は》いあがってくる。ナツイは息をとめて、維明の背を見つめた。心の臓が跳ねあがる。耳元でうるさいくらいに音を立てている。

やがて維明は、押し黙ったまま立ちあがった。武人のひとりが渡した太刀を手に取れば、斎宮は一転、満足そうに扇を揺らす。

「それでよいのだ、維明。よい子だねえ」

その甘い声音に、ナツイははっきりと悟った。

終わりだ。

額を床に押しつけ、歯を食いしばる。瞳の裏に愛《いと》しい男の笑みがよぎる。生き抜きたいと暴れる自分を抑えつけ、これでいいのだと言い聞かせる。これでいい、ようやく穏やかな生活が叶う。馬鹿げた石に左右された現世から解き放たれる。楽になれる。石を砕く苦しみも、石に従えない悲しみも、闇の果てに消えていく。

――そうだよな、犀利……。

なのに、

「維明、なにをぐずぐずとしている。維明!」

待てど暮らせど、いつまでも刃は降ってこなかった。

何度呼びかけられようと、維明は動かない。ナツイがそろりと見あげてみても、太刀を両手で受けとったまま、うつむき微動だにしない。とうとう痺《しび》れを切らした斎宮が、綺羅《きら》の衣を引いておりてくる。とじた檜扇を、維明の顎《あご》さきに突きつけた。

「母の命が聞けぬのか、維明。相も変わらず聞きわけの悪い息子だの。今すぐその女の首を刎ねられぬなら、復職はなきものと思え」

それでも維明は顔をあげなかった。それどころかますます身を屈《かが》めて、一気に言った。

「できませぬ、義母上。恩を仇《あだ》で返すことは、わたしの道に反しますゆえ」

斎宮の目が見開かれる。

そして、やんごとなき女は激昂《げきこう》した。

「なにを申すか！　お前はまさに今、妾の恩を仇で返さんとしているだろうに！」

維明の肩を、首筋を、檜扇で打ちすえる。

「妾よりもその女が大切か？　不孝者め！」

「斎宮さまへの恩は、武人としての働きをもって返しとうございます」

「許さぬ！　お前の位階を取りあげる！　女もここで殺してやる！」

「ご容赦くださいませ。この娘は……」

維明は顔をあげ、信じられないことを言い放った。

「この娘は、我が子を宿しておりますゆえ」

斎宮も、ナツイも声を失った。

「……まことか、女よ」

猜疑《さいぎ》の視線が突き刺さる。嘘に決まっているだろう、と喉元《のどもと》まで言葉がせりあがる。

だがナツイは覚悟を決めて、堂々と、睨《にら》むように答えた。

「まことにございます。わたしの中には、維明さまの御子がいらっしゃいます」

斎宮は口の端をわなわなと震わせる。やがて「忌々しい」と吐きだし背を向けた。

「維明よ」押しころした声が御殿に響く。「子が生まれたらすぐ妾の元へ寄こせ。今度こそ素直なよい子に育てよう。どこぞの痴《し》れ者とは違う、聞きわけのよい子にの」

「ありがたい。感謝いたします、斎宮さま」

「失《う》せよ、もう顔も見たくない」

維明は深々と頭をさげた。

「……なぜ、わたしを助けた」

帰りの牛車《ぎっしゃ》で、ナツィはぽつりと問いただした。

維明は、あらゆるものを犠牲にしてナツィの命を救った。それだけは確かだった。

だが理由がわからない。

維明は答えない。答えたくないと気配が告げている。それでもナツィは沈黙を守れなかった。知らなくてはならない気がした。

「恩を仇で返してはならないっていうのが、お前が心に抱いたなにより大事な石だからか？　だとしても――」

「違う」と維明は固く制した。「俺の心には守るべき石などない。そんなもの、故郷が滅んだときにすべて砕いてしまった」

「復讐すべしという石を抱いていたじゃないか」

「石というほどの代物ではない。生きていくためには支えが必要だった。だから砕いた砂をかき集めて、石もどきに見せかけていたにすぎない。自分を騙《だま》して騙して、言い聞かせていただけだ。本当はどうでもいいんだ。すべてがどうでもいい。シキを殺したところで、かつての自分を取りもどせるわけではない。あの穏やかな生活が戻ってくるわけでもない」

維明は牛車の壁にもたれかかった。瞳は力なく闇に向けられている。

「……だったら」

ナツイは衣を握りしめた。『すべてがどうでもいい』。その言葉を、この顔をした男が発するのを聞くのは二度目だ。まったく別の男が、同じような諦念《ていねん》を滲《にじ》ませ漏らした声を知っている。だからこそ、ふたつの声がナツイの心のうちで重なって、軋《きし》んでいく。ナツイの心をも引きずりこんで、捻《ねじ》れて悲鳴をあげている。

これは、他人の石に人生をめちゃくちゃにされた誰かの、心の底からの嘆きだ。

叫びだしたい。逃げてゆきたい。尋ねるのが恐ろしい。だが尋ねずにはいられない。維明が、本当にすべてがどうでもよいのだとしたら。

「なぜ、わたしを助けてくれたんだ」

どうして逆らったのだ。殺してしまえばそれでよかったのに。ほしいものを手に入れられたはずなのに。

「なぜだろうな」

維明はナツイに尻目《しりめ》を向けて、そして瞼《まぶた》を伏せた。

「俺の中の犀利が、そうさせたのかもしれない」

それきり、なにも言おうとしなかった。

牛車が停まると、維明は懐から短刀を取りだした。いつも犀利が腰に差していた早蕨《さわらび》刀《とう》。それをナツイの手に握らせる。

「お前に預ける」

「いつかは明かす。今は預けられたとは誰にも言わずに持っていろ。犀利だと思って大切に扱ってくれ」

言うや自ら御簾《みす》をかきあげ、車を降りようとする。

「待ってくれ」とナツィは叫んだ。問わずにはいられなかった。「お前は言っていただろう！　征討軍が神北へ遣《や》られないよう立ち回っていたと。本当なのか？　本当だとしたらなぜなんだ。もしかしてお前は神北を――」

あなたこそが神北を。

「復讐《ふくしゅう》のためだと言ったはずだ」

維明は強く遮って、瞳《ひとみ》を歪《ゆが》めた。

言葉はなく、声もなく、ただ冬の風だけが吹き抜ける。

「……なぜだ」

「……維明」

「頼んだからな」

言い残し、維明は去っていった。

ひとり残されたナツィは、あっけにとられたまま手の中の短刀に目を落とす。

古い、古い早蕨型の短刀。犀利が『先祖から伝わる得物で、故郷から持ちだした唯一の品』と言っていたもの。犀利が維明の鏡映しの影ならば、維明にとってもこれは、滅びた故郷から持ちだせた、ただひとつの品なのだ。

そんな大切な品を、どうしてナツイになど預ける。

なぜ、なぜ。

埋火《うずみび》に息を吹き入れたように熱を持ち、疑問を撒《ま》き散らしはじめた自分の心が怖かった。すこしでも押しこめようと、預かった短刀を懐の奥にしまいこむ。再び顔をあげたとき、ちょうど見潮が駆けてくるのが見えた。

「ご無事だったのですね！」

ナツイの手を握って安堵《あんど》の涙を流す見潮を前に、ナツイはただただ唇を噛《か》んでいた。

無事ではない。なにひとつ無事ではないのだ。謎が膨らみ渦を巻き、もう抑えられなくなっている。

維明は、なぜナツイを破り、溢《あふ》れてゆこうとしている。

維明は、なぜナツィの命を救ったのだ。どうしてあれだけ執着していた将軍の座を諦めた。なにもかもがどうでもいいというのは本当か。ならば復職すら二の次になるような、切なる願いとはなんなのだ。神北に関係するものか？　真実維明は、征討軍が神北に遣わされないよう立ち回っていたのか？

つまりは――神北を守ろうとしていたのか？

あれだけかの地を蹂躙《じゅうりん》しておいて。『鷺』を弾圧しておいて？

心の中心に抱かされた、なにより大切な石にひびが入っていく。

いや、ひびはずっとまえからそこにあった。知らないふりをしていただけだ。頑《かたく》なに守ってきた石は、とっくに完全なものではなくなっていた。

ナツィは胸を大きく広げた。
膝《ひざ》をつき、見潮の手を取って、掠《かす》れた声で頼みこんだ。
「あなたが知っていることを全部教えてほしい。わたしは、知りたいんだ」
自らの意思で、自分の手で、心の石に刃《やいば》を叩《たた》きつけた。
この石が砕かれれば、わたしはわたしでなくなってしまう。
だとしても、それでもわたしは、知らないままではもういられない。

第七章　石を砕く

見潮はナツイの頼みを受けいれてくれた。そして時機を選んだ。維明の屋敷にはもともと家人が少ないが、それでも誰にも聞かれないときでなければならないという。

その日はすぐにやってきた。都に初雪が降りつもった朝、維明の屋敷は白く静まりかえっていた。庭中を覆い隠した新雪が、すこしの物音さえも呑《の》みこみ、掻《か》き消してゆく。

ちょうどこれから維明さまのもとに来客があるのです。そう見潮は教えてくれた。いたく高貴な御方で、数少ない家人はみなそちらへ出払っているという。斎宮の不興を買ってあとがない維明にさしのばされた最後の手だから、最善のもてなしをせねばと頭がいっぱいなのだ。

だからこそ幾重にも囲んだ几帳《きちょう》の内側で、ナツイは見潮から見た朝廷と神北、そして維明を、じっくりと知ることになった。

「ものの本によれば、もともと四方国は、神北支配への興味が薄かったそうです。気候が厳しい上に広大な神北を平定し、治めるよりは、交易相手として重視したほうが得策と考えていたとか。それが一転、国へ取りこもうと本腰を入れはじめたのは、ここ数十年のことだといいます」

火鉢を掻いて、見潮は語りはじめた。

「支配へ傾くきっかけがなんなのかは、ものの本には記されておりません。維明さまさえご存じないと仰《おっしゃ》っていました。もっとも、国なるものが取りこぼしていた辺境に支配の手を広げること自体は、なにも神北に限らず多くの土地でくり返されてきた歴史です。土地と民を取りこみ、力をつけて、また取りこむ。国とはそもそも、そのように形作られてゆくものなのかもしれません」

見潮は賢い娘だった。だから維明は、自身のかき集めた書物を繙《ひもと》き、さまざまなことを教えていたようだった。

それ自体がナツイには信じがたかった。知識を蓄え知恵を得れば、人は否《いや》が応でも変わってゆく。いつか見潮は、維明のありかたを否定するかもしれない。

怖くはなかったのだろうか。

「しかし、国とは平定のくり返しで広がっていくものだとは、平定を画する側の論理。当然ながら、取りこまれる土地のほうは抵抗します。当初神北は、穏便な対抗策を選んだようでした。古《いにしえ》の『十三道』のひとつであった波墓族が、さまざまな意見を持つ諸部族をまとめ、朝廷と対等に渡りあおうとしたのです」

波墓。維明が生まれ育ち、そして滅んだ一族。

——諸部族をまとめて、か。

であれば波墓は波墓なりに、一なる王として神北に安寧をもたらそうとしていたのかもしれない。朝廷の勢力を追い払うという、美しく、実現が極めて難しい理想の夢を追い求める痣黒の一派とは異なる道筋を描いていたのかもしれない。

波墓の人々は、『なにを砕いても生き延びる』という石を心に住まわせていたのだと、維明は言っていた。理想どおりではないとしても、とにかく生き延びる。そうして繋《つな》ぐ。それが波墓の民が古より戴《いただ》いてきた信念にして矜持《きょうじ》。

「波墓の交渉は、一度はうまくいくかと思われました。波墓の族長であった維明さまのお父上は、諸部族が朝廷に臣従を誓う代わり、古来の土地は末代にわたり安堵《あんど》され、税も新たに拓《ひら》いた土地からのみ徴収するという約定を取りつけたのです。ですが波墓の族長が持ち帰ったその約定が『十三道』の族長たちの協議にいよいよかけられるという矢先、肝心の波墓が滅んでしまい、朝廷と穏当に渡りあうことは叶《かな》わなくなりました」

滅ぼしたのはシキとエッロだ。一なる王を世に出すことができたかもしれない波墓を、なぜ一なる王の到来を切望しているはずのシキたちが滅ぼしたのか。

むろんシキとエッロは、波墓のもたらした約定がみなに受けいれられ、波墓の一族に王への期待が高まることを拒んだのだ。自分たちの石こそ至高、自分たちこそ王にふさわしいと考えた。

だから殺した。

「不安定になった神北に、朝廷はここぞとばかりに踏み入りました。波墓の里があった地を奪い、そこに西の城柵《じょうさく》を構え、皇族筋で四縛将軍のひとりであった縛北将軍・枯松宮を征北大将軍として差し遣わして、神北を一気に平定しようとしたのです」

だがその目論見《もくろみ》は、脆《もろ》くも崩れ去った。『十三道』のひとつである花落が蜂起《ほうき》して、その混乱に乗じて暗躍していた『鷺』が、征北大将軍もろとも西の城柵を焼き払ったのだ。城柵の周囲には、移民である柵戸《さくこ》や、朝廷に庇護《ひご》を求めた神北の民が数多く住んでいて、もろとも燃え落ちたという。

おそらくナツイの部族も運命をともにした。

「維明さまは、この『花落の乱』を平定するための二次征討軍に、軍監《ぐんげん》という役職で参じられました。そして勇猛果敢な働きで、乱の平定におおいに寄与された。その勲功により、神北の諸部族に睨《にら》みをきかせ、無為な争いを防ぐため新たに作られた軍——鎮軍を統率する、鎮守将軍となられた」

「……無為な争いを防ぐため、か」

ナツイはふと、『鷺』で維明がなんと称されていたかを思い出した。

血も涙もない、暴虐非道の将軍。まことの鬼。

すくなくとも維明は、『鷺』を執拗《しつよう》に付け狙っていた。それだけではない、維明の『勲功』とやらには、花落の里を滅ぼしたことも含まれている。

花落族の本拠がどうなったのかはナツイも知っている。女子どもも含め、いっさいが焼き払われたのだ。維明は、どんな思いでかつての同胞《はらから》に火を放ったのだろう。泣き叫ぶ子どもたちを見殺しにしたのだろう。なにも思わなかったのか。それとも、敵が悪いのだから仕方ないと自分に言い訳したのか。変わってしまった犀利のように。

「維明さまが無為な争いを防がれようとしていたのはまことなのですよ、ナツイさま」

険しい表情になったナツイに、見潮は言い聞かせた。

「維明さまは、『鷺』が大きな事件を起こすのをなにより警戒されておりました。もし再び城柵が焼かれたり、高官が殺されたりすれば、朝廷はまた征討の大軍を寄《よ》こすでしょう。そして今度こそ、容赦はいたしません」

「わたしたち神北の民を皆殺しにすると」

「そうとも、そうでないとも言えます」

と見潮は寂しく微笑んだ。「もちろん戦が起これば、数多《あまた》の民が死にます。しかし民のすべてを殺すことなど朝廷にもできません。ですから朝廷は、民の心を殺すのです」

「心を」

ええ、と見潮は胸に手を置いた。

「直接刃向かったかどうかに関わらず、みな故郷を追われ、部族も家族さえもばらばらになって、遠い土地へと移り住むよう命じるのです。あとにはなにも残りません。かつて神北の民であった者は、文化も誇りも絆《きずな》も失い、自分がなんであったかもわからず生きていくことになります。……ちょうどわたしたち、かつての尖《とがり》の民のように」

ナツイは言葉を呑んだ。

平定されたはずの西国で、最後まで雌伏していた尖なる部族が大反乱を起こし、征討の大軍を送られているという話はどこかで聞いたことがある。

この娘は、大乱の地の出身なのか。

「五十年ほどまえから、四方国は我ら西の民をも四方の傘下に入れようと、幾度も征西をくり返していました。そして引いてはまた大波のように押しよせる軍勢に疲れ果て、ほとんどの西国の民は四方の民となり果てました。しかし勇猛で知られる尖の一族だけは諦《あきら》めず、花落の大乱から遡《さかのぼ》ること三年の春の日に、力合わせて決起いたしました。大反乱を起こしたのです」

「そして、どうなった」

「負けました。朝廷が送りこんだ数万の大軍の前に敗北し、夢を掲げた戦人《いくさびと》はみな死に、固き結束は崩れ、打ちのめされた民だけが残されました。その民はひとり残らず、帳《とばり》の山並みの向こうに連れてゆかれました。二度と決起できないように、結束できないように部族も家族も引き裂かれて、身ひとつで。おそらく鎮兵のうちにも、神北の柵戸のうちにさえ、かつての尖の民は数多く含まれているでしょう」

「あなたもか。あなたも西を追われて……それがなぜ、この都に」

「わたしは幼かったのです。多くの幼子は、遠い国まではとても連れてゆけぬと親に捨てられました。征西の軍に加わっていた維明さまはそれを哀れんで、できる限り都に連れ帰り学と職を与えてくださった。そのひとりがわたしです」

「……維明が」

「あの方は、故郷を失う苦しみを誰より理解されている。だからこそ、わたしたちを見殺しになどできなかったのでしょう」

言葉もなかった。見潮と尖の民の悲しみが胸に迫ってくる。それはまさに、神北が歩むかもしれない末路。

そして、維明がますますわからなくなった。なにを信じればいいのだ。不安がちくちくと身を刺していく。誰か教えてくれ。正しいのはなにかを決めてくれ。

「とにかく、そのように征西にも従軍された維明さまは、征討軍の恐ろしさをよくよくご存じです。だからこそ故郷である神北に再度征討軍が遣わされる行く末をなんとしてでも阻止しようと決意しておられた。たとえ、斎宮さまのお力に頼ってでも」

だから維明は、斎宮に取り入った。後ろ指を指されようとも斎宮におもねり、力を得ようとした。

復讐《ふくしゅう》のためではなく、神北のために。

神北の人々を守るために。

だとしたら、とナツイはふいに笑いだしたくなった。

神北を守るという美しい夢を掲げた『鷺』が征討軍の到来を心から望み、神北を侵しに現れたはずの維明が、なんとか征討を押しとどめようとしていたってことか。

なんだそれ。

馬鹿みたいだ。

「……でも斎宮は、維明をかわいがっていたんだろう？　その維明が『鷺』に殺されたようなものと知ったらすぐにでも大軍を遣わしそうなのに、なぜ維明が死んだとなったときに動かなかったんだ」

「もちろん斎宮さまは、大軍を遣わそうとされました。だからこそ征討は実現しなかったのです。維明さまの思惑どおりに」

「思惑？」

眉《まゆ》をひそめるナツイに、見潮は懇々と語る。

「維明さまが亡くなったと知った斎宮さまは、激情のままに、なにをおいても軍を動かそうとされました。それはまさに公私混同、そのように貴族の目には映りました」

怒鳴り、泣き叫び、斎宮は命じたという。今すぐ征討の軍を北にやれ。十日のうちに神北のすべての部族を討ち滅ぼし、維明の仇《かたき》をとれ。

だが四縛将軍や、なにより数多の貴族が賛同するわけもなかった。貴族たちは、化外の民にすぎない維明が、斎宮に取り入って出世していくことをよく思っていなかった。

もっとも四縛将軍の中には一刻も早く神北を平定すべきと考える者もあって、もとを辿《たど》ればその者が率いる一派の強硬論を、維明が斎宮の威光を借りて押しとどめていた構図だった。花落の大乱の平定後も、征討軍を増員して一気に六連野全域を平定するか、鎮軍の創設をもって静観するかでたいへん揉《も》めたのだ。

だが構図は逆転した。平定を主張していた一派すらも征討は今ではないと沈黙し、斎宮に同調するのを避けた。

「もしかして維明は、そこまで考えていたっていうのか？　死後に斎宮がどうふるまうかも見越して、自分が死のうとすぐには征討軍が遣《や》られないように立ち回っていた」

すこしでもその日が来るのが遅れるようにと準備していた。

「仰《おっしゃ》るとおりです。あの方ほど、神北の未来を考えられている御方はおりません。滅びた地の民であるわたしには、すこし、うらやましいです」

見潮の声には切ない本音が滲《にじ》んでいる。

ナツイは黙りこんだ。わからない。もうなにもかもがわからない。耳を塞《ふさ》ぎたい。

「……つまりこのあいだあなたが言っていた、維明のたっての願いっていうのは、どんな手を使ってでも征討を押しとどめることだったんだな」

「はい」

だがその願いは、四縛将軍によって退けられた。

叶《かな》わないと決まってしまった。

だとしたら、答えはひとつだ。

「とうとう征討軍が、神北を攻めに来るのか」

「はい」

見潮は、まるで自分の故郷が攻められると決まったかのように苦しい顔をした。

「春になり神北の雪が解ければすぐ、大軍が遣わされるでしょう」

予想はしていたのに、いざ耳にしたら足元がぐらぐらと揺れる。

とうとう来る。

征討の軍勢が、神北の地を侵す。

『鷺』であったころのナツィが抱いたであろう喜びを、濁流のような不安が押し流していく。誰もが望んだ征討が始まる。いや違う、望んでいない。すくなくとも今のわたしは怯《おび》えている。敵も味方も刃《やいば》を振りあげ、可憐《かれん》な神北草《かみきたそう》を踏みにじり、火を放つ。幼子が泣き叫び、やがて慟哭《どうこく》すら尽きた屍《しかばね》の丘だけが残される。

「もうとめようがないのか？　どうにもならないことなのか？」

「残念ながら。一刻も早く平定しようと考えていたのは、四縛将軍のうちの縛北将軍・雪下宮さまです。雪下宮さまは、もともと維明さまの喪が明けるころには征討を行うつもりで準備していたようです」

いかに維明が化外の民であろうと、斎宮の意向が煙たかろうと、皇尊《すめらみこと》より節刀を賜った将軍を殺されたのは事実。征討自体は行わねば示しがつかない。神北以外の諸地方にすら舐《な》められて、反乱の種を蒔《ま》くことになる。だから遅かれ早かれ、征討の軍が来るのはわかりきっていた。

「もちろん維明さまは懸命に手を尽くされたのです。ご自分のお心を殺してでもあらゆる手管を用いられ、説得されようとした」

「それでも叶わなかった」

ナツィは膝《ひざ》を睨《にら》んだ。

――わたしのせいだ。

征討のきっかけを作ったのも、維明の立場をここまで悪くしたのもナツィだ。『化外』出身の男など、都の貴族はこれさいわいと排除する。だから維明にはひとつも失敗は許されなかった。征討軍の発遣すら左右できる確かな地位を維持しなければならなかった。取り返しのつかない事件が起きないよう、睨みをきかせなければならなかった。

だがナツィが全部めちゃくちゃにした。

それればかりではない。征討がもはや動かしがたいものになってしまった以上、維明は将軍としての立場にしがみつくしか手はなかったはずだ。このまま力を失えば、征討の詳細になんの意見も言えなくなってしまう。

だからナツィを斎宮にさしだしてでも、将軍の座を死守しようと決意していた。なのに。

「お心を確かになされませ。まだ、なにもかもが終わったわけではありません」

「でも征討軍は来ると決まってしまった。維明は、最後の頼みの綱だった斎宮とも袂《たもと》を分かってしまったんだ」

ナツィは自分がどうしたらいいのかわからない。去年の今ごろは、征討軍が来る日をあんなにも待ちわびていたのに。

と、見潮は身を乗りだして、うつむくナツィを励ました。

「いいえ、まだおひとり、どなたよりも頼れる御方がおりますよ。雪下宮さまのお望みを叶えられるようならば、まだ道はあるのです」

　ナツィは眉をひそめた。

「それはさっき出てきた、征討を望んでいる皇族じゃないか」

「はい。縛北将軍さまにして、次の皇尊とも噂される賢い御方です」

　そういえば、とナツィは思い出した。その名自体は聞いたことがある。かつてナツィが着せられた朝廷風の衣《ころも》を用意したのが、まさにその雪下宮だと見潮は言っていたはずだ。他の維明の家人たちも「雪下宮さまからの贈り物です」とナツィへたいそう立派な円鏡をくれたり、「雪下宮ならば、維明さまのお力になってくれるはず」などと願望交じりの口調で口にしたりしていたではないか。

　四方の朝廷にて政を支える四将軍の一角でありながら、変わった文物に目がない、風変わりな切れ者だと聞いていた。朝廷の常識にも囚《とら》われないところがあり、この館《やかた》もそもは雪下宮所有だったのを、維明が帰京すると知り貸し与えたのだとか。行き場をなくした見潮たちを保護していたのもこの男らしく、家人たちは慕っている様子だった。

　雪下宮を語る見潮の声にも、熱が籠《こ》もっている。

「確かに以前より宮さまは、一刻も早く神北を征討すべきと主張されておりました」

「それならやっぱり、維明の敵だ」

「表向きにはそうです。ですがそれでいて、現状維持のための鎮軍を設けることには賛同なされた」

花落の大乱後、一気に六連野の諸部族を排除する手もあったのに、なぜか鎮軍の創設を乞《こ》う維明の肩を持った。

「なぜかといえば、維明さまとのあいだに、節刀を巡る密約があったからです」

「節刀？」

ナツイは顔をしかめた。また節刀か。シキも阿多骨も、みな節刀に執着している。

「節刀には、特別な力が籠もっているというのです。そしてその力を振るえるのは、いまや維明さまだけ。だからこそ雪下宮さまは征討ではなくまず鎮守を、と主張された維明さまに味方された」

「……なるほどな」

不思議な力。初耳だったが腑《ふ》に落ちる。細い糸が繫《つな》がっていく。

その雪下宮なる男は、要所要所で維明に恩を売ることで、節刀なる朝廷の宝物を、維明ごと自分のものにしようと画策したのか。

「維明さまは、『鷺』に襲われた際に節刀を失ったと仰っています。ですが雪下宮さまは、維明さまご自身がひそかに隠し持っているのではないかとお考えです。そしてもし維明さまが節刀をご自分に献じ、以後忠心を捧《ささ》げるのであれば、復位に手を貸すと」

それればかりか、と見潮の瞳《ひとみ》はますます熱を帯びてくる。

「雪下宮さまは、こたびの征討軍を率いる征北大将軍として、御自ら征討軍を率いるお立場になられます。その雪下宮さまならば、維明さまのご意向を反映できます。もしかしたら形ばかりの征討になり、神北の民は神北の地を離れずすむかもしれません。ナツイさまは、故郷の人々を守れるかもしれません」

ナツイさま、と見潮はナツイの手を握りしめた。

「どうかお教えください。維明さまは、節刀をいまだお持ちなのでしょう？」

ナツイは戸惑った。

「……知らない。節刀なんていう大層な品は見たこともない」

「いいえ、ご存じのはずです！」

「だから知らないって――」

「大層なものではなく、なんの変哲もない早蕨刀《さわらびとう》だそうです。本当はご存じでしょう」

瞬《まばた》きもせずに見つめられ、ナツイは口を引き結んだ。

節刀なんて本当に知らないのだ。維明はそんなものの話を一言もしなかった。

だが。

――なんの変哲もない、早蕨刀。

この話が始まったときから、ひと振りの短刀がはっきりと脳裏に浮かんでいる。

犀利がずっと持っていた、故郷から持ちだした唯一の得物。先日、維明に預けられた品。渡されたとは誰にも言わず、犀利だと思って大切に持っていろ――。

そうだ、わたしは知っている。

今このときも懐に隠し持っている。

あれこそが節刀なのだ。維明がなくしたと嘘をついている、『鷺』が、阿多骨が、雪下宮が探し求める刀。

ナツィは迷った。どうする、知っていると打ち明けるのか。みなが探し求めるその刀は、わたしが今ここに預かっていると。さしだせば、雪下宮は征討に手心を加えると言っているという。信じていいのか。神北は助かるのか。みなを守れるのか？

考えるな、と記憶の向こうの父は言った。考えれば、おのずとお前の石は砕かれる。変わってしまう。道を失い、彷徨《さまよ》う羽目になる。尊き御方の声に流されよ。長き物に巻かれよ。それこそがお前の幸せ。お前がお前として生きる道。

ナツィは短く息を吸いこんだ。心を決めた。

「……知らない。そんな刀は見たことも聞いたこともない」

「ご冗談を！」

見潮は叫ぶ。そんなわけがない、と言いたそうだった。

「冗談でもなんでもないよ。もちろんわたしも、節刀を『鷺』や阿多骨の部族が探していたのは知ってる。みんな血眼になってたから、誰も見つけられていないんだな」

「維明さまもですか？　でも本当は、維明さまがお持ちなのでは――」

「絶対に持ってるわけない。そもそもあのひと自身が懸命に探していたんだ」

言い切るナツィに、なおも見潮が反論しようとしたときだった。

「見潮よ、もうよい。その女は確かになにも知らぬのだろう」

からからと笑う男の声が響いた。

誰だ、とナツィは身を強《こわ》ばらせる。

御簾《みす》の向こうに影がある。

維明と同じ歳くらいの、若い男だ。脊骨の山脈に降りつもった雪のように白い絹の袍《ほう》をまとい、烏帽子《えぼし》を戴《いただ》いている。余裕ぶって唇を釣りあげ、切れ長の目を細めて面白そうにナツィを見おろしている。

傍らには堅苦しい服装をした、怒りを隠せぬ維明の姿もあった。怒りが向けられているのはナツィではない。この見知らぬ男と、そして見潮だ。

「まさかこのような謀《はかりごと》をなさるためにおいでになったとは思いませんでした、宮」

低まる維明の声をものともせず、男はゆったりと扇をひらいた。

「そう怒るな、維明。お前が連れてきた化外の女は、存外素直なようではないか。そして節刀について口を割らない程度には賢い」

その言葉にナツィは悟った。この男は、ナツィと見潮の会話をずっと盗み聞いていたのだ。偶然通りかかったのか。いや違う、見潮と共謀したのだ。見潮はわざと、あえてこの男が来るときを狙って話をした。この維明の隣にいる男――雪下宮そのひとに、ナツィがどう反応してなにを言うかを逐一聞かせるために。

節刀について聞きだすために。

だから維明は怒っている。

「ご自身で盗み聞かれる必要は欠片《かけら》もなかったのではありませんか」

「自身の耳で聞くのがもっとも確かだろう。わたしは他の皇族とは違う。自らの足で出かけ、自らの目で見て耳で聞く」

「なにも我が家人に裏切りを命じずともよかった」

「怖い顔をするな。見潮はお前のためにこそ、我が命を聞きいれたのだぞ」

なあ、と雪下宮は笑みを浮かべて見潮を見おろす。「申し訳ございません！」と見潮は泣いている。顔をくしゃくしゃにしてひれ伏している。

それでも維明の表情がいっさい緩まないのを見て、ナツイは急いで口を挟んだ。

「わたしは許すよ、見潮。今日教えてくれた話に嘘がないのなら」

ナツイがここでどうにか納めなければ、維明は見潮の裏切りをきっと許せない。

「心配するな、化外の女」と雪下宮は他人事《ひとごと》のようだ。「見潮はきちんと真実を教えていた。見潮が知る限りの真実ではあるがな」

「だったらいい。いろいろ教えてくれてありがとう。許してやってくれ、維明」

それでも維明はしばらく口の端を震わせていたが、やがて深く息を吐きだし、「さがっていろ」と見潮に命じた。

見潮がさがると、維明は雪下宮に向き直る。押し殺した声で問いただした。

「いつの間に、わたしの家人を手なずけていたのです」

「なにを言う。お前が『死んだ』あと、誰がお前の家人の面倒を見てきたと思っている。

みなわたしに恩を感じ、逐一お前の動きを報告せよとの命に忠実に働いている」

「家人に、わたしを見張らせていたのですか？」

「そのとおり。帰京してからのことは、すべてわたしに筒抜けだ」

怒りで言葉もない維明を前にしても、雪下宮はまったく悪びれない。もったいぶったように扇を傾ぐ。

「だが家人を恨むのは的外れだ。みな、お前が心配の一心でわたしに従っているのだからな。記憶をなくして敵の尖兵《せんぺい》と化していたうえ、記憶を取りもどしてもなお敵の女などを連れ戻ってきた化外出身のお前など、もはや誰も信頼しない、都に居場所はない。それがお前以上にわかっているから、なりふり構っていられないのだよ」

ひた隠しにしていた『鷺』でのことさえ察している雪下宮の一言に、維明はたまらず顔を背けた。その胸をかき乱しているのが怒りばかりではないのが、ナツイにはわかった。わかりたくないのにわかってしまった。

維明は傷ついている。信頼を粉々に砕かれて苦しんでいる。

「なあ維明よ、わたしならお前を助けられるかもしれぬよ」

と雪下宮は、維明の首筋をぱちりと扇で叩《たた》く。

「本当は節刀を隠し持っているだろう。わたしに渡せ。さすれば命は助けてやろう」

「持っておりません」

「嘘を吐くな。化外の部族の誰もが見つけだせぬなら、答えはひとつしかない。お前が隠しているのだ」

「持っておらぬと申しております」

「いいからわたしに渡せ。このままでは、お前を生かしていたところで利を得る者が誰ひとりいなくなる。お前は復位どころか、死ぬしかなくなる」

「なにを仰《おつしや》ろうと、持たぬものは持たぬもの。そもそも持っていたところで、あなたにお譲りすることなどできぬ品でしょう。あれは皇尊《すめらみこと》からお借りしたもの。皇尊がご所有の品を我が物にされるおつもりか」

「なにを寝ぼけたことを。あの刀はもともとお前のものだろうに」

雪下宮は薄ら笑みを浮かべて、維明の首を何度も扇で打った。

「わたしを他の都人と同じ、なにも知らぬ愚鈍と見なしてくれるな。神北の伝統も、伝承もよく知っている。あれは、あの節刀はお前のもの。滅びたお前の部族に伝わった、『石砕きの刀』なのだろう?」

維明は言葉をとめた。それから厳しく問いかける。

「なぜあなたはあの刀を求められる。神石を砕く権能をもって、『十三道』の心を折ろうとされているのか」

「まさか。そんな権能などなくとも我らは神北の部族ごときに負けることはない。そもそも征討に権能を用いるつもりならば、わたしの私有とする必要などいっさいなかろう」

「ではなぜ」

「ほしいから、それだけだ。わたしが変わった文物や珍しい書物に目がなく、見境もなく集めたがり、皇族でありながらほうぼうへ出歩く厄介で箍《たが》の外れた人物だとはよく知っているだろう？　おかげで次の皇尊に推される始末だ。我が国の皇尊とは、皇族のうちもっとも愚かで、箱の中に入っていられない者がなるものだからな」

「あなたは箍が外れているように見せかけているだけでしょう」

「なんでもよいよ。とにかくわたしはその刀を我が物にしたい。我が秘宝のひとつに加えたい。維明、素直に寄《よ》こせ。死にたいのか？」

「地滑りの際、土に埋もれてしまったのですよ」

「お前が生きて這《は》いでている以上、それはない」

「では『鷺』が隠し持っている」

雪下宮はその言葉を待ち構えていたように口の端を吊《つ》りあげた。

「維明、わたしはな、お前が戻ってくるまでは『鷺』が隠し持っていると考えていたのだ。だから阿多骨族に命じて『鷺』の隠れ里を襲わせ、捜させた。だが見つからなかった。それどころか阿多骨は、その襲撃が発端となって『鷺』に滅ぼされた」

はたと顔をあげたナツィと維明の前で、雪下宮はにんまりとする。

「それでよいのだ。阿多骨が滅んでようやく確信できるようになった。お前が保護した阿多骨の遺児や女たちは、今も『鷺』への復讐《ふくしゅう》に燃えているそうではないか。つまり阿多骨の神石はいまだ砕かれず、阿多骨の遺児の心を縛っている。であるならば、間違いなく『鷺』は節刀を持っていない。節刀とは、神石を砕きうる唯一の刀。もし『鷺』が節刀を持っていれば、とっくに阿多骨の神石など砕いていたはずだからな」

「……まさかあなたは、『鷺』が神石を砕けるか試すために、わざと阿多骨を見捨てたか。わざと『鷺』に襲わせたか」

蒼白《そうはく》になった維明をよそに、雪下宮はうっとりと扇の縁を指でなぞった。

「まさか。阿多骨はお前の仇討《あだう》ちをしたかったし、節刀も見つけたがっていた。だから『鷺を襲い、節刀を捜せ』というわたしの命に勇んで乗った。そして『鷺』は阿多骨を滅ぼしたかったから滅ぼした。それぞれがそれぞれの望みに沿って動いたまでだ」

むろんお前も、と雪下宮は微笑んだ。

「記憶を失っていたお前も、阿多骨を滅ぼしたいから滅ぼしたのだろう？」

維明は口を引き結んだ。深く傷を抉《えぐ》られたかのように瞳《ひとみ》が揺れている。痛みを堪《こら》えている。雪下宮は満足げに笑んだ。笑みながら、鋭く維明を覗《のぞ》きこむ。

「節刀を寄こせ、維明。そうすれば、お前を征討軍の一員として神北に連れていってやる。お前の仇《かたき》を、お前自ら討てるようにとりはからってやる。復讐して、そして生きろ。『なにを砕いても生き延びる』というのが、お前の部族、波墓が守ってきた石なのだろう？　お前を衝《つ》き動かす信念なのだろう？」

「いいえ」

維明は頰を強《こわ》ばらせ、睨《にら》むように言いかえした。

「わたしは持っておりません。もはやその石も、節刀も、我が手元にはございません」

「嘘吐きめ」

しばしふたりは睨み合う。厚い雲が光を閉ざす。

「……あと十日は待ってやろう」

さきに目を逸《そ》らしたのは雪下宮のほうだった。笑みを広げて扇をひらくと、「女」とナツィへ呼びかける。

「もし維明が死んだらわたしが引き取ってやる。我が父を殺した『鷲』に与《くみ》した女であろうと構わぬぞ。すべて忘れて都の女として暮らすもよし、わたしを憎み、朝廷を憎んで一生過ごすのもよい。そちらのほうが面白いな。わたしはこと珍しい文物に目がないゆえ」

雪下宮は、のんびりとした足どりで渡殿《わたどの》に去っていった。

白い衣がすっかり見えなくなっても、ナツィと維明は身じろぎもしなかった。

やがて溶けた雪が葉から落ちる音がして、それが合図だったかのように、ゆっくりと目を合わせる。

維明、とナツィは抑えた声で呼びかけた。

「話があるんだ。訊《き》きたいことも」

「俺もある」

だから、と維明は言った。「日が沈んだら、離れの、俺の寝所に来てほしい」

日が落ちたころには再び雪が降りはじめていた。肩が白く染まるのも構わず、決意を胸にナツイは屋敷の隅にある離れへ向かった。

蔀戸《しとみど》のおりた薄暗い部屋の中で、維明はひとり待っていた。ふたりとも、一言も言葉を発さなかった。外ではただ音もなく、ほの白い雪が降りつもっていった。

やがて維明は、小さな高燈台《たかとうだい》に火を点《とも》した。明かりのさきに、互いの顔が浮かびあがる。維明の顔がそこにある。犀利とは違って、それでいて同じ目をしている。

ナツイは古びた短刀を、明かりのもとにさしだした。

「これは返す」

維明はしばし息をとめ、それから短く問いただした。

「なぜ、節刀など知らないと嘘を言った」

「犀利はわたしとの約束を守ってくれた。わたしが化け物だって誰にも言わなかった。だからわたしも約束は守る」

「犀利は、最後の最後にお前を裏切っただろうに。お前の秘密を話してしまう気になっていた」

「あれは、わたしの犀利じゃない」

「お前の犀利だ。お前が見たくない犀利もまた、犀利という男の一部だった」

「あなたもか」

節刀に伸ばしかけていた男の腕がとまる。

「……そうだ」

やがて維明は、音もなく刀を手にとった。

「あなたこそ、なぜ節刀を持っていないと嘘をついたんだ。渡しさえすれば、雪下宮とかいう男は望みを聞いてくれるみたいじゃないか」

「渡したところで望みなど叶《かな》わない。もはや征討はとめられない。雪下宮が化外の民に手心を加えるわけもない」

「……あなたの望みは、復讐を遂げることのはずじゃなかったか？」

しばし間があって、「そうだったな」と維明は自嘲《じちよう》した。

「どちらにせよ、今日この刀を手放すわけにはいかなかった。やり残したことがあるのだ。俺は約束を守らねばならない。せめてもの心を返さねば」

なんの約束だ――と尋ねかけて、ナツィは口をつぐんだ。維明が懐から取りだしたのは、絹の小さな包み。維明はそれを至極丁寧な、どこか怯《おび》えているようにさえ思える手つきで広げていく。

包みの中身が目に入ったとたん、ああ、とナツィはすべてを察した。

現れたのは、淡く朱色に光る石。

阿多骨の神石だった。

「……あなたが持っていたのか」

ならなかった」

「隠れ里を脱するときに奪ってきたのだ。これだけは、なんとしてでも持ちださねば

弱々しい朱の輝きに、維明は切ないような、苦しいような目を落とす。

重苦しい沈黙が満ちる。息が詰まり、身じろぎすらできなくなる。

やがて維明は、ひっそりと石へ語りかけた。

「長らく待たせてすまなかった。お前の妻たちは、東国に新たな住まいを得た。笹目は無事子を産み落とし、糸彦と名付けたそうだ。みな生き延びた。神石に心を支えられずとも、もう生きていける」

だから、と強く握りしめた刀の切っ先を、阿多骨の神石へ向ける。刃《やいば》がほのかに白く輝きはじめる。

「遅くなったが、約束を果たそう」

そして輝く朱の石肌へ、白光をまとった短刀を力の限りに叩《たた》きつけた。

ナツイはただ、灯火に照らされた維明の手元を見つめていた。

本物の翡翠《ひすい》にはひっかき傷しかつけられなかった刀は、ただ一度叩きつけただけで神石にひびを入れた。ひびの奥から、まるで石の悲鳴であるかのような激しい閃光《せんこう》が放たれ周囲を明々と照らす。それでも維明は力を緩めなかった。切っ先が深く押しこまれるほどに、光り輝く石を穿《うが》つひびは広がっていく。朱の部族が捧《ささ》げた思いが、光となって漏れていく。

そしてその光は、唐突に、あっけなくかき消えた。同時に朱色の神石はざらりと崩れて砂と化す。きらめく粒は、風もないのにふわりと舞いあがる。ひときわ輝いたかと思えば、色を失い消えていく。

それきりだった。

しんと静寂が満ちる中、維明はゆっくりと刀を置いた。

「……これで、笹目や子らは阿多骨の石から解き放たれる。自らの故郷も部族の矜持《きょうじ》も忘れ、囚《とら》われず、新たな土地で、新たな石を得るだろう」

その声は掠《かす》れ、かすかに震えてさえいて、ナツイは息ができなくなりそうだった。

「維明、わたしは――」

「あんたは正しかった」

維明は激しく遮った。「これは俺の過ちだ。俺がひとりで負うべき責めだ」

口を挟む余地もなくきっぱりと言い切られて、ナツイは声を失った。信じられなかった。まさかこの男は、阿多骨の滅亡は犀利でもナツイでもなく、自らの罪であるとでも考えているのか？　あの場に居もしなかった、なにもできなかった我が身が引き寄せた結末だと、維明としての自分を取りもどした瞬間から、ずっと己を責めていたのか？

「違う、そんなの全然違うだろう……」

維明の言うとおりだとも、肩の荷がおりたともまったく感じなかった。むしろ突き放されて、締めだされたような気になった。

「あなたの責なわけあるか！　わたしと犀利がやったことだ！　あなたじゃない」

そうだ、この末路に責めを負うべきはナツィと犀利。

維明こそが正しかったのだ。

「糸彦は言っていた。維明は共存の道を示してくれたんだって。聞いたときはとても信じられなかったけど、今は理解してる。あなたは、もはや神北から完全に朝廷を追い出すことなどできないって悟ってたんだ。だから朝廷が入りこんでこようと、神北の部族が石を失わず、ともに生きてゆける道を探した」

征討軍を送られないように神北の諸部族に睨《にら》みをきかせ、ことを大きくしようとする『鷲』を取り締まりながら、阿多骨のような友好部族に稲を強くする方法や、便利な文物を伝えた。

「あなたはそれしか道がないと知っていた。神北が神北として続いてゆくには、受けいれつつ強くなるしかないと悟っていた。変わることでこそ守れるものがあると気がついていた。だから――」

「違う。俺は、神北の民に屈せよと強いていたにすぎない。そもそも神北の未来も、阿多骨の繁栄もどうでもよかった。ただ己の目的を果たすために、復讐《ふくしゅう》のために、阿多骨の協力を取りつけたのだ。有力部族の協力なくしては、『鷲』の居場所を炙《あぶ》りだせない、シキを殺せない。だから阿多骨を利用した。甘い汁を吸わせてやった」

「それだって事実とは違うだろう！」

ナツイは負けじと震える声を張った。睨みつけた。「糸彦はあなたに感謝していた。あなたを理解して、あなたの死を心から悼んで惜しく思っていた。その思いをなかったことにしないでくれ」

ナツイには維明の心など窺《うかが》えない。

そんなものはいくら考えたところで見えてこない。

だがすくなくとも糸彦が、維明をどういうふうに悼んでいたのかは知っている。糸彦だって、維明にさまざまな思惑があるとは当然悟っていた。互いの立場があり、利用しあっているのだと。なにが悪い。人なんてみなそうして利用しあっている。そのうえで糸彦は悟っていた。維明は維明なりの大義をもって神北を守ろうとしているのだと、その思いは届いていた。

だから糸彦は、維明に贈られた『波墓の碧《あお》』の帯を大切に持っていた。維明という名で戻ってきた波墓の盟友の、口にはできない思いが籠《こ》もっていると知っていた。

だからこそ、『鷺』を相手取り、仇《かたき》を討とうとした。

「あなたはそうやってなにもかもがどうでもいいと言うけれど、真実どうでもいいようには見えない。あなたが語るあなたはめちゃくちゃだ。だからわたしはもう、言われたとおりに信じるのはやめる。従うのも終わりにする。自分で見て知って、導きだした答えが、わたしの中の真実なんだ」

維明の口の端が震える。ナツイは、維明が泣くのではと思った。

「あなたとシキ、どちらが正しいのかまだわたしは知らない。答えを持っていない。阿多骨が滅びるべきだったのかどうかも。でもすくなくとも、阿多骨があの日に滅びた理由はわかる。『鷲』が襲ったからだ。雪下宮とかいう皇族が、そうなるように焚《た》きつけたからだ。そして……わたしがなにも自分で考えなかったからだ」

ナツイも涙を堪《こら》えた。そうだ、これはわたしが引き起こした結末だ。

「犀利が全部決めてくれればいいと思っていた。犀利が決めたのならば、どんなことでも受けいれて、ただ守ろうと考えていた。だから犀利がひとりで悩んで、ひとりで変わらなきゃならなかった。あのひとを歪《ゆが》ませたのはわたしだ。必ず『鷲』を選ばなければいけないと、自分を変えねばならないと思わせたのはわたしだ。わたしのせいなんだ」

心の石が軋《きし》む。自分がばらばらになりそうだ。わたしは今、わたしというもののありかたを否定している。砕いている。

だからこそ立ちどまれない。

「維明」

ナツイは維明の瞳《ひとみ》を射るように見つめた。

「あなたにだって、あなたなりに信じる道があるはずだ。その道をゆかねばならなくなった理由があるはずなんだ。教えてくれ。あなたの口から聞きたい」

そして考えたい。

この世には、まったく正しいものなんてないのだ。だからこそナツイ自身で、なにを選ぶのかを選びとりたい。

選ぶために、知りたい。

維明の瞳が歪み、息が漏れる。

「……わかった。俺が知ること、すべてを話そう」

やがて男は、ひそやかに口をひらいた。


重く湿った雪は、いつの間にか降りやんだようだった。月が雲間から覗《のぞ》いているのか、白い庭をほのかな光が照らしている。その淡い光に維明は、かつてナツイが『犀利』に語った話を思い出していた。

ナツイは地滑りに巻きこまれて死にかけたとき、自分の心のうちを幻として垣間見《かいまみ》たのだという。それは伝説に出てくる『光差す窟《いわや》』そっくりの場所で、やわらかに落ちかかる光に照らされたくさはらに、いくつもの美しい石が佇《たたず》んでいたのだそうだ。

同じく死にかけたのに、『犀利』はそんな幻を見なかった。だがもし見たとするならば、己の心の窟は、荒々しく砕かれた石が散乱しているばかりのひどく殺風景な場所なんだろうなと思っていた。そんな自分に寂しさを感じて、変わりたいと願った。大切な人を守るためにこそ、己の中心に揺るぎない石を据えようとした。

それがすべての過ちのはじまりだった。『犀利』はひとつの石をみなで抱き、守り、強めることがもたらす恍惚《こうこつ》に囚われて、自分自身を見失った。

そして再び『維明』として生きる今、心の窟の形は多少は変われども、やはり石塊《いしくれ》が散乱するばかりの廃墟《はいきょ》だった。砕いているのは維明自身だ。受けいれられず、許せず、外側の自分が心を閉ざして淡々となすべきことをなす傍ら、本物の自分は窟のうちでひたすらに、怒りにまかせてすべてを傷つけ続けている。

そうしなければ息すらできない、悪夢を彷徨《さまよ》う日々だった。

わかっている、しょせんは逃れられないのだ。犀利の犯した数々の罪を、自分とは無関係、俺ならば犯すはずもないと胸を張れればよかったのに、犀利の過ちひとつひとつが、その過ちに至った心の襞《ひだ》が、すべて理解できてしまう。自分自身が選んだ道のように感じられる。犀利という男のすぐ背後で、維明も同じようにその選択にうなずき、同じように刃《やいば》を振りおろした気がしてくる。

そして最後は決まって自分の顔をした鎮守将軍に、憎しみの形相で首を絞められる。いっそそのまま息絶えてしまいたかった。すべてを放棄して楽になりたかった。

だが死ねない。まだそのときではない。

だから無様に生き続けている。

この悪夢をもたらした一因は、本人が認めるとおり、目の前の女であるのは間違いない。だから維明は、自ら進んで過去を仔細《しさい》なまでに掘り起こし、他でもないこの女へ晒《さら》すことなどできはしないと思っていた。そうするべきとは頭でわかっていても、俺にはできない。

なのに殺したいほど憎んでいる男が――『犀利』が、ずっと維明の心のうちで叫んでいる。ナツィに聞いてほしいと懇願している。この苦しみをずっと孤独に抱えてきた。せめてナツィと分かち合いたい。そうでなければもう俺は、お前は、明日をも生きてゆけないではないか。

ふざけるな、と維明は激しく否定する。誰かと分かち合うつもりなど欠片《かけら》もない。お前にわかったように苦しまれるのも願い下げだ。お前は俺ではない、それを認めてしまえば、そのときこそ俺は、自分の胸に刃を突きたてなければならなくなる。

けれど今、維明は、知りたいと告げたナツィの言葉を拒めなかった。

どうでもいいのだ。すべてはどうでもいい。

それでも俺は、伝えずにはいられない。窟を照らす一条の光に手を伸ばさずにはいられない。

維明は、深く息を吸って話しはじめた。

「俺の生まれた波墓は、古《いにしえ》より続く『十三道』の部族のうちでも特別だった。最後に残った神石の欠片を与えられたうえ、この節刀――いや、『石砕きの刀』を代々伝える部族だったからだ」

早蕨刀《さわらびとう》の柄《つか》に手を添える。父から子へ、母から子へ、途切れることなく託されてきた、古い古い短刀。記憶をなくしてさえも手放さなかったもの。

『十三道』が神石を隠し持ち、各々で育てていたのは知ってのとおりだ。『十三道』の族長たちはその秘密を共有する傍ら、盟約を結んでいた」

ひとつ、互いに兵刃《へいじん》を交えず、信念をもって神石を育てること。

ひとつ、もしどこかの部族が滅んだときは波墓の族長が、全族長の立ち会いのもと、必ず滅びた部族の神石を『石砕きの刀』で砕くこと。波墓が滅んだ場合は、他の『十三道』のひとつが『石砕きの刀』を引き継ぐこと。

そしてもうひとつ。

「いつか再び神石がひとつになったとき、その神石を持つ者が一なる王として神北を率いること」

「……伝説の予言か」

「そうだ」

最後の神石を持つ者が神北の一なる王となり、この地に安寧をもたらすだろう。

「神北の民は、予言を愚直に信じていた。神石とは、民がそれぞれの心に抱く石をひとつに束ね、ぶれぬように支える器のようなものだ。ゆえに神石の価値を定めるのは、神石に刻まれ注がれる部族の石そのものの価値のはず。どの部族よりも『正しい』石を心に抱いていれば、いずれは他の部族もその素晴らしきを悟り、己《おの》が石と神石を捨てて、我らが石を心に抱くようになる。我らが神石に帰依するようになる。さすればおのずから我らが神石だけが残り、我らのもとから一なる王が立つ。そう、十三の部族それぞれが信じていた」

「あなたもか」

「むろん。今考えればあまりに純粋で笑ってしまうが、かつて今とは別の名で呼ばれていた俺も、それこそが一なる王に続く道だと疑いもなく信じていた」

他の誰より信じきっていた。

「……あなたは、本当はなんという名だったんだ」

灯火の向こうで、ナツイの大きな瞳がわずかに惑う。それを見て、この娘は答えに見当がついているのだと維明は悟った。だとしたら、隠していたところで意味もない。

そう、あんたの思っているとおりだ。

「俺はサイリという名だった。神北の古語で『献身』という意味の言葉から名付けられた、波墓の族長の末子《まっし》、サイリだ」

その名で呼ばれていたころの自分を、深い記憶の底から引きずりだした。


「――もっともっと、我らが石の美しさが世に広がるとよいな」

十三年前のことだった。

その日サイリは上機嫌で狩りを終え、毛皮の腰巻きをなびかせて、さっそうと端山の森を歩いていた。一人前の仲間入りをしたばかりのどこかあどけなさも残る横顔には、明るい意志に満ちた瞳がきらめいている。すらりと伸びた足は軽やかに下草を踏み越えて、腰に締めた帯と胸の大珠を彩る碧《あお》が誇らしげだった。

「我らが波墓の部族が心に抱く石は、『なにを砕いても生き延びる』。よい石だよ。なんせなにを成し遂げるにしたって、まずは生きねば始まらないんだからな。生きる者こそが国をなし、道を造る。この石こそ神北の民が抱く一なる石にふさわしい」

サイリはそう、心から信じていた。

神北に四方の朝廷が進出し、城柵《じょうさく》なる方形の砦《とりで》を築いて、野原を切り拓《ひら》き、柵戸を送りこみはじめてからしばらく。神北の人々は不安の中にあった。このままでは我らは土地を追い出され、なにもかも奪われてしまうのではないか。

そこでサイリの父は、『なにを砕いても生き延びる』なる己の部族の石に従って、不安を収めてみせようとした。戦を仕掛けて朝廷を追い払おうと逸《はや》る他の『十三道』を説得し、交渉のため四方の都に臆《おく》することなく赴いたのだ。

四方に赴くまえ、父はサイリにこう説いた。

――サイリ、狩りでもなんでも、相手の大きさを見誤って手を出せば、痛い目を見るのはこちらなのだ。今の諸部族が乱立している神北が、四方の朝廷と正面からぶつかったところでみな無駄死にするだけ。生き延びなければなにも始まらない。

――であればまずは戦ではなく、交渉が必要なのだ。四方の朝廷とて、無駄に戦を重ねて兵力を損ないたくはない。我らを懐柔できるのならそれでよしと考えているはずだ。ならば我らは彼奴《きゃっ》らの思惑を逆手に取って、民と土地という守るべきものを守れる確約を得たうえで、足場を固めるのだよ。

そして父は言葉どおりに、神北の民が古《いにしえ》より守る土地の安堵《あんど》と税の免減をまずは勝ち取ってきたのだった。

戻ってきた父を、サイリは尊敬の目で仰ぎ見た。この父は『なにを砕いても生き延びる』なる石を、真に己のものにしているのだ。父上こそが、神北の一なる王になるかもしれない。

しかし今、サイリの狩りに同行する男はこう笑う。

「まだわかりませんよ、サイリさま」

サイリの父が知恵者として雇った、伯櫓という男だった。もともと西国の出だったが、戦乱から逃れて流れてきたという。父はその知恵を買ったのだった。

『阿多骨の『変わるを恐れず受けいれる』や、痣黒の『理想の夢を追い求める』もまた、実に優れた指針でありましょう」

なんだ、とサイリは唇を尖《とが》らせた。

「あんたは他の石のほうが正しく神北を導くっていうのか。優れてるっていうのか？」

「いえいえまさか！」

と伯櫓は大げさに両手を振る。「波墓こそ一なる王を世に出す部族と信じているからこそ、わたしはこちらに腰を落ち着けたのです。わたしが申したかったのは、他の部族を従えるためには、ただ部族の石が優れるだけでは足らぬということですよ。みなに

『波墓の石こそ最善』と信じさせられる人物がいなければ」

伯櫓の言葉は不遜《ふそん》でありつつも的を射ていて、サイリはしばし黙りこんだ。

父の持ち帰った成果は、濃い色の翡翠《ひすい》のように得がたい、素晴らしいもののはずだった。なのに戦いを避けた臆病者《おくびょうもの》と父を誹《そし》る声ばかり聞こえる。勝手に侵しにやってきた朝廷に、なにをへつらい交渉など持ちかけている。戦を仕掛けて、追い出してしまえばよかったのだ、軟弱者が。なにが『なにを砕いても生き延びる』だ、聞いて呆《あき》れる石だ。

サイリは内心憤っていた。いつかは朝廷を万年櫻の塚の彼方《かなた》へ押し返したいのは、父だって同じに決まっている。だがそれよりなにより、まずは生き延びなければはじまらない。父の勝ち取ってきた約定は、無駄に血を流さず、みなを生かす一手であったのに。

不満を滲《にじ》ませるサイリを、またしても父は諭した。

──波墓の石に従い結んだ約定に反発されてしまうのは、なにも波墓の石が劣っているからではない。ひとえに俺に、王に足る人望がないからなのだ。

──そんなわけありません。父上は誰よりご立派ではないですか！

尊敬する父に人望がないだなんて、サイリはすこしも思っていなかった。波墓の部族はみな父を族長として敬い、信頼を寄せているではないか。ひとりの父としても夫としても立派な男ではないか。なのにその父が自ら、自分には人望がないと言うなんて。

口を引き結んで涙を堪《こら》えるサイリの頭を、父はやさしく撫《な》でた。

──悔しく思ってくれるのは嬉《うれ》しいことだ。だがサイリ、俺のように己が部族の石にただ従うだけでは、そもそも王になどなれないのだ。自らの石こそ至高と信じる他の部族の者どもに、我らの石をこそ選ばせ、従わせることはできない。

――ではいったいどんな者ならば王にふさわしいというのです。

――人々に、王の石を抱かせられる者だ。

サイリは『王の石とはなんなのか』と尋ねたが、父は答えてくれなかった。代わりにこう言った。

――サイリよ、お前ならばあるいは、人々に王の石を抱かせることができるかもしれない。我ら波墓の石のもと、神北のすべての民を率いる一なる王となれるかもしれない。一なる王。サイリにとってその響きはあまりに遠く、形を持たないものに思われた。

――俺は王になどなれません。野望もなければ、多くの人にあがめ奉られたいわけでもない。ただ春になれば田畑を耕し、白骨晒《さら》す冬には波墓染めに精を出す、この穏やかな生活が続けられればそれで充分なのです。

――サイリよ、王とはまさにその穏やかな生活を、叶《かな》う限り続けるためにこそ戦う者なのだ。お前にはまだ今の生活が永遠に続くようにも思えるのだろうが、この世はそのようにやさしくは成り立っていない。白骨晒す脊骨の頂《いただき》からいつかは大鳥が去るように、すこしのきっかけであっけなく失われるものだ。そしてその大鳥は、二度と還《かえ》ってこない。

そうか、とサイリは思った。王なるものとは、穏やかな生活のためにこそ必要な人であるのか。

そして父は、俺にその才があるかもしれないという。

だとすれば、とサイリの瞳《ひとみ》に光が宿る。

俺は、脊骨の山脈の頂から去ろうとする白い鳥を引き留めるためにこそ、王になりたい。

サイリの決意を、父は問わずとも察したようだった。

――サイリよ。もしお前の心が望むのなら、本気で王を志してみよ。そしてどのような者こそ王にふさわしいのか、己自身で道を見いだすのだ。

――道を見いだせれば、俺も一なる王になれますか。王として安寧をもたらせますか。

――できるとも。

そんな嬉しい未来を摑《つか》むためならば、と父は笑った。

――俺も為《な》すべきことを為そう。『十三道』の族長を説得して、必ず約定を受けいれさせてみよう。

あの日の父の声、そしてたった今の伯櫓の言葉を、サイリは心のうちでくり返した。

伯櫓の言う『みなに波墓こそと信じさせられる人物』こそ、父の言った『王の石を抱かせられる者』に違いない。未来を委《ゆだ》ねてもよいと思わせられる説得力と魅力――つまり自分だけの輝く石を見いだし抱える者こそが、民に王として求められ、自らの掲げる部族の石の正しさを伝えてゆけるのだ。

ならば、と胸を張る。裏に波墓の印が刻まれた翡翠の大珠に手をやり、すうと息を吸いこんで、堂々と口にした。

「問題ない、俺がその、波墓こそと思わせられる人物になってみせる。そして波墓の石のもと、一なる王として立つんだ」

サイリは、声に出した言葉の重みに打ち震えた。俺はとうとう言った。父に諭されたときから胸に温めてきた石を、今はじめて、はっきりと口にした。

しかし、サイリの決意を驚き喜ぶはずの伯櫓の反応は、思ってもみないものだった。

「若が、ですか？　あなたがこの神北の、王になるというのですか？」

目を白黒とさせている。考えたこともなかったという表情だ。それどころか、同じく狩りに従っていた守役の若者までもが、大げさな口ぶりで口を挟んだ。

「待ってください、まさか若はご自分が王になるつもりでいらっしゃるのか？　幼子のほほえましい願望ではなく、大珠に印を刻んだ一人前の男として、本気で一なる王を目指すのですか？」

「当然だ」とサイリは口の端に力を入れた。「幼子の夢なんかじゃない、俺は真剣だ。王になった暁にはシキ、お前に右腕になってほしいとさえ考えているんだ」

「それは光栄ではありますが……」

とシキと呼ばれた若者は苦笑いを浮かべる。「王とは、なれば終わりの遊びではありませんよ。一なる王となった暁には、若はいったいどのような国を造るおつもりです？」

「当然、誰もが穏やかに暮らすことのできる国だ」

「なんだ、若はご自分がのんびりと暮らしたいだけではないですか」

シキはおかしそうな顔をした。『穏やかに暮らしたい』は若の口癖ですものね。そのお年頃にしては妙に臆病というか、老成されているというか。血気盛んに打ってでるよりも、波墓の穏やかな暮らしが気に入っておられるんですよね」

「穏やかに暮らしたくてなにが悪い」サイリは喰《く》ってかかった。「ものの本によると、王とは誰よりもきりきりと働いて、苦労をせねばならない者だそうだ。その王が穏やかに暮らせる国ならば、民は当然幸せに決まっている」

「さすがは書物とみれば飛びつく若、物知りであられるな」

とシキはからかってから、ようやくなだめにかかった。「悪くはない夢だとは思いますよ。夢を追い求めるのは、いかなる者にもひらかれた道。しかし、ならばまずは『サイリには賢さも猛《たけ》しさも、気高き心も敵《かな》わぬ』と、兄姉《けいし》がたに認められるようにならねばなりませんね。早蕨刀《さわらびとう》の腕ももっと磨かねば」

わかってる、とサイリは獲物の鴨を背負い直して胸を張る。

「まずは今日、俺はひとりで鴨を、ただの一矢で獲《と》った！　これをうまく調理して、風邪を召しておられる母上を笑顔にするのが第一歩だ」

「その意気ですよ、若」

「なあシキ、俺は本気だからな。右腕にしてくれと、お前が自分から願いでるほどの大人物になってやるからな！」

「ほう、楽しみにしておりますよ」

笑うシキに大きな笑みを返し、意気揚々と駆けていく。

端山の森のさきに、里を丸く囲む材木塀が見えてくる。いつもの栄えた、穏やかな波墓の里が広がっている。碧《あお》を染める里。美しい里。崖下《がいか》にはうねる八十川《やそがわ》を望み、彼方に目をやれば、はるかな平野のさきの海まで見渡せる。

しかし、あとすこしで里の裏手門に辿《たど》りつくというところで、サイリはつと違和感を覚えて立ちどまった。なにかがおかしい。里の中が静寂に過ぎる。いつもならばこの時刻は、塀の外まで人々の楽しそうな声が聞こえてくるのに。

はっと腰の早蕨刀に手を伸ばそうとしたときには遅かった。背後に影が差し——サイリは何者かに殴られ、昏倒《こんとう》した。


次に目を覚ましたときには、里の中央の広場で後ろ手に縛られ、地に身体を強く押しつけられていた。

なぜ。

動転しながら持ちあげた目に、信じがたい光景が飛びこんでくる。常ならば幼子がはしゃぎまわり、里人が談笑しながら手仕事に精を出しているはずの広場は、猛々しく武装した見ず知らずの戦人に取り囲まれていた。その鋭い視線のさきでは、幼子から老人まで、すべての里人が身を寄せ震えている。勇猛なはずの波墓の戦人すらなす術《すべ》なく、ぎりぎりと歯を軋《きし》ませているばかりだ。

戦人が手を出せなかったわけはすぐに知れた。目の前に、縄に繋《つな》がれた人々が次々に引きだされてくる。悔しさと絶望を滲ませた、サイリの父や母、兄姉だった。

「父上、母上、兄さま姉さま！」

サイリは目を見開き、縄が身に食いこむのも構わず必死にもがいた。助けなければ。みなを救わねば！

そこへ、ひときわ豪奢《ごうしゃ》な革の甲《よろい》をまとう男が近づいてきた。顔こそ隠しているが、父と同じくらいの歳で、貂《てん》の毛皮を継いだ衣を打ちかけ、深い色の大珠を首にかけている。神北の民だ。この同胞こそが、里を襲ったのだ。

「みなを放せ！」

吼《ほ》えるサイリを見おろして、男は小首を傾げる。それからサイリの土に汚れた顔を覗《のぞ》きこみ、ほのかな笑みを浮かべた。

「なあ小童《こわっぱ》、波墓を救いたいか」

「当然だろう！」

「では聞け。一族を救う道がひとつだけあるぞ」

息を呑《の》んだサイリを眺めて、男は鋭く目を細める。

「波墓の神石の在り処《か》を教えろ。そうすればみなの命だけは助けてやろう」

「……本当か」

つぶやくサイリの耳に、父の絶叫が突き刺さる。

「絶対に明かすな、サイリ！　神石を渡してはならない！　渡したところでこの者たちが、我らを生かすわけもない！」

すぐさま戦人のひとりが父を打ちすえた。父は声をあげて地に倒れ伏す。やめろ、とサイリは怒鳴った。

「やめるとも」と至極落ち着いた声で首領の男は続ける。「お前が神石を渡せばすぐにやめる。俺も古《いにしえ》からの盟友を殺したくはない」

「信じてはいけない！」

今度は母が叫び、激しく頰を打たれて気を失った。サイリは耐えかね目を閉じる。唇が震えて、歯の根が合わない。怒りと恐怖がはち切れんばかりに膨れあがっているのに、どうしたらいいのかわからない。神石を渡せば助けると男は言う。だがそうして助けたい父母は、絶対に渡してはならないと叫ぶのだ。

「若、神石をお渡しください！」

選べぬ背中にかかった声に、サイリははっと首を捻《ひね》った。シキだ。サイリと同じく捕らえられたのか、見知らぬ戦人に囲まれ膝《ひざ》を突いている。なりふり構わずサイリを説得しようとしている。

「族長の末子のあなたなら、隠し場所もご存じでしょう。たかが石、みなの命には代えられません」

だめだ、とサイリの兄が叫ぶ。悲鳴があがる。シキは脇目も振らずに続けた。

「若、ご決断なさい。命よりも大切なものはないのです。波墓の石も『なにを砕いても生き延びる』と教えているはずだ！」

そうだ、とサイリは歯を軋ませた。生き延びなければならない。みなを生き延びさせなければ。サイリにとって真に大切なのは、長く守り伝えてきた部族の神石でも、ひとり心に抱き育てた夢や信念でもない。

すべてが砕かれたとしても、愛《いと》しい人々に生きてほしい。

笑顔でいてほしい。

ならば。

「……本当に、命は助けるというんだな」

乾いた声で問いただせば、むろんだ、と首領の男は笑んだ。

「俺も神北の民だ、約束は守る」

その言葉に、サイリは心を決めた。

「だったら俺を放せ。神石をとってくるから」

縄を解《ほど》かれるや、息を切らして走りに走った。さきほどまで狩りに入っていた端山の丘陵の端、うねった八十川のほとりの峰に、ひっそりと佇《たたず》む『光差す窟《いわや》』へ一心に向かった。羊歯《しだ》をかきわけ、隠されていた入口を見つけだす。暗闇へ飛びこむ。前のめりに駆ける。息があがって、顎《あご》が天へ向く。足がもつれて何度も転ぶ。それでも駆け続ける。

暗闇の向こうにかすかに光が見える。みるみる大きく、強くなっていく。

やがて突如として窟は広がり、明るくなった。ゆきどまりに至った。

天から光芒《こうぼう》が差しこんでいる。神北草にも似た、小さな白い花が咲き乱れている。そのさきに祠《ほこら》があった。サイリは迷うことなく、祠に鎮座していた碧く輝く石を摑《つか》んだ。

つややかな、楕円《だえん》の形の石。波墓の神石。わずかなあいだ、この世ならぬ輝きに目を落とす。

この神石を失う。波墓の信念と、歴史と文化と矜持《きょうじ》と、すべてを注ぎこんだ不思議な石をなくしてしまう。

神石とは、民の石を束ねる器。同じ神石に帰依するからこそ、部族の民はひとつの石を迷いなく心に抱け、強い結束を得ることができる。文化を築き、繁栄できる。神石を奪われれば、その強力な加護は瞬く間に消え果てる。

そして掲げるべき神石を失えば、サイリもけっして神北の王となることはない。

だが、それがどうしたというのだ。神石などしょせんは器。失おうとも波墓の部族が生き続ける限り、心に抱く石はある。神石なくともみなを守ることはできる。穏やかに暮らしてゆくことだってできる。生きてさえいれば。

そうだ、なにを砕こうとも生き延びるのだ！

神石を強く握りしめて身を翻す。来た道を駆け戻る。外の光が近づいてくる。もうすこしで出口だ。

急に、光を遮るように影が差して、サイリは立ちどまった。誰だ、波墓の民か？　いや違う。ひとり、ふたり。影は次々と増え、行く手を阻む。三人、四人。サイリは後ずさった。窟の口には馬が寄せられ、里を襲った戦人たちが取り囲んでいる。

みな、刀を抜き放っている。

サイリを殺そうとしている。殺して、神石を奪い去ろうとしている。

なぜだ、こんなもの一族の命と引き換えに渡してやるつもりなのに――と考えて、そこではじめてサイリは気がついた。

俺は、とてつもない間違いを犯したのではないか。

血の気が一気に引いていく。

そうだ、あの首領ははじめから、取り引きするつもりなどなかったのだ。サイリに神石の隠し場所まで案内させて、それから殺して奪うつもりだった。

だから戦人に追いかけさせた。

ならば里の人々は、もうすでに――。

よろめいたとき、敵の戦人たちの中から見知った男が進みでた。

「素晴らしい働きでしたよ、若」

穏やかな笑みに、隙のない身のこなし。耳に馴染《なじ》んだ声。

それはサイリの守役。サイリをここに走らせた張本人。

シキだった。

まだ乾いていない、鮮やかな返り血でしとどに濡《ぬ》れている。肩に打ちかけた毛皮の衣も、腰帯を彩る神北文様も、胸の中心に据えられた、波墓の神石に帰依を誓っているはずの大珠さえも。

「……誰の血だ」

「さあ、誰だと思いますか？」

シキはいつものとおりの和やかな表情を浮かべた。ゆっくりと懐に手を入れて、見せつけるようにひと振りの短刀を取りだした。柄頭《つかがしら》が早蕨《さわらび》のように曲線を描く、古い古い刀。なんの変哲もない、早蕨型の短刀。

『石砕きの刀』。

波墓の一族に伝わる、神石を砕くことのできる唯一の刀。父が、誰より信頼していた母に預けていた宝刀。母は懐の奥深くに隠していた。奪われるのは死ぬときだと、いつも明るく笑っていた。

「……母上」

サイリは掠《かす》れ声でつぶやいた。

「母上、父上」

急に目の前が暗くなって、よろめき両膝をつく。嘘だ。信じられない。信じたくもない。絶望が、乾いた笑いとなって地に落ちる。なぜだ、なぜ。

「神北に、一なる王を立てるためですよ」

シキの微笑はいっさい揺るがなかった。

「若は、みなが納得して波墓の石を選んでくれるのを待つつもりだったのですよね。甘すぎる。それではいつまでも王は立たず、神北の地はあえなく朝廷に奪われる。我らには、一刻も早く王が必要なのですよ。王とは地位、地位とは力、そして力とは戦い勝ち取るものなのです」

さあ、と手を出す。

「波墓の神石をお渡しください。あなたはもはや一族の最後のひとり。死んで波墓が滅びた際にはわたしが『石砕きの刀』を引き継いで、きちんと砕いてさしあげよう」

サイリは答えなかった。母上、父上とただくり返し、窟の褪《あ》せ色の土を見つめていた。

なにが、生きてほしい、だ。

なにが、神石なくともみなを守る、だ。

俺が過ったのだ。敵の言い分を信じこみ、安易に神石を渡そうとしたからこうなった。すべてを失った。しょせんは俺など王の器ではなかった。大切な人々すら守れなかった。生き延びさせられなかった。

涙が落ちる。波墓の印を刻んだ胸の大珠がむなしく揺れる。

もうどうでもいい。

なにもかもがどうでもいい。

サイリはすべてを投げだした。
なのに、せせら笑いをひとつ落としたシキが、掌《てのひら》から波墓の神石を奪いとろうとした
その瞬間、強烈な衝動が身体の奥から噴きあがってきた。
だめだ、俺は死ねない。生きねば。なんとしてでも生き延びなければ！
はっしと地を蹴《け》り、叫び声をあげて摑みかかった。虚を衝《つ》かれたシキから『石砕きの
刀』を奪いとり、波墓の神石めがけて振りおろす。
「お前に奪われるくらいなら、俺が砕く！」
刃《やいば》が激しく白く輝き、切っ先が神石にがつんと音を立てて当たる。その一点から、糸
のように細く輝く碧《あお》の割れ目が左右に走っていく。内側から溢《あふ》れんばかりの閃光《せんこう》が漏れ
だしてくる。その灼《や》けつくような輝きがひときわ荒々しさを増した刹那《せつな》、玻璃《はり》が割れた
ような音とともに神石はふたつに分かたれた。まるではじめからそうであったかのよう
な、ほとんど同じ形の楕円の石、ふたつとなった。
『石砕きの刀』を振るわれれば神石は必ず粉々になるはずだ。だが波墓の神石だけは特
別だった。『十三道』の最後に与えられたそれは、本来ふたつの神石となるべきものだ
った。だが当時はまだ存在していた十四番目の古の部族、友枯《ともかれ》族が神石を固辞したため
に、割られないまま二子石《ふたごいし》として波墓に伝わったのだ。
だがサイリもシキも、そんな由緒に思いを馳《は》せる隙《ひま》も気もなかった。
「寄《よ》こせ！」

シキが眉《まゆ》を吊《つ》りあげ早蕨刀を突きいれる。部族の誰より手練《てだ》れであったシキの剣が、尖《とが》った鏃《やじり》のように迫り来る。サイリは神石の欠片《かけら》のひとつをとっさに摑み取った。そして力いっぱい、シキの目めがけて投げつけた。碧の閃光があたりに撒《ま》き散らされ、シキが絶叫をあげる。その隙に、もうひとつの石を握りしめて駆けだした。

「殺せ！」

サイリを囲んでいた戦人たちが、逃がすまじと一斉に向かってくる。サイリはその切っ先を避《よ》けもせず、ただがむしゃらに『石砕きの刀』を振るって走り続けた。幾度も敵の切っ先が肌を掠る。それでも足をとめなかった。

「お前たち、必ず殺してやる。絶対に殺してやる！」

呪いだけを叩《たた》きつけて、逃げて逃げて逃げ続けた。やがて戦人たちの怒号は聞こえなくなっていったが、それでも走った。息は切れ、胸はねじくれたように痛いのに、立ちどまれない。とまった瞬間、すべてが現実なのだと認めなければいけなくなる。

どれだけ刻《とき》が経ったのか。

もう一歩も歩けない代わり、追っ手も絶対にサイリを見つけられないというところにきて、やっと草むらに倒れこんだ。何度も大きく息をつき、それからはじめて、眦《まなじり》を決して振り返った。

端山の向こうに垣間見《かいまみ》える愛《いと》しき故郷は、死の色をした煙をもうもうと噴きあげていた。もはや、あの美しい里の姿はどこにもなかった。

数日森に潜んで、それからひっそりと里に戻った。すべては燃え落ちていた。里人は誰ひとり生き残ってはいなかった。

立ちつくしたまま、サイリは思った。

砕こう。

この身を縛る波墓の石など、砕いてしまおう。そして死のう。楽になろう。

自分の首にかけていた大珠の細紐《ほそひも》を切り離すと、波墓の印が刻まれた大珠ごと、崖下《がいか》の八十川へ投げすてた。うねりをあげる川の流れに大珠は吸いこまれ、見えなくなった。

ふっと肩の荷がおりた気がした。これでいい。解放された気分だった。力ない笑みが自然と浮かび、サイリは懐から神石の欠片をも取りだした。神石も『石砕きの刀』で砕いて、完全に終わらせるつもりだったのだ。

なのに手がとまった。取りだした神石の欠片は、あれほど輝いていた碧をほとんど失っていた。サイリの掌の上で幾度か弱々しい点滅をくり返すと、最後の息を吐きだすようにほのかに輝いて、それきり光は失《う》せていった。なんの変哲もない、白い翡翠《ひすい》のように静まりかえってしまった。

眠ったのだ、と思った。この神石の欠片に帰依する者は、誰ひとりいなくなった。だから主《あるじ》なき石となり、眠りについた。

だったら、と手中に残った神石のなれのはてを、再び懐にしまいこんだ。今さら砕いたところで意味もない。里の焼け跡を掘り返し、その奥深くに埋めて弔いとしよう。

神石まで失ってしまったら、みな悔しくて、寂しいだろうから。

ひとつ息をつき、維明は高燈台《たかとうだい》に油を差した。

「里人をみな埋葬してやりたかったが、できなかった。だから俺はせめてもと、見せしめのように門に打ちつけてあった父らしき首だけを奪って、髑髏《しゃれこうべ》の谷《たに》に葬った」

維明は、過去の思い出を驚くほど淡々と語った。そうでなければ言葉にできないのだと、同じような記憶を持つナツイにはわかった。わかりすぎるほどわかってしまった。

「それから里の焼け跡に、波墓の神石の片割れをうずめた。なにも感じなかった。片割れからすでに光は失われていたし、俺自身、波墓の石に限らず、心に抱いていたすべての石をすでに砕いてしまっていた。信念も矜持《きょうじ》も、なにもかもを捨てた。どうでもよかった。すぐに一族のあとを追おうと思っていた」

「……でも、あなたは生き延びてしまった」

「死ななかったのだ。幾度も切っ先を喉元《のどもと》に突きつけたのに」

維明の指が『石砕きの刀』の刃《やいば》の縁《ふち》を掠めていく。

ナツイにはその苦悩が見える。サイリは死ねない自分を責めて責め続けただろう。大切な人を守れず、死に追いやってまで生きようとする自分の浅ましさに絶望しただろう。

それでも死ねなかった。生き延びてしまった。

「だから復讐《ふくしゅう》を志した。生きるためには支えが必要だった」

心から信じる石ではなくとも、自分を騙《だま》せるなにかが必要だった。ナツィが髑髏の谷に居座り、『若』の屍《しかばね》を守ろうとしたように。『殺すことこそ守ること』だと自分に言い聞かせ、鎮守将軍を弑《しい》するために『鷺』に身を投じたように。

「シキが誰と手を組み波墓を滅ぼしたのかは知らなかったが、あの首領が神北の民なのは間違いない。ならば朝廷でのしあがれば必ず見つけだし、殺せるはずだと、俺は朝廷の砦《とりで》に駆けこみ兵士になりたいと願いでた。むろん、ただの兵士ではだめだ。首謀者を炙《あぶ》りだし、ひとり残らず討てる地位が必要だった。朝廷側の高官の目に留まらねばならなかった。だからこの刀を、朝廷にさしだした」

一族に伝わる大切な刀すらも手放した。神石砕きの権能があるとは明かさないまま、一見なんの変哲もないその柄《つか》に美しい『波墓の碧』の絹を巻き、朝廷の者どもがいたく好む金の釧《くしろ》で飾り立てて、不可侵の約定を破られ同胞《はらから》に滅ぼされた古《いにしえ》の部族に伝わった伝説の宝刀なのだと献上した。

それは、神北に踏み入ろうとする朝廷が、『野蛮なる化外の民を平定し治める』という大義名分のために掲げるに都合のよい代物だった。歓迎され、皇尊《すめらみこと》の宝物庫に納められ、のちに節刀として選ばれる品となった。

「そして復讐に燃える俺も、朝廷には利用の価値があった。神北の民が勝手に同胞を討ってくれるのならば、それほど楽なことはないからな。めでたく俺は都にのぼった。その後も地位を得るためにはなんでもした。運よく斎宮に気に入られ、東国や西国で功を重ね、そして花落の大乱のとき、とうとうこの神北の征討軍に加わることを許された」

「花落の大乱で、あなたは花落の部族を苛烈《かれつ》に追いつめたと聞いた。里の幼子まですべて殺したって」

「花落の里を焼いたのは俺ではない、『鷺』だ。俺は里を焼くつもりなど毛頭なかった。信じてもらえるかはわからないが」

かすかにためらい口にした維明に、ナツイはぽつりと返した。

「なんとなく、わかっていたよ」

そう、この男は戦えない者を殺さない。犀利がナツイを殺せなかったように。

花落の焼き討ちもまた、『鷺』が美しい夢のもとに働いた暴虐だったのだ。

「でも『鷺』はなぜ花落を焼いたんだ。協力して戦っていたんじゃなかったのか」

「ナツイ、そもそも『鷺』と痣黒の追い求める夢とはなんだ」

「……神北から朝廷を退け、神北に一なる王を立てる、だろ」

「その夢を追い求めるのは、なんのためだ」

それは、とナツイは口ごもり、小さな声で答えた。

「神北の民を守るためだ」

灯火が揺れて、維明は哀れむような顔をした。

「やはりあんたは思い違いをしている。『鷺』と痣黒の夢とは、あくまで神北に、痣黒の石を奉じた一なる王を立てること、それだけだ。シキやエツロに神北の民すべてを守る気などない。だから花落を滅ぼした。滅ぼすばかりか、民のひとりも残さず殺していった。勇敢に立ちあがった花落の血を引く者、その石を抱く者が残っていては困るのだ。そちらに民の信望が持っていかれては元も子もない」

「そんな理由で……」

「馬鹿げているだろう？　だが痣黒と『鷺』にとっては道理が通っているんだ。理想の夢を追い求めるためなら、その石のもとに集った自分たちの正しさを証明するためならば、盟約を破ってでも他の『十三道』を襲う。襲うに飽き足らず神石を奪いとる」

「他の神石なんて、砕いてしまいたかったんだな。だから『石砕きの刀』を探していた。手に入れ次第、砕いてしまう心づもりだった」

そうすれば痣黒の神石だけが残る。神北の民は理想の夢を刻まれた神石の輝きに引き寄せられ、溺《おぼ》れていく。理想の夢を見せてくれる王にすべてを預け、王が与えた石に従うようになる。

ナツイは言葉が見つけられない。ずっと、神北の民を守るためにこそ、苦しい犠牲を払ってでも夢を追っていると信じていたのに。

「あんたは、誰かを守るべしという石を固く心に抱いていたから、『鷺』の夢もそちらの方向に歪《ゆが》んで見えている。だが俺は知っている。秘儀の場で、痣黒の神石はその権能で俺に理想の夢を見せた」

痣黒の神石の権能は、自らに帰依を誓った者に、理想の夢を見せること。神石は犀利に、痣黒の石に心を支配された者が抱く理想の光景を見せたという。

「夢の中で俺は、『鷺』を称《たた》える人々を眺めて悦に入っていた。痣黒が追い求める夢とはつまり、神北中に崇められる王とその側近として神北の民に称えられ、朝廷にも一目置かれること。それに尽きるんだ」

いつの間にか維明は、犀利のような口ぶりで話している。それに自分でも気がついたのか、はっとしたような顔で口をつぐみ、やがて硬い口調で続けた。

「ゆえに痣黒と『鷺』はあらゆる手を使った。花落を焚《た》きつけ、蜂起《ほうき》させたのもエツロだ。そして征討軍が来るや苦渋の決断のふりをして朝廷側につき、梯子《はしご》を外して花落を追いつめた」

だから維明が到着したときには、すでに花落の里は炎に包まれていた。

「ならば、と俺は思った。せめて花落の神石を葬らねばならない。滅びた部族の神石を砕くことこそ、我ら波墓の一族の務め。花落の神石を探しだし、都に持ち帰り、機を見て『石砕きの刀』を皇尊の宝物蔵から拝借し、砕いてやらねばと決意した。だが」

「神石はすでに持ち去られていた」

「そのとおり。花落の神石が隠されていた泉の小島には、先客がいた」

それは死んだと信じていた宿敵、シキだった。

その姿を見たとき、維明の中ですべての辻褄《つじつま》があった。シキとあの首領が波墓を滅ぼしたのは、他の神石を排除して一なる王を立てるためだったのだと。

「あとはもう、あんたも知るところだ」

と維明は、阿多骨の石があったはずの場所に目を落とす。

「俺はなんとしてでもシキを殺さねばならぬと決意した。シキの率いる『鷺』を滅して、その野望を打ち砕かねば、生き延びた意味を見いだせない。だからあらゆる手を使って鎮守将軍の座に収まり、『石砕きの刀』を節刀として携えこの神北に戻ってきた。復讐に執念を注いだ。あとすこしだった。痣黒のエッロが俺と波墓を裏切った張本人であるのは、政庁に挨拶《あいさつ》にやってきたあの男を見た瞬間に気がついた。阿多骨に餌をやり、協力を取りつけて、『鷺』を追いつめた。奇襲を誘って包囲した。花落の神石はユジを乗っ取ろうとしていたが、それも寸前で阻止して、ようやく砕いてやれた。だが」

唐突に言葉を切る。

ナツィはあとを引き取るしかなかった。

「わたしが、阻んでしまったんだな。あなたの復讐を……あなたがその身を張って切り拓《ひら》いた、神北を守るための道を」

維明は答えない。ただ沈黙が満ちる。その沈黙は肯定と同義であって、ナツィは喉《のど》に泥を流しこまれたような心地になった。

「……どちらにせよ、今となっては状況は変わってしまった。俺は権力を失い、『鷺』が望んだとおり、春が来れば征討の大軍が神北に押しよせる。阿多骨が滅び、ますます痣黒は勢いを増しているうえ、いまや神北の民のひそかな希望は『鷺』に向けられている。きっと諸部族は、決起した痣黒と『鷺』に呼応する。主従を誓う形になろうとその理想を呑《の》む。エツロを先頭に朝廷に正面から戦いを挑み、夢に殉じることを選ぶ

最後は消え入るようだった。維明はすべてを諦《あきら》めたような顔をして、『石砕きの刀』を手に取った。そのまま離れを出てゆこうとした。

「待ってくれ」ナツイは縋《すが》るように呼びとめた。胸のうちに広がる焦燥を、抑えることができなかった。「どうにかならないのか。神北を守る手はないのか？」

「さて」

「さてって、あなたは神北の未来のために手を尽くしてきたんじゃないのか！」

「俺は見潮が語ったような立派な男じゃない。何度も言っているだろう。神北の未来も、復讐《ふくしゅう》さえも、本当はどうでもいい」

「だけど」

本当か。心の底からどうでもいいというのか。『神北を守る』という決意もまた復讐と同じく、生き延びようとする自分に理由を与えるための偽物の石にすぎなかったと。けっして取りもどせない過去への自責の念に衝《つ》き動かされて、砕かれた欠片《かけら》をかき集めて石に見せかけなければ正気を保てなかったと。

「むしろあんたは、どうすれば神北を守れると思っているんだ」

静かな声が胸に突き刺さる。「征討軍が遣わされる以上、神北をその蹂躙《じゅうりん》から守れる

のはもう『鷺』と痣黒だけだ」

「『鷺』は民のことなんてなにも考えていないって、今あなたが言ったじゃないか」

「だが民がいなくては国も王も成り立たない。夢を追い求めるには、同じ夢を見る者も必要だ。その意味では、エッロもある程度は民を守るつもりはあるだろう。すくなくとも俺や朝廷よりは」

「でもエッロは征討軍には勝てない」

「勝てるかもしれない。万にひとつの勝ちの目すら捨てて、ただ自分が生きるためだけに朝廷に尻尾《しっぽ》を振った俺とは違い、エッロは賭《か》けているのかもしれない」

もしくは、と維明は小さく嗤《わら》った。

「勝てなくともよいのかもしれないな。朝廷の圧政にけっして膝《ひざ》を折らず、神北を率いて決起した、勇猛なる族長。きっと後世の者は賞賛する」

「そんな賞賛に意味なんてない！」

「そのとおり、すくなくとも今このときを生きる神北の民には、なんの意味もない。だが理想の夢に殉じることをこそよしとするのは、なにも痣黒の民だけではない。そういう最期を美しいと感じて酔う者はどこにでもいる。他人の悲劇に乗じて我田引水する者も、そこになんらかの石を勝手に見いだし心地よくなる者も、いくらでもいる。むろん、糧として新たな道を見いだす者もいるだろう。ならば屈さず散るのもまた、意義があるのかもしれない。なにが正しいかなんて誰にもわからない」

「維明」

「『鷺』に帰りたいのなら帰ればいい。俺はとめない。もうあんたは、自分で自分の道を選べるはずだ」

突き放すような言い方だった。それでいてその声は、深い悲しみに染まっていた。

それきり維明は口をつぐみ、ひとり闇に包まれた夜の庭へ降りていった。

残されたナツイは、阿多骨の神石が包まれていた絹へ目を落とす。

変わることを受けいれるのだと糸彦は言っていた。受けいれたとしても、その芯《しん》はなんら変わらないのだからと。そうして変わりつつ繋《つな》いでゆく未来こそが、阿多骨と波墓が目指した神北の姿なのだと。

絹の上で砂がきらりと光った気がした。はっと目を留めてみても、炎の影が落ちかかっているだけだった。

第八章　選択

四方津の都の空を重く覆っていた雲が、久方ぶりに途切れている。差しこむ光は明るく、彼方《かなた》に見える箱入の山波は霞《かす》んでいる。

春の到来が近いと誰もが悟ったのか、往来は賑《にぎ》やかだった。

ナツィは見潮に、都の一角に立った市へ連れてきてもらっていた。まっすぐな路《みち》の両側にずらりと並んだ筵《むしろ》の上には、ありとあらゆる品々が揃っている。青菜、葱《ねぎ》、木ノ子、大きな壺《つぼ》にぎっしりと詰まった木の実。美しく目の整った麻衣《あさぎぬ》に素焼きの器。

買い求めている人々のほうも、あらゆる者が集まっているようにナツィには感じられた。つややかな絹の衣をまとった官人がいれば、神北の民とそう変わらない、着古しの麻衣を身につけた者もいる。うちの子の風邪が長引いていて、なんとか精のつくものを食べさせたいんだよ。これ、じいさんの好物でね。親孝行に、なけなしの銭を持ってきたんだ。

人々が市をゆく理由はさまざまだった。だがどの顔にも、春を迎えるほのかな希望が滲《にじ》んでいる。

「冬が緩んできたので、ようやく市が立ったのですよ。それでみな浮かれているのです」

見潮はつぶやいた。みな浮かれているというわりに、横顔は寂しそうだ。

結局維明は、見潮を罰さなかった。ただ見潮を含めたすべての家人は、明日にも雪下宮に引き取られるという。その後維明がどうするのかは、誰も知らない。

――きっと維明は、『石砕きの刀』を雪下宮に譲ると決めたんだ。

ナツィはそう思っていた。維明は、糸彦との約束どおりに阿多骨の神石を砕いた。ならばもはや、あの短刀を雪下宮に渡さない理由はなかった。命は助かり、シキへの復《ふく》讐《しゅう》も遂げられる。すこしくらいは征討軍のふるまいに口を挟めるかもしれない。維明がその道を選ぶことに、ナツィは異議も意見もなかった。

ただ、考える。

わたしはどうすればいい。

犀利、あなたはどう思う？

空には薄絹のような雲がたなびいている。草木が潤み、芽吹くまであとわずかだ。

波墓の神石は、いまだ維明が隠し持っていた。だが、ここ数日の維明には生気が感じられない。生き延びるという波墓の石を抱いているようには見えない。ならばナツィが神石を奪ったところで、たいした抵抗もしないかもしれない。

犀利を取りもどせるのかもしれない。

だがそうして取りもどした犀利と、ナツィはどこへ行けばいい。負けるを承知で、いつかその美しい負けが世の人々の心を幾ばくか動かすことを願って『鷺』へ戻るのか。そうして犀利を再び、痣黒の石という甘美な理想の夢に殉じさせるのか。

それともふたりで逃げようか。神北とは遠く離れたどこかで、なにもかもを忘れて生きるのだ。

いや、とかぶりを振った。

そんな夢は到底叶《かな》わない。維明を殺せば、その魂は、その思いは、ナツイの中に永遠に残る。あの男はきっと逃がしてくれはしない。

「それにしても、すごく繁盛してるんだな」

日が昇るにつれ、ますます人出は増えてくる。ナツイは物思いから立ち戻り、あたりを見回した。あまりにひとが多くて酔いそうだ。

「もっと暖かくなれば、もっと繁盛しますよ。この路など、ごった返して進めなくなるときもあるのです」

「それほどなのか」

ナツイは、大きく新芽の膨らんだ木の枝を手にはしゃいで駆けてゆく子どもたちを眺めた。阿多骨の子らは元気だろうか。東国にも、神北のような冷たく乾いた雪は降るのだろうか。都の雪は重く湿っていて、降ってもすぐに解けてゆく。

「どういたしますか、ナツイさま。すこしおひとりで見て回られますか？」

ふいに声をかけられて、ナツイはすこし考えた。

「うん、そうしてみるよ」

「ではわたしも入り用なものを見つくろってきます。どうかお気をつけて」

と見潮は微笑んだ。笑みを返して、ナツィはその背を見送る。

それからひとり、雑踏の中に佇《たたず》んだ。

「……本当に、わたしを放りだすつもりなんだな、維明」

独り言が、子どもの歓声に溶けていく。

阿多骨の神石を砕いた日から、維明はナツィを留め置こうとはしなくなった。かつては逃げださないよう見張りをつけられ一室に押しこめられていたのに、今となってはこうして市中を一人歩きしようがなにも言わない。出てゆけとも口にしない。

そんな維明に腹が立つ。あなたがわたしをここまで連れてきたんじゃないか。考えろと強いたんじゃないか。

それでいて、誰でもいいから縋《すが》りつきたいくらいに心細かった。

この路にはこんなにも人が溢《あふ》れているのに、心の底からひとりきりの気がする。誰もナツィを知らない。寄りかからせてはくれない。自分で道を探さねばならない。

細く息を吐きだしたときだった。

足元に、ふいに人影が差した。その異様な気配に顔をあげ、ナツィは立ちすくんだ。

汚れた青黒い衣で全身を包んだ、やつれた男が立っている。ナツィを見つめている。恰好《かっこう》は都の庶民とそう変わらない。だが賑わう市のなかでは紛《まが》いもなく異質。瞳《ひとみ》はぎらぎらと輝いて、飢えた狼のようだ。

この男を、ナツィは知っていた。

「イアシ……」

「やっと見つけたぞ、ナツイ」

イアシは後ずさるナツイの手首をすばやく摑《つか》んだ。そのままどこかへ歩きだす。

「一緒に来い」

「どこに行くんだ」

「さてな」

イアシは振り返らない。ただ逃れられないようにきつく腕を握りしめ、ナツイを引きずっていくばかり。

ナツイの顔から血の気が引いていく。見つかってしまった、なぜかそう思った。自分から『鷺』を逃げだしたわけでもないのに。

イアシは、ひとけのないあばらやへナツイを連れこんだ。連れこむやいなや、床へ引きずり倒す。

「よくも俺たちをもてあそんでくれたな」

悲鳴をあげたナツイの耳に、今まで聞いたこともない罵倒《ばとう》が突き刺さる。「最初から謀《たばか》っていたんだろう。犀利なんて男はいなかった。全部維明の芝居だった。お前は奴と共謀して、俺たちを嵌《は》めたんだ！」

「違う！」

ナツイはがむしゃらに立ちあがろうとした。誤解だ。もし本当にそうならば、ナツイも維明もこれほど苦しみはしなかった。

「この期に及んで嘘をつく気か？」イアシはナツィの髪を摑んで激しく揺さぶった。「お前たちがなにをしでかしたか言ってやろうか。伯櫓さまを殺し、里に火を放ち、阿多骨の神石を盗んでいった！　そしてナツィ。お前はぬけぬけと維明に囲われ暮らしている」

「違う、あいつは記憶を失っていたんだ」

「そう見せかけていただけだろ」

「見せかけるために、それだけのために、盟友だった阿多骨を滅ぼしたって言いたいのか？」

「そのとおり」とイアシは鼻で笑った。「維明の腹のうちは真っ黒だ。奴は内心、阿多骨を疎ましく思っていて、消すのにちょうどいい機会だと便乗したんじゃないのか？」

ナツィの脳裏を、糸彦に刃《やいば》を突きつける犀利の涙が、阿多骨の石を砕く維明の苦渋の横顔がよぎった。かっと怒りが身を焼いて、勢いのままに叫ぶ。

「違うって言ってるだろう！　わたしは確かに一度は維明を殺した。あいつの、波墓の神石で殺してやったんだ！」拘束を振りきって身を起こす。「だけど維明は蘇《よみがえ》った。だから奴についてきた。奴から神石を取りもどし、犀利を返せって命じるために」

「世迷《よま》い言を」

「誓って真実だ」

大きく胸を上下させて睨《にら》みつけると、イアシはわずかに身じろいだ。と思えば瞳をぎらりときらめかせて、ナツィの両肩を摑む。

「じゃあお前は、俺たちの夢を忘れてしまったわけじゃないんだな？　神北の民と犀利を守るという、お前がなにより大切にしていた石を砕いてしまったわけじゃない」

「まさか」

とナツィは身を硬くした。怖い。イアシはこんな目をしていただろうか。

「わたしの心に抱いた石は変わらないよ」まだ芯《しん》までは変わっていない。「神北の民を守りたいんだ。そして犀利と一緒に、穏やかな神北で、穏やかな暮らしがしたい」

「ならば戻って来い」

イアシは瞬《まばた》きひとつしなかった。「春になれば征討の大軍が神北にやってくる。とうとうそのときが来たんだ。征討軍に立ち向かうために神北がひとつとなり、真なる王が俺たちを導き、率いてくださる日が来た。ついに勝利がこの手に転がりこむ」

迷いがない。心から征討軍を退けられると信じている。だからこそナツィは覚悟を決めて、苦しく口にした。

「無理だ、それは無理なんだ、イアシ。市の賑《にぎ》わいを見ただろう。いくら神北がひとつにまとまろうと、一なる王を戴《いただ》き、ひとつの石のもとで戦おうと、征討の大軍には勝てない。数が違うんだ。一度は追い返せたとしても、絶対にやり返される。西国もそうだったと聞いた！　民は故郷を追われ、ちりぢりになったって」

イアシが、ナツィが信じた栄光の日は、けっしてやってこない。

だがイアシは目を見開いて言い切った。

「いや、勝てる。二十万、三十万の大軍を寄《よ》こされようと、俺たちは負けない。数の差などすぐに埋まる」

「なにを言って――」

「心配するな、ナツィ」

イアシの口元に笑みがのぼる。まるで夢を見ているような、とらえどころのない笑みが。

「確かにエツロさまは、理想の夢に殉じさえすればそれでよいと考えているふしがある。だがシキさまは違う。朝廷を簡単に追い返せないのは当然よくよくご存じで、それでも勝ちきるおつもりだ。あの方は玉懸《たまかけ》の地から、勝つための器を持ち帰られたよ」

「玉懸？」

「そうだ。脊骨の山脈の果てるところ、神北の最北、石と木と土の時代に神石が生まれたという地だ」

「……そんなところから、なにを持ち帰ったっていうんだ」

「わからないならいい。ただ覚えておけ。神北は、なにを曲げても生きる。生きて一なる王を戴く。『鷺』の夢は、ただの夢じゃあ終わらない」

イアシは堂々と言い放つ。放つからこそナツィは戸惑った。みなを生かす道。数十万の大軍が来ようとも、神北が負けない道。

そんなもの、あるのだろうか？

「信じていないな。だがあるんだよ。何年も前からそこにある。その日を待っている」

「……待っている？　なんの話だ」

「俺たちは征討軍を追い返すどころか、この四方の国そのものも打ち負かせるだろう。逃げ命からがら逃げる軍を蹴散《けち》らしこの四方津に至り、方形の都のすべてを焼き払う。逃げ惑う民を殺して奪って、皇尊《すめらみこと》を引きだし首を刎《は》ね、そうしてこの土地だって神北の領土とする。それでこそ一なる王。ひとつの石を戴く王」

「イアシ……」

「怖がらなくてもいいんだ、お前は見ているだけでもいい。俺たちのために働いてくれる者など、掃いて捨てるほどいるだろうからな」

幼子へ言い聞かすようにイアシはささやく。

「だからナツイ、戻って来いよ。大丈夫、俺がうまくとりなしてやる。幼なじみの仲だ、お前が道を踏み外そうと俺は見捨てない。お前の石だってちゃんと守ってやるから」

取りだした包みを、ナツイに押しつけるように握らせる。

「マツリ草だ。維明に飲ませろ」

その名を聞いて、ナツイは青くなって押し返した。

「毒なんて飲ませられない！　わたしは維明を殺さない。あの身体は犀利のものだ」

「わかってる、だから死ぬほうではなく、赤子同然になって隠し事をできなくなる毒を渡したんだ。酒にでも混ぜてあの男に飲ませるだけでいい。そうすれば俺が、朝廷の内情を洗いざらい吐かせる。その隙に神石を取り返せ」

答えられないナツイを、イアシは揺さぶった。

「どうした、犀利を取り返したいんじゃなかったのか？」

その問いは、ナツイを刺し貫いていった。

そうだ、言うとおりだ。これは犀利を取り返すまたとない好機。そして『鷺』へ戻る最後の機会だ。シキは、征討軍が押しよせようと勝てる策を用意しているという。ならば維明の懸念は当たらない。『鷺』は朝廷を退け、神北を守ることができる。裏で同胞《はらから》を滅ぼしていようと、汚い手を使っていようと、その美しい夢だけは果たされる。予言どおりに神北には一なる王が立ち、人々は安寧を得る。

ナツイは石に誓ったものを、ただひとりの人を守って生きていける。

――でも、それでいいのか？

「どうしたナツイ、なぜ喜ばない！　維明に絆《ほだ》されたのか？」

「まさか！ ただ」ナツイは必死に言葉を探した。「……維明の家人を巻きこみたくないだけだ。滅ぼされた尖の遺民なんだよ。わたしたちと同じだ」

「尖の遺民であろうと今は四方の民。そんな奴らなど知るものか」

「でも」

「ならば家人は生かしてやる、それでいいだろ。これ以上迷うのならば、この場でお前を殺さなきゃいけなくなる」

イアシは唇を引き結んで早蕨刀《さわらびとう》をナツイの首筋に突きつける。その手には震えるほどに力が入っている。

「……わかった」

やがてナツイは抑えた声で答えた。「わたしが呑《の》ませるよ」

「よく言った」

とイアシの頰が緩む。今日初めて、かつての親しげな表情が浮かぶ。

「じゃあ行こう。なんだかこういうのも久しぶりだな」

そしてナツイを促した。ナツイは声もなく、マツリ草の包みを袖《そで》に隠して歩きだした。

屋敷に戻ると、維明はひとり離れに籠《こ》もっているという。市で購入した酒を携え慰めに訪れたいのだと伝えると、見潮の表情はぱっと華やいだ。見潮も見潮なりに心から維明を案じているのだと改めて悟って、ナツイの胸は押しつぶされそうになる。

酒の入った白い瓶子《へいじ》を手に、ひとつ息をつく。それからマツリ草を煎《せん》じたものを中へ落とした。かすかな水音が耳を打つ。毒が酒に広がっていく。腹を決めて立ちあがった。

瓶子を抱えて離れへ繫《つな》がる渡殿《わたどの》をゆく。離れは母屋《もや》とは築山《つきやま》で隔てられていて、その色濃い椿の木々の陰には、すでにイアシが潜んでいる。

後戻りはできない。

もう一度自分に言い聞かせて、ナツイは離れの戸の前で声をあげた。

「維明、邪魔してもいいか」

しばしの沈黙ののち、「構わない」と低い声が耳を打つ。戸をあけ中に入ると、維明は髪を結いあげもせず、簀子縁《すのこえん》の柱に背を預けて、小さな庭をぼんやりと見やっていた。

その横顔はやつれて痛ましかった。姿形が犀利そのものだからではない。維明という男が痛ましい。

思えばこの男の笑顔を一度も見たことがないと、唐突に気がついた。波墓を失ってから今に至るまで、犀利のように屈託なく笑えた日はあったのだろうか。

ナツイの姿を認めて、維明はかすかに視線を動かした。

「ゆく道を決めたのか」

「……うん」

ナツイは瓶子と盃《さかずき》を手に維明の向かいに座った。手が震える。心臓が早鐘を打つ。

「あなたこそ、『石砕きの刀』はもう手放したんだろう？」

瓶子を傾ける。盃にとろりと注ぐ。

「この酒、見潮に預かったんだ。あなたを心配していた」

そうか、と維明は素直に盃を受けとった。

ナツイは手の震えを抑えられない。これでいい、イアシの言うとおりにさえすれば、神北を守れて、犀利が戻ってくる。わたしの犀利が帰ってくる。そしてまたふたりで暮らし、『鷺』の戦人として、朝廷に一歩も退かずに戦うのだ。維明のやりかたは間違っていたと、屈してでも生き残るよりは、戦って死んだほうがましなのだと。黙って従え。目をとじて流されろ。なにもかもは守れない。ただひとりのために切り捨てろ。守れと命じられたものを守るのだ。それが安寧だ。

深く息を吸いこんだ。維明は目を伏せ、盃を傾け唇を寄せる。頭の中で激しく鐘が鳴る。だめだ、だめだ、

「だめだ！」

ナツイは盃を叩《たた》き落とした。盃が粉々に砕け散るよりまえに叫んだ。

「伏せろ！　吹き矢が来る！」

維明は一瞬虚を衝《つ》かれたように目をみはった。しかしすぐにナツイを抱え、もろとも几帳《きちよう》の陰へ転がりこんだ。吹き矢が飛んできたのは同時だった。矢は維明の袖を掠《かす》めて、さきほどまで身を預けていた丸柱に音を立てて刺さる。ナツイは立ちあがれない。震えがとまらない。わたしは今、なにをした。なにを選んだ？

「ナツイ」

椿の陰から低い声が響いた。怒りに頬を染めたイアシがゆっくりと立ちあがる。維明を睨《にら》み据え、吹き矢を納めて早蕨刀を抜き放《はな》つ。

「ナツイ、お前には心底失望した。まさか嵌《は》められようとは思わなかった」

ナツイはなにも返せない。そうだ、わたしはわかっていた。自分がこの道を選ぶと、はじめからどこかで悟っていた。

そんなナツイを隅に押しやり、維明は太刀を摑《つか》み取る。イアシを睨《ね》めたまま、白砂の庭へ降りたった。ふたりは得物を構えて対峙《たいじ》する。それでもイアシは、ナツイに切なさすら滲《にじ》む憤りの声をぶつけ続けた。

「俺は、はじめから維明なんて殺してもよかったんだ。だがお前のために、お前が犀利を取りもどしたいと願っていると信じて、維明を生け捕りにしようとした。その真心を、よくも裏切ってくれたな」

ナツイはあえぐように息をした。言葉が出てこない。

「許さん」

イアシは言い捨て、維明へと躍りかかった。

イアシの剣には気魄《きはく》が籠もっていた。しかしそれは気持ちだけが先走った大振りにすぎず、振りおろされる腕の下をかいくぐり胴を真っ二つにすることなど、維明には造作もないように思われた。

だが思いもよらず打ち合いはもつれた。維明は先手を打たず、足を大きく踏みこんで正面から受けとめることすらせず、雄叫《おたけ》びをあげて挑みかかるイアシの重い一撃をいなすばかりだった。その太刀筋にいつもの切れはまったくなく、あとのないイアシの猛攻に押しこまれては後退し、あっという間に屋敷の前まで追いつめられる。

防戦一方の維明を前に、ナツィは再び決断しなければならなかった。選びとらねばならなかった。簀子縁を走り、部屋から几帳を引きずりだすと、無茶苦茶に早蕨刀を振り回すイアシめがけて、一思いに押し倒した。

突如落ちかかってきた鮮やかなる布に刃《やいば》のさきをとられ、イアシはとっさに刀を捨ててさがった。間合いを広げて懐から吹き矢を取りだす気なのだ。だが維明は、それは許さなかった。イアシの鼻先に切っ先を突き入れては大きくなぎ払い、隙を与えない。そしてイアシが堪《こら》えられずにのけぞったところを待ち構えていたように、その足を払った。イアシが背中から倒れるのと同時に間合いを詰めて、首元に刃《やいば》を突きつける。

とうとう勝負はついた。

それでもイアシは嘲笑《ちょうしょう》した。

「心の迷いが剣に出ているんじゃないか？　神北を裏切り、朝廷についた逆賊め」

「裏切ったのはシキがさきだ」と維明は落ち着いた声で言いかえす。「俺がなぜ朝廷に属さねばならなかったのか、お前も知っているだろう」

「それがどうした。自分の石すらろくに直視できないお前とは違い、あの方はぶれずに硬い石を心に抱えて生きてこられた。だったらそれが正しいんだ。そもそも復讐《ふくしゅう》なんて自分勝手な目的のために故郷に刃《やいば》を向けるような男の一族は、シキさまに滅ぼされて当然だ」

「……そうか」

維明の声が低まる。それでも太刀のさきは動かないのを見て、イアシはつぶやいた。

「戦えない者は殺さない、だったか。本当に甘い奴だな、犀利」

その腕がわずかに動く。はたとしてナツイは叫んだ。

「維明！」

とっさにあがった維明の腕をなにかがかすめる。鏃《やじり》だ。イアシが、隠し持っていた猛毒の仕込まれた毒矢を突きたてようとしたのだ。

「次こそ仕留めてやる！」

イアシは毒矢を振りあげる。させじと維明は太刀を放ってイアシの腕を掴んだ。

ふたりはもつれあった。

ナツイはマツリ草を仕込んだ瓶子を掴んで庭に飛び降りた。イアシの顔めがけて中身をぶちまけ、そのまま衣の袖口《そでぐち》で鼻を押さえこむ。

すぐに効き目は現れた。

「お前も相変わらず半端者だよ、ナツイ」

イアシは蒼白《そうはく》な顔であえぐようにつぶやき、ナツイを睨めた。「道連れにできないのが残念だ」

そして気を失った。

イアシの腕から力が抜け、昏睡《こんすい》したのだと確認して、維明は深く息を吐きだした。

膝《ひざ》に手を置き立ちあがる。髪がぬるい風に攫《さら》われなびく。薄く広がる白い雲。春を告げる空。

維明の瞳《ひとみ》が自分に向けられたのを、ナツィは視界の端で感じていた。

「なぜ、イアシを裏切った」

「……わからない」

今になってみれば、理由はいくらでも思いつくのだ。

朝廷を退ける手段が確かにあるというのならば、神北を安寧に導くのはシキなのかもしれない。だがシキが神北に国を建てたあと、この四方津の都はどうなる。市でそれぞれの愛《いと》しい人を案じていた民草は？　甲高いはしゃぎ声をあげて走り回る子どもたちは？　弓幹《ゆがら》の本州全体を巻きこんだ大戦になれば、笹目たちのいる東国も多大な犠牲を払わされるだろう。ちりぢりになっていった尖の人々が住む土地も、無事ではすまされない。

だからわたしは、イアシの手を取らない。犀利を取りもどすのは悲願で、諦《あきら》めたわけでもなんでもないけれど、犀利を再び『鷺』へ連れてはいかない。絶対に。

そういう理屈は、今ならはっきりとナツィの中にある。

だがあのとき――維明の手から盃を払った瞬間にナツィを衝き動かしたのは、心のうちの、まったく違う場所から湧きあがった感情だった。

「ただ、そうしたいと思ったんだ」

そうしなければと思ったのだ。

だからナツィは、幼なじみを裏切った。もう二度と、誰にも裏切られたくないと心から願っていたナツィ自身が、イアシの温情を無下にした。

それが選んだ道なのだ。

「……あなたを守ったわけじゃないんだ」

「わかっている」

と維明は目を伏せた。かすかに笑った気さえした。

「来てくれ。渡したいものがある」

維明はひどく疲れているようだった。身体を引きずるようにして離れの殿上へのぼると、戸という戸を閉めきった。その薄暗い部屋の中央で、向かい合って座ったナツィとのあいだに小さな刀を置く。

ナツィは驚き息を呑《の》んだ。

早蕨《さわらび》のごとく渦を巻いた柄《つか》を持つ、鋼の短刀。

『石砕きの刀』ではないか。

「……なぜまだ持っているんだ。手放したんじゃなかったのか」

「手放すものか」

と維明は笑う。今度こそ、確かに笑みを口の端にのぼせる。「これは我が波墓の一族が守り伝えるべき宝刀だ。一度は朝廷にくれてやったが、いつかは取りもどすつもりだった。もの好きな皇族になど奪われたら、死んだ父母が浮かばれない」

「でもそれじゃ、あなたは……」

「死罪になる」

声すら出なくなったナツィの前で、維明はあっさりと続けた。

「斎宮を呪詛《じゅそ》したかどで訴追されるのだそうだ。明日にも検非違使《けびいし》がこの屋敷を取り囲み、俺を連れてゆく」

「そんな……なぜだ、どうして」

「誰にとっても俺の利用価値がなくなったからだ。これ以上化外の民に権力を握らせるわけにもいかないが、すべてを取りあげて恨まれるのもまた怖い。ならば――」

「殺すっていうのか？」

なんだそれ、とナツィはつぶやいた。胸のうち、深いところから耐えがたい怒りが湧きあがってくる。

「なんだそれ、なんだそれ！　使い捨てるのか？」

「朝廷など、いや、人などそんなものだろう」

「なに諦めてるんだ。死ぬよりましだ、刀なんて雪下宮にくれてやれ！」

「それはできない。この短刀を手放せば生きている意味もない」

「一族に伝わる大切な刀を奪われるならば、いっそ死を選ぶっていうのか？　それじゃ、叶《かな》いもしない夢に殉じる愚か者と同じだ！」

　ふざけるな。

　ナツィは胸に手を置いた。そこにはもう大珠はない。光る石はない。だがナツィ自身の胸の奥でなにかが燃えている。碧く光り輝いている。

「波墓の部族が心に抱いているのは、なにがなんでも生き延びるって石だろう。どんなに絶望しても、がむしゃらに生きる、生き延びる、それが波墓の矜持《きょうじ》なんだろう！」

「俺にそんな石はもう――」

「ないとは言わせない。あなただってわかってるはずだ。あなたは波墓の神石は捨てられても、石そのものは手放せなかったんだ。だからこそここまで来た。生き延びた」

「それもこれで終わりだ。ようやく心の石を砕き続けなくともよくなる。楽になれる」

　声には深い諦念《ていねん》と、わずかな安堵《あんど》が滲《にじ》んでいる。だからこそナツィは歯がゆくて、とても口をつぐんではいられなかった。

「気持ちはよくわかるよ。なによりわかる。わたしだって『若』のあとを追いたかったんだ。助けられなくて、全部失って、生きてる意味なんて見いだせなかった。でもこの石の――あなたがたの石のせいで生き続けるしかなかった。わたしの中にも、あなたがたが大事にしてきた『生き延びる』って石はあるから」

　だからこそ、波墓の神石はナツィの思いを受けとって、帰依する者と認めて、その権能を貸しだした。

ナツイを生き延びさせた。

「そうして死ななかったからこそ、わたしは知ったんだ。生き続けることでしか変えられない。地を這《は》ってでも生きてゆかなければ、なにも変わらない」

生きたくとも叶わなかった者たちのためにも、足掻《あが》き続けねばならない。

維明は、否定も肯定もしなかった。ただ息を細く吐き、かすかに眦《まなじり》をさげた。

「やはり、あんたの中に波墓の石は息づいていたんだな」

そしてナツイの手に『石砕きの刀』を握らせた。

「この刀はあんたに預ける」

ナツイは信じがたい思いでその古い刀を、ついで維明を見つめた。

「……意味がわからない、どうせ手放すなら雪下宮にくれてやって生き延びろよ」

押し返そうと腕に力を入れる。だが維明は刀ごとナツイの手を握りしめた。なにがなんでもナツイに渡そうとする。

「雪下宮になどやらない。この刀を失ってまで俺が生き延びるより、はるかに大切なことがある」

「あるもんか！」

「聞いてくれ。痣黒は『理想の夢を追い求める』なる石を頑《かたく》なに奉じて、叶いもしない夢を追っている。自分の命や大切な人々の幸せよりなにより、石を守ることが重要だと思いこみ、望みのない戦いに飛びこもうとしている。もし痣黒の願い通りにことが運んでしまえば、神北の諸部族もろとも破滅に巻きこまれるだろう」

神北のすべての部族が戦火に呑《の》まれ、最後には土地を追われる。

なにもかもを失う。

「その末路を食いとめるには、痣黒の神石を砕くしかないんだ。痣黒の石を持つ者の心を縛り、恐ろしい末路へと煽《あお》りたてている元凶を、砕ききるしかない」

維明は、これしか道がないとばかりに訴える。

「痣黒の神石はもはや、ほかの『十三道』の神石のように人々を守る器じゃない。人々を閉じこめ、捻《ね》じ曲げていく檻《おり》だ。だからこそ『鷺』と痣黒の民は、なにを犠牲にしようと、自分の命を捨ててでもひた走ってる。あんたにだって覚えがあるだろう？」

熱に潤む瞳にひたと見つめられ、ナツイは唇を嚙みしめた。

そうだ、わたしは知っている。シキに痣黒の石へ巧みに引き寄せられた人々は、痣黒の神石がもたらす強烈な一体感に目が眩《くら》み、きっぱりと変えられてしまった。

ただ穏やかに暮らしたかった犀利も、家族のために怒っていたイアシも、求められない寂しさに耐えていたモセも、神石の与える結束に酔い、他のことなど二の次になってしまった。自分だけの心の石を捨てた。

痣黒の神石に閉じこめられた。視界を塞《ふさ》がれ、自分の頭で考えることを放棄させられ、外の世界も、自分自身の心の奥底すらも目に入らなくなった。

そして閉じた世界の論理でのみ行動しはじめた。部族の石そのものの形について深く考えることとすら忘れ、ただ自分を心地よくさせてくれる立派な石の器を――檻を維持するために力を注ぐようになった。

その大切な檻をすこしでも傷つけられようものなら、敵味方問わずに排除した。変わるように強いて、変われないなら殺した。行き詰まり、尖《とが》っていって、しまいには神北中を巻きこんで、恐ろしい末路へとひた走りはじめた。

「……だが痣黒の神石を砕いてしまえば、人々は解放される」

神石の檻は瓦解《がかい》し、人々は嵐の中に放りだされる。束ねるものを失った心は不安に揺れ、異論も諍《いさか》いも生じる。その変化を目にすれば、熱に当てられ見込みのない戦いに挑もうとしていた他部族も踏みとどまる。

「そうすれば戦いは、痣黒と『鷺』だけのものになる。征討軍を率いるのは雪下宮だ。あの男は愚かではない。なさずともよい戦に兵を割かない。痣黒だけを討って退く」

頼む、と維明は額に汗を滲ませてくり返した。

「痣黒と『鷺』をとめられさえすれば、神北は生き延びる。真なる王が現れて正しい道を見いだし、人々を安寧に導くまで、耐えていける」

真なる王。

その願いの滲《にじ》んだ一言に、ナツイは悟った。

「あなたも本当は、一なる王の到来を願っているのか。一なる王がもたらす安寧を」

「当然だ」と維明は弱々しく微笑んだ。「王となる誰かの礎になれるのならば、いつ殺されたっていいと本気で思っていた。暴虐なる鎮守将軍をまっとうしてもいいと」

だからこそ、と『石砕きの刀』を再びナツイに押しつける。

「この刀はあんたに託す。あんたにしか頼めないんだ。引き受けてくれるのなら、俺が都に戻ってきた意味はあった。殺されるとわかっていて帰ってきた甲斐《かい》があった」

ナツイは声に詰まった。

殺されるとわかっていて、それでもあえて帰京した。維明はそう言った。

まさか――まさかすべて今このとき、自分の亡き後ナツイに『石砕きの刀』を託すためだったのか？　そのために、なにも知らないナツイに四方の都を、人々を、万年櫻の塚のさきに広がる世界を見せたのか。

『考えろ』と、『自分で道を選べ』と言い続けてきたのか？

「……なぜわたしになんか賭《か》けるんだ。あなたが全部成し遂げればいいじゃないか」

「神北にも朝廷にも俺の居場所はない。どちらにしろ長生きなどできない。都に戻らずとも、早晩殺されるのはわかりきっていた。ならばあんたに万年櫻の塚の向こうがいかなる場所かを見せたかった」

「勝手に託されても困る、わたしが、あなたが望んだ道を選ぶとは限らないのに」

『石砕きの刀』を受けとったナツイが、維明の願いどおりに痣黒の神石を砕きにゆく保証だってひとつもない。

「もちろん預けた以上、刀をどうしようとあんたの勝手だ。だが俺は、きっとあんたは、あんたにとって一番正しい道を見いだして、心惑わず進んでくれると信じている。あんたにはそれができる」

ナツイはめちゃくちゃに首を振った。なにを言いだす。買いかぶりすぎだ。

「期待には添えない。だって知ってるはずだ。わたしはずっと、人に従って生きてきた女だ。自分で決められず、全部、人のせいにして生きてきた女だ！」

「いや」と維明は目を細めた。「犀利は、選べるあんたが好きだったよ」

そして身体が重くて仕方がないように、丸柱に寄りかかった。

肩で大きく息をする。

「確かにあんたは他人に抱かされた石に頑《かたく》なに縛られていたし、だからこそ自分で考えることを怖がっていた。自ら選んだ道なんてわずかだった。でもそのわずかを間違わなかったし、なによりそれは、俺が正しいと信じる道と似かよっていた。だから俺はあんたが好きだったし、あんたを守りたかった。あんたを信頼している」

ナツイは問い返したかった。『俺』とは誰だ。わたしの選択を信じていてくれるのはどちらのあなたなんだ。

だができなかった。維明の額から汗がしたたる。息もあがっているのに気がついて、ナツイは顔色を変えた。

「まさか、さっきの毒矢が掠《かす》ったのか？」

イアシが振りかぶった毒矢のさきが、肌を裂いていたのか。

「はやく見せろ！　吸いださないと──」

「別にいい。どうせ今日、検非違使《けびいし》になど捕まるまえに死ぬつもりだった」

維明はナツィの腕を振りはらい、弱々しく笑ってみせた。

「それに俺は、すこしくらい苦しんで死んだほうがいいんだ」

「なにを……」

胸を衝《つ》かれて言葉が出ない。維明が、そんなふうに思っているとは考えもしなかった。

「それでも死ぬまえに、あんたに刀を託せてよかった。ここまで恥を忍んで生き延びた甲斐はあった」

『石砕きの刀』にかかっていた維明の手が落ちる。傾く身をナツィは支えようとした。だが維明はもう顔すらあげられない。ぐったりと、額が重く肩にのしかかる。

ナツィは唇を噛《か》みしめる。瞳《ひとみ》の奥が熱い。なぜ自分が涙を流しているのかわからない。この男の命が消えようとしていることが悲しいのか。それとも維明がすべてを諦《あきら》めきっているのに怒りを感じているのか。

そう、怒っているのだ。維明も、かつてのナツィと同じではないか。まったく逆で、それでも同じだ。死にたいのに死ねなくて、ままならぬ世を生きるために日毎に心の石をひたすら砕いて、砕くことで心を保っているうちに、自分が見えなくなっている。もっとも大切な自分自身をないがしろにしている。

本当は悔しくて仕方がないくせに。己の幸せなどかなぐり捨ててでも神北を守ろうとしてきた結末がこれなのかと、心の底から絶望しているくせに。

「でも、あんたはかわいそうだな。俺を殺して、犀利を取りもどすはずだったのに」

ナツィが涙を流しているのを悟ってか、維明は小さくつぶやいた。そして力を振り絞って身を離すと、『波墓の碧《あお》』に染められた帯を取りだした。浅い息を吐きだしながら帯をひらき、包みこまれていた碧に輝く石を拾いあげる。

波墓の神石を、ナツィへさしだす。

「……なんのつもりだ」

「これで犀利を呼び戻すといい。わずかな時しかやれなくて悪いが、最期だけは愛《いと》しい男と過ごしてくれ」

そして石をナツィの掌《てのひら》に置いて目をつむると、もう口をひらこうとはしなかった。

ナツィは呆然《ぼうぜん》と、手の上でほのかに輝く碧の石を見つめた。

波墓の神石。ナツィを生き延びさせた石。維明を殺し、犀利と出会わせてくれた石。犀利を奪った石。

それから維明に目をやった。眉根《まゆね》が強く寄せられた、苦しみに満ちた表情。ナツィが『維明を殺せ』と神石に命じるのを待っている。

唇が震える。

もう一度、波墓の神石に目を向けた。今、維明の命はナツィの手の中にある。ナツィが一言命じさえすれば犀利は戻ってくる。痣黒の夢に侵される前の、ただひたすらに賢くてやさしかったあのひとと再会できる。むろん、身体は維明とひとつなのだから、すぐに毒に侵され死ぬだろう。それでも、短くとも愛おしい刻《とき》を過ごすことができる。

いや、石に命じさえすれば、毒を消してしまうことだってできるかもしれない。そしてふたりで逃げるのだ。『鷺』も朝廷も関係ない場所へゆこう。穏やかに暮らせるどこかへ。

そうすればみなが幸せになる。ナツイと犀利だけでなく、維明だって浮かばれる。楽になれる。目の前で苦しみに耐える男も、それを望んでいるのがわかる。自分でない自分がなにもかもから解き放たれて穏やかに生きてゆく、そんな儚《はかな》い夢を見ている。

――そうだ。

ぼろぼろと涙が零《こぼ》れる。

ナツイは今ようやく、はっきりと悟った。心の窟《いわや》に並ぶ石のさき、やわらかに光を放つ願望の形を知った。

わたしは、穏やかに生きたい。誰かに微笑み、微笑まれて生きていきたい。

それだけがわたしの、わたしたちの、望みだったのだ。

だからこそ。

涙を拭《ぬぐ》った。唇を嚙み、波墓の神石を握りしめた。

だからこそ、今この碧に託すべき願いはひとつしかない。

大きく息を吸う。神石を掲げて命じる。

「波墓の神石。どうか――どうかサイリを、生き延びさせてくれ」

たちまち碧き閃光《せんこう》が神石からほとばしり、視界が覆い尽くされる。

しかしすぐに収まって、再び静寂が訪れた。ナツイはそっと、掌の中に目をやった。

神石が放つ光は明らかに弱まっていて、呼吸するようにゆっくりと輝いては暗くなる。

神石は、その身のうちに溜《た》められた人々の思いを力に変えて権能を振るうという。光が弱まったのは、溜められている力が大きく減ってしまった表れだ。

つまり、とナツイは神石を握る手に力を込めた。

この石は、わたしの願いを聞きいれた。その身に注がれた思いと引き換えに、確かに願いを叶《かな》えてくれた。

そう確信するや、うなだれている男へにじり寄り、両肩を掴《つか》んで強く揺さぶった。

「逃げよう、維明」

男はすぐには返事をしなかった。ぼんやりと、寄る辺ない瞳でナツイを見あげていた。

『維明』と呼びかけられたことに戸惑っているようだった。それが、きつく唇を引き結んだナツイの真剣な視線に行き当たってようやく、いまだ自分が『維明』であり、身を侵していた毒すらも消えていると気がついて、つまりはナツイが言葉どおりに『サイリ』を救ったのだと悟って、目を大きく見開いた。

「……なぜだ」

「そうしたいと思ったからだ」ナツイは声を震わせ、それでも迷わず答えた。「そうすべきだと、わたし自身が、わたし自身の心の石とともに決めたからだ」

維明は理解ができないように、碧の瞳を揺らがせる。

「今でも犀利を愛しているんだろう」

「もちろんだよ。あのひとに会いたい。まだ諦めたわけじゃない。でも、それでも、今選ぶべきは、あなたなんだ」

ふたりのあいだに、糸彦の碧の帯が横たわっている。大切に扱われ続けてきた、美しい組帯。維明がこの盟友の形見の帯を、波墓や阿多骨の神石とともに『鷲』の隠れ里から持ちだして、今も大事に持っている理由は聞かずともわかる。その思いも決意も、伝わっている。

「維明、あなたはこんなつまらない死に方をしちゃいけない。最後までやり遂げなければいけないんだ。あなたが心に強く抱いている『神北を守る』って石だって、そう言っているはずだろう？」

「……そんな石はもうないんだ。波墓が滅んだときに捨ててしまった。あんたが石だと思っているのは、生きるために作りあげたまがい物で――」

「まがい物なんかじゃない。あなたは本当に、心の底から神北を守りたいって望んでいるんだ。わたしにはちゃんと見える」

真実ナツィには見えている。

「あなたは今も、『生き延びる』って石も、『神北を守りたい』って石も、自分自身で選び続けているんだ。だからこそその石は、砕いて砕いて砕き続けても、何度だってあなたの中で再び輝きはじめる。本当はわかってるんだろう?」

維明の表情が歪《ゆが》む。

その胸に、ナツイも唇を噛みしめ『石砕きの刀』を押しつける。

「だからこれは返す。あなたが神北を守ると決めているのなら、痣黒と『鷺』の神石を砕いて神北が救われると信じているのなら、生き延びて、成し遂げてほしい。あなたのために死んでいった人々に、きちんとその結果を見せてほしい」

お願いだ。

維明は、揺さぶられているようだった。毒は抜けたのに唇は真っ青で、瞳も大きく揺れている。維明でも犀利でもなく、サイリの表情だとナツイは思った。この男の魂そのものだ。

熱く身が震えた。腕を伸ばして、その魂に直《じか》に触れたくなった。

もちろん実際触れることはなく、すぐに男は維明としての鎧《よろい》をまとい直したようだった。

「……わかった」

『石砕きの刀』を受けとり、強く握りしめて背を正す。

「痣黒の神石は、俺が必ず砕くと約束する。あんたにも、俺のうちで生きる数多《あまた》の魂にも」

うん、とナツィも座り直した。これでいい。

「わたしも一緒に行かせてくれるか？　わたしも神北を守りたいんだ。それに、それに――」

「今度こそ、あなたを守らせてほしいんだ」

維明は物言いたげにナツィを見つめた。瞳の奥をいくつもの思いが訪《おとな》っては去っていき、やがて男は願いを受けいれた。

「ならば、ともにゆこう」

紐《ひも》を通した波墓の神石を捧《ささ》げ持ち、大珠のようにナツィの首にかける。

「この神石は、あんたのものだ。痣黒の神石を無事砕くことができたなら、そのときそこの石の権能で、あんたの犀利を取り戻してくれ」

「……いいのか」

「むろんだ。約束は、必ず守る」

ありがとう、とナツィはうつむき神石に手を添えた。再び胸に収まったそれは、ほのかな光を放ち続けていた。

「維明さま、維明さま！」

維明の衣を着せられ朦朧《もうろう》としたイアシを、見潮が懸命に揺さぶっている声がする。他の家人も次々に駆けつけて、みな痛ましく主《あるじ》の名を呼んでいる。

それをナツイは、築地塀《ついじべい》を一枚挟んだ外の路《みち》の端で隠れ聞いていた。男物の小袖《こそで》と袴《はかま》を身につけ、膝《ひざ》には脛巾《はばき》。朝廷風の旅装束に身を包み、神石は衣の内側に隠している。いつでもこの場を離れられる。

「波墓の神石は、イアシをあなたに見せかけたんだな」

「そのようだ」

同じく朝廷風の旅装束に身を包んだ維明が、笠《かさ》を目深に被《かぶ》り直した。

神石は『サイリ』を生かすために、人々に、イアシを維明のように見せている。かつて副将軍の屍《しかばね》を、維明のものと誤解させたように。

「これでいい。すくなくともイアシが正気を取りもどすまでは、俺が逃げたとは誰も気づかないだろう。家人が俺の逃亡を助けたなどと誹《そし》られることもない」

安心した、とつぶやいて、維明は身を翻した。

「雪下宮の配下が来る前に都を離れる。ゆくぞ」

「イアシはどうなるんだ」

「すくなくとも俺だと思いこまれているあいだは、雪下宮がいろいろと理由をつけて検《け》非違使《びいし》への引き渡しは阻止するだろう。節刀を横取りしようとしていたと明るみに出て困るのは雪下宮だ」

「……じゃあ、雪下宮に殺されるのか」

「雪下宮の性格ならば、イアシが自分を取りもどした後も生かしておくとは思うが……

心配ならば、あんたはここに残ってあいつを守ってもいいんだ」

「いや、行くよ」

願わくはあの幼なじみが、理想の夢に殉じるのではなく、自分自身のための石を見いだせますように。

「俺にイアシを殺さないでくれてありがとう」

「俺にイアシは裁けない」歩きだした維明は、ナツィに背を向けつぶやいた。「確固たる石を失った心につけこまれ、痣黒の石と理想の夢にのめりこんで、自分自身をないがしろにしたのは俺も同じだ」

あなたじゃない、とナツィは言いたかった。それは犀利の過ちで、あなたじゃない。

のどかな陽気に、はしゃぐ幼子の笑い声がこだましていた。

日暮れに追われるように都の門をあとにした。神北へ向かう官道は、海岸線伝いに北上する路と、そそり立つ東の帳《とばり》の山々を抜けて東国を経由する路がある。維明は迷いなく東国へ向かう路を選んだ。日輪が沈むまでに、できる限り都から離れなければならない。

ふたりは黙々と歩いた。

それでもナツィは一度だけ、暮れゆく都を振り返った。箱のなかにまた箱。四方に巡らされた縄や壁に守られた地。

朱色の門は夕日を浴びて、燃えるように輝いていた。

官道に沿って点在する駅には近寄らず、林の中で夜をやり過ごしながら、ひたすら徒《か》歩《ち》で神北を目指した。十日もすれば東国に辿《たど》りついて、そこで維明は、神北へ向から路を一度外れて、ゆるやかに裾野《すその》の広がる帯懸骨の山辺に向かうと告げた。

ナッイは行き先を尋ねなかった。訊《き》かなくとも悟っていた。維明は、糸彦の帯を携えている。糸彦が我が子に贈ろうとしていたそれを、代わりに渡しにゆこうとしている。

半日ばかりも歩けば、南を向いたゆるやかな丘陵の麓《ふもと》に、小さな里が見えてきた。旅人のふりをして前を通りかかると、晴れわたる空に子どもたちの歓声が響いている。見知った顔も知らない顔もあい交じり、春の野を笑顔で走り回っている。傍らでは里の人々が、藁《わら》を編みながら談笑していた。

赤子に乳をやる笹目の姿もある。隣には見知らぬ若い男が腰掛けて、愛《いと》しそうに赤子を撫《な》でている。笹目の頰に笑みが広がる。赤子がふたりに笑いかける。

維明は碧《あお》の帯を手に、その様子を瞬《まばた》きもせずに見つめていた。

そして唐突に、元来た道を戻りはじめた。

「ゆこう」

早足で去っていきながら、腰に糸彦の帯を巻く。冠を外し、結いあげていた髪も解《ほど》き、頭のうしろでまとめ直す。そうして神北の民の風貌《ふうぼう》に調えて、振り返らずに歩いていく。

でも、と言いかけナツイはやめた。

これでいいのだ。つらい記憶をことあるごとに思い返すべきなのは笹目ではない。糸彦が帯に託した怒りと願いを一生抱えていくのも、いたいけな糸彦のやや子ではない。

すべて、ナツイとサイリが引き受けるものだ。

だからナツイもまた、下唇を嚙《か》みしめ背を向けた。涙を流してはいけない。ナツイが今ここで泣いていいわけがない。笹目たちには別の幸せがあったはずだった。別の人生があって、別の大切な人々と喜びを分かち合えるはずだった。ナツイが奪ったのだ。自らの頭で考えず、他人の石に引きずられた結果、阿多骨の美しい里を焼き、人々を死に追いやった。

わかっているからこそ、前を見つめてひたすらに誓った。

咎《とが》も責任も、絶対に忘れることはない。一生後悔に苛《さいな》まされ、そして一生をかけて償っていく。そのさまを、どうか胸の中に生き続ける物言わぬ魂たちよ、見届けてほしい。ナツイの命が尽きるそのときまで、冷ややかに、恨みをもって眺めていてほしい。

ただ。

ナツイは後ろ髪を引かれるように立ちどまり、たなびく白い雲のしたに広がる小さな里を振り返った。

魂たちよ、今だけは、生き残った人々へ祈りを捧げることを許してほしい。

「どうか、幸せに」

どうかあなたがたが、生涯穏やかな生活を送れますように。

再び神北へ続く路に戻って、帯懸骨の山々を横目に北上する。左右から山が迫り、早蕨の平野は閉ざされる。険しい山道がひたすらに続く。帯懸骨の山々はいまだ雪を抱いていて、ナツィたちの行く手にも、冷たい雪がちらついた。都はすっかり春だったが、北の地はいまだ白骨晒《さら》す冬なのだ。

その真白《ましろ》い雪に、ふいに、うすいピンク色が交ざりはじめる。薄紅色に色づいたそれは雪ではなく、桜の花びらだった。

花びらは風に舞って、ひらり、ひらりと丘の上から流れてくる。源を辿るようにふたりは坂をのぼる。のぼるほどに花びらはくっきりと雪に色を添えはじめ、引き換えに丘の木々は焼け焦げたかのごとく黒く染まり、立ち枯れているものばかりが目立つようになる。

みな桜の古木のなれのはてだ。この丘は、遠い昔に枯れた桜の亡骸《なきがら》に埋め尽くされている。

その澱《よど》んだ黒の中を、花びらと雪が境もなく舞っている。

やがて丘の頂《いただき》につと一点、ほの白い光が現れて、ナツィたちの足どりは速まった。風に流れる花びらもますます増える。頂に灯《とも》った光から流れてきている。

桜だ。

見事に咲き誇る桜の大木が一株、佇《たたず》んでいた。太い枝をうねらせ地を這《は》わせ、八方に広げている。そのさきから、瀧《たき》のように薄紅色がこぼれ落ちている。

風が吹くたびに花嵐が巻き起こる。視界が染まるほどの花びらが、ひと息に攫《さら》われていく。それでも古木はすこしも色あせず、満開に咲き誇っている。

「この桜はどんな季節に訪れようと、たわわに花を咲かせているんだな」

ナツイは髪についた花びらをつまんで掌《てのひら》に載せた。淡き色のそれは瞬きひとつのうちに、淡雪のごとく解けていく。

この世ならざる花なのだ。けっして散らない万年櫻。まるで異界との境のよう。ゆえに長らくこの地は、『ここより北は神北』の目印とされてきた。

もしかして、とナツイは気がついた。

「この散らない桜も、神石の権能がもたらしたものなのかな」

「そうだと言われている」

維明は遠い目をして、光り輝く花を見あげた。「ものの本に……いや、読んだ話だが、かつて『十三道』に神石がもたらされる以前、『十三道』は『十四道』と呼ばれていたそうだ。我らの他に、もう一部族が加わっていたわけだ。そしてその失われた部族こそ、この桜の丘の一帯を治める、友枯なる部族だった。友枯は商いを生業《なりわい》としていて、弓幹《ゆがら》の本州と周囲の島々のどこへでも出かけていったという」

神北に石神が現れ、『十三道』へ石を授けるよりさらにまえのこと。

友枯の族長は、脊骨の山脈の果て、古《いにしえ》の時代におおいに栄えたという玉懸の地を訪《おとな》った。そして誰も辿りつかないとされていた、かつての祭祀《さいし》の池に偶然相まみえ、不思議な気配を帯びた石を見つけたという。

「それこそ神石の生まれた地にして、眠る地だった。古の時代にはいくつもの石が祀《まつ》られていたようだったが、その時代にはすでに中心に据えられた大きな石と、それを囲んでいたのだろう小さな白い石がふたつ、残っているばかりだったという。それがどんな力を秘めた石かも知らぬまま、友枯の族長は小さな石のほうを拾って戻った。そして西へ旅立つまえに、そのうちのひとつを自らの首にかけ、もうひとつを桜の古樹の下で妻に贈ったそうだ」

族長は言った。わたしはこれより、東の帳の向こうへ赴かねばならない。我らの交易相手の部族が、戦で劣勢なのだという。助力を乞《こ》われたゆえ、戦人を率いて向かわねば。それを聞き、妻は懸命に引き留めた。東の帳の向こうは小部族が乱立し、激しい戦乱が続いている。無事に戻ってこられる保証はない。

だが族長は、妻の首に石をかけて微笑んだ。心配はいらぬよ、なにがあろうとわたしは必ず戻ってくる。どのような姿となろうと、我らの桜の美しき姿を目指してまっすぐに帰ってくる。

そうして西へ発《た》ち、二度と戻ってこなかった。

だからこそ族長の妻も、族長に付き従った者たちの家族も、友枯の民はみな白き石に祈り、誓った。桜が散っては困るのだ。愛しい者が帰ってくるとき、路《みち》に迷ってしまうではないか。

そう、花を散らしてはならない。わたしたちがうつむき、枯れたように肩を落としていたら、あのひとの魂は永遠に戻ってこられない。どんなときも、いつのときも満開に花咲け。咲き誇り、胸を張るのだ。桜のように美しく輝く我らの心こそ、愛しい人の魂に道を示してくれるのだから。

「『どんなときも咲き誇るべし』と友枯の人々は心に誓った。その誓いはやがて友枯の人々の生きる指針となり、石となった。族長の妻の胸で美しく輝くようになった石に――友枯の神石にもその思いは刻まれた」

そして友枯の神石は、人々がそれぞれ心に抱いた『どんなときも咲き誇るべし』という石を守り、支える器となった。権能をもって、丘に咲くすべての桜を万年咲き誇るこの世ならぬ桜に変えた。

けっして散らない万年櫻の塚は、友枯の人々の魂のみならず、この神北と外の界《さかい》を目指すべての民の道しるべとなった。神北を守る桜色の帳《とばり》となった。

「その友枯の部族も、『十三道』に神石がもたらされたころには絶えてしまった」

「……滅ぼされたのか」

「詳しい記録は残っていないが、四方国が東国の早蕨族を平定しようと軍勢を差し向けたとき、友枯は苦境の早蕨に助力したとも言われているから、戦乱に巻きこまれて多大な被害を受けたのは間違いないだろう。友枯の神石もそのころに、なんらかの形で失われたのだろうな。ほどなく神北に降りた石神は、友枯族にも神石を授けようとしたというから」

友枯と波墓は、二子石を割った欠片《かけら》のそれぞれを授かるはずだった。だが友枯が固辞したから、石神は二子石のまま波墓に与えたのだ。

「それを最後に、友枯の部族の名は『十四道』からも消えてしまった。だから滅んだというよりは、ゆるやかに結束を失い消えてしまったのだろう」

「……なぜ神石を拒んだのだろうな。桜を咲かせていたもともとの神石だって、どうして失ってしまったんだろう。石神に、『石砕きの刀』で砕かれたのか」

「とも限らない。他の誰かに譲られて、別の石を刻んだ神石に変わったという話もある」

「神石は譲れるものなのか？」

「玉懸の地まで持っていって、元の主《あるじ》と次の主、双方の同意のもとに願えば、神石に刻まれる石を改められるそうだ。もし、すでに帰依する者を失った主なき神石を手に入れられれば、ただ持参するだけで自分のものにできるともいう」

どちらも伝説にすぎないが、と維明はつぶやいた。

「どちらにせよ、三百年もまえに友枯の神石は失われた。その権能によって咲くこの丘の桜も、ゆっくりと死に向かいつつあるそうだ」

丘を覆う黒い桜林を振り返る。

「百年ほどまえまでは、この丘に生えたすべての桜が常に咲き誇っていたらしい。だが今はもう、この古木のみになってしまった。我らの前にある花は、幻の残り香だ」

ナツイも沈黙する丘を見渡した。枯れた木々は、底冷えの寒さの中でうなだれている。

「じゃあいつかは、この最後の桜も枯れてしまうんだな」

「だろうな」

「そのとき神北は、どうなっているんだろう」

独り言のように漏らしたナツィの横顔に、維明は黙って目を向けた。それからただ、

「ゆこう」とだけ促した。

「……うん」

維明が安易な美しい夢も、悲惨な末路も語らず黙したことに、ナツィはどこか安堵《あんど》を感じていた。なんとも形容しがたい安らぎを。

名残を惜しむかのように、幻の花弁が鼻先を掠《かす》めていく。つい目で追ったとき、唐突に気がついた。

この感情は、信頼と呼ぶものだ。


万年櫻の塚を越えると、一段と寒さが増した。維明の屋敷から持ちだした絹を売り、毛皮の衣に換えた。その毛皮の背を白く染めながら、枯れ笹のしなだれかかる獣道を黙々と歩いてゆくと、ふいに樅《もみ》の木立が切れる。

どちらともなく立ちどまる。

木立のさきは明るい。広々とした平野が広がっているのだ。右手の彼方《かなた》に地平線が見える。その向こうには海が横たわっているはずだ。左には見覚えのある山影。巨大な獣

の背骨のような白き山々が、見渡す限りに連なっている。険しい山脈から延びる、いくつもの低い山稜《さんりょう》も窺《うかが》えた。

「六連野に、戻ってきたんだな」

「そのようだ」

この林を抜ければ痣黒の領地に入る。『新宮』はすぐそこだ。

ひやりとした、それでいて澄んだ風が流れていく。

しばらくその風を身に受けて、維明は樅の林の中に引き返した。

「今日はここで休もう。明日に備えねばな」

入り用なものを揃えなければならないし、最後の日くらいまともなものを食べようということになって、維明は朝廷風の恰好《かっこう》をして、近くの柵戸の里でいくつかの品を手に入れてきた。都から携えてきた長弓《ちょうきゅう》は目立ちすぎるから、神北で普段使われる丸木弓《まるきゆみ》と矢、それからすこしの雑穀。煮炊きに使う広口の壺《つぼ》や土器《かわらけ》まであった。そして維明が鴨を狩って、ナツイが鉈《なた》で薪を作り、ふたりで艾《よもぎ》と火打ち石で火を焚《た》き鍋《なべ》にした。

維明の弓の腕は素晴らしかった。まさに弓矢を能《よ》くする神北の民らしい腕前で、どれだけの猛者《もさ》とも堂々と渡りあえるに違いなかった。それでいて維明は、神北の民のもうひとつの得物ともいえる早蕨《さわらび》の大刀は、ここに至っても頑《かたく》なに携えようとはしなかった。いまやどこから見ても神北の民の装いをしているのに、腰に佩《は》いているのは朝廷の太刀のままだった。

「あなたは早蕨刀が嫌いなのか」

鴨鍋をかき混ぜながらナツィは尋ねた。鍋には炙《あぶ》った鴨の他、道中で生えていた蕗《ふき》の芽や芹《せり》、木ノ子も入れてある。

「嫌いではない。苦手なだけだ」

「冗談だろう？　朝廷の太刀はあんなに達者なのに」

「太刀と早蕨刀は、刀身の反りも長さも、重さの釣り合いもまったく違う。構えや振り筋もかけ離れている」

維明は携帯していた小さな塩桶《しおおけ》から塩をつまんで鍋に振り入れた。

「でもあなたは神北の民だ。はじめに手にしたのは太刀じゃなくて早蕨刀だったはず」

「それはそうだ」と維明は目を伏せた。「俺の里でもっとも早蕨刀を能くしたのは、俺の守役で、里の剣術指南役でもあったシキだった。ただの一度も勝てなかった。だが俺もそう負けてはいなかったはずだ。背が伸びて力と知恵がつけば、シキより強くなるかもしれないとも言われていた」

「あのシキよりも？　それじゃあ――」

「すべては過去の話だ。神北を出てから十年以上が経っている。そのあいだ一度も振らずにいたら、振り方など忘れる。そういう意味では」

汁の味見をしてから、維明は塩桶をしまった。「俺はもう神北の民ではないのかもしれないな。早蕨刀が苦手な戦人などどこにもいないのだから」

「そんなことない！」

思わずナツィは口走った。否定しなくてはいけないような気がした。「身体が覚えているはずだ。ほら、わたしだって、なにもかも忘れてしまったのに刺繡《ししゅう》だけは刺せるだろ？　きっとあなたも同じなんだ。すぐに思い出す」

「残念ながら望みは薄いだろう。あんただって、犀利がどれだけ早蕨刀の扱いが下手だったか覚えているはずだ」

「それはまあ……でもあれはあなたではなく、犀利だから」

「悪いが、俺もまったく同じなんだ」

維明は、なにが『悪い』のかははっきりとさせなかった。だからナツィも触れられなかった。

維明は椀《わん》に鴨鍋の具をよそってナツィにさしだした。冷えた空に、香ばしい匂いと湯気が立ちのぼる。深く息を吸いこんでから口をつけた。

「……おいしいな」

滋味があって心に染みる。強いて言えば、神北の民の舌には少々塩味が薄い気もするが、黙っていた。維明は味覚もまた、神北の民とは違ってしまっているのかもしれない。それを誰より悟っていて、誰より嘆いているのは維明自身だ。

「それはよかった」

と維明はつぶやいた。それきりふたりは黙って食事をした。

食事が終わると、維明は思わせぶりにナツイの前に立った。

「……なんだ」

「さっき刺繍の話をしていただろう。もしあんたが今も刺してもいいと思っているのなら、頼みたいことがある」

さしだされたのは針と白色の糸、そして糸彦の、『波墓の碧《あお》』の帯だった。

「さきほど里に出たとき、針と糸も手に入れてきた。これでこの碧の帯に、神北草の刺繍を入れてほしい」

帯と同じくらいに碧い双眸《そうぼう》は、本気だと告げている。

糸彦との果たせなかった約束を、この期に及んで全《まっと》うするのは気が引けた。だがそんなナツイの逡巡《しゅんじゅん》は当然理解していてなお、旧友の望みどおりに刺繍を施した帯を締めて戦いに臨みたい維明の心も、痛いほど察せられた。

だから、「わかった」とだけ答えて、両手で受けとった。


夜になった。

ナツイは針を動かしながら、炎の爆《は》ぜる音に長く耳をすませていた。雪はやんだが、凍る寒さが地を覆っている。焚き火のぬくもりだけが、ナツイと維明を繋《つな》いでいる。

揺らめく炎の向こうで、維明は刀を磨いていた。まずは太刀を、それから『石砕きの刀』を。長い睫《まつげ》が炎に照らされ影を作る。

かつて犀利と過ごした夜が、炎の中に一瞬浮かぶ。

やさしい犀利。

あのひとは言っていた。

——誰かの石に翻弄《ほんろう》されてばかりの空っぽの俺の人生にも、意味はあるかもしれない。

——この身はきっと穏やかな生活なんて手に入れられずに朽ちるだろうが、心は違うかもしれない。大切な人を見つけて、その人ひとりくらいは守れるかもしれない。

ナツィに出会ったとき、そう思ったのだと。

そして言葉どおりにナツィを守ってくれた。ナツィが心の石をすこしも砕かずすむように、変わらず生きていけるように、犀利が変わって、血で手を汚して、そして死んだ。

——会いたいよ、犀利。

ナツィは心の中でつぶやいた。

今ならば、真の意味であなたを守ることができる気がする。あなたの心をこそ、守れる気がする。

焚き木がぱちりと爆ぜて、犀利の幻影は消えてゆく。ナツィは再び帯に目を落とし、針を運んでいった。糸彦の碧い帯には、もともと鮮やかな朱色で神北文様が組み織りされている。その文様を損なうことのないよう、端のほう、ちょうど腰に巻いたときに内側になるあたりに、小さな花の輪郭をふちどっていく。

ほどなく六連の花弁を綻《ほころ》ぶように広げた、こぢんまりとした神北草の花の輪郭ができあがった。これで完成でもいいのかもしれない。でもナツィは思いたって、首にかけていた波墓の神石を、衣の内側からひっぱりだした。

ふわり、ふわりと強く輝いては闇に沈む碧い石は、いつかふっと光を失ってしまいそうに儚《はかな》く見える。それでも裏側には、ナツィが持っていたときには見たことのない、神北草の花弁のような印がはっきりと浮かびあがっていた。

六つの花弁のうち、左下のものだけがひときわ輝きが強い。

『十三道』の民の大珠の裏には、それぞれの部族の神石に帰依したという印が刻まれている。痣黒ならば下の花弁に、阿多骨では左上の花弁に文様が入っていて、それぞれの部族を表すものだ。

であればきっと、波墓の神石に刻まれたこの花も、波墓の民と、その『なにを砕いても生きのびる』なる石を表す印なのだろう。

だったら、とナツィは再び針を取った。しばらく没頭して手を動かして、やがて糸を始末する。丁寧に調えてから、維明に帯をさしだした。

「どうぞ。なんとか間に合ってよかった」

礼を言って受けとった維明は、刺繡のとある部分に目を留める。

「これは……」

理由がわかっているから、ナツィは早口で説明した。

「左上と左下の花弁にだけ透かしで模様を入れたのは、阿多骨と波墓の印に倣ってだよ。

この帯は波墓のサイリが、阿多骨の糸彦に贈ったものだって意味がひとつ。もうひとつは、あなたが抱いている石はこれだって示す意味もある。あなたはもう大珠を持っていないだろう？　だから、代わりにここに刺しておいたんだ」

波墓の人々と、阿多骨の人々が確かに生きていたという記憶。維明の中に、ふたつの石が今も息づいているという証《あかし》。

「……余計だったらごめん」

「まさか」

と維明はふたつの花弁を切なく眺めた。「まさに望んでいたものだ。美しいな」

「そっか、じゃあよかった。安心した」

ほっとして笑うナツィに、維明は小さく付け加える。

「俺がさきにもらってしまって悪い」

なにが、と言いかけてナツィは口をつぐんだ。

——なあ、俺にもひとつ刺してくれないか？　素敵なやつを。

犀利の明るい声が脳裏に響く。照れたような、それでいて安心しきった自分の声も。

——平和になったら、そのときでいいなら。

——空約束じゃないよな。楽しみにしていいんだな？

犀利は瞳《ひとみ》を輝かせて喜んでくれた。心からその日を望んでくれていた。

夜のしじまに、炎が爆ぜる。

「ナツイ」

　やがて維明は、刺繡に目を落としたままつぶやいた。

「感謝している。あんたがいなければ、俺の命はとっくに尽きていた」

「……なに言ってるんだ。あなたをこの窮地に追いやったのはわたしだろ」

「だが窮地から救い出し、猶予を与えてくれたのもあんただ」

　猶予。ナツイはうつむいた。痣黒の神石を砕き、シキとエツロをとめる。そして神北の情勢が落ち着いたら、維明はナツイに殺される。維明としての自分を殺し、犀利として生きてゆく。

　そういう約束だった。

　それでいいのか、と問いただしたい衝動をなんとか押しとどめる。維明の死を願う張本人であるナツイが尋ねていいわけはない。

　だから両手を握りしめて、別の心を伝えた。

「感謝するのはわたしのほうなんだ。あなたのおかげで、わたしは自分で自分の心の石を砕けるし、育てられるようになった」

　維明は刺繡《ししゅう》の入った帯を見つめて黙りこんでいる。それでもナツイの話を聞いてくれているのがわかる。

「わたしはずっと怖かったんだ。父からもらった石を、絶対に砕いてはいけないと思いこんでいた。石を変えずに生きることばかりに気を取られて、自分の心の中にどんな石があるのかさえわからなくなっていた」

石に縛られて、ただただ従っていた。自らの頭で考えず、なにも見ようとしなかった。

「でも、犀利とあなたに出会ってようやく気づけた。いらない石は砕いていいんだって、大切な石はちゃんと磨いて、育てていいんだって」

心に決めたただひとりを守るという石は、今も心の中にある。だが父が据えたときとは形を変えている。ナツイが見つけた新しい面が輝いて、いらない部分は削られた。

別の石も見つけた。波墓の石も、阿多骨の石も、ナツイの中で生きていく。輝きを増して、ナツイの心を明るく照らしていく。

そうして自らが選び、育てたものこそが真の心の石なのだと、そのありかたなのだと、気づくことができた。

維明は帯を見つめたまま、かすかに笑った。

「礼を言うのは犀利へにしろ」

「それじゃ足りないんだ。犀利が知らず、あなただけが知っていたこともたくさんあったから」

鏡映しとしても、やはりふたりは同じ男ではない。そう言い切れる自分にナツイの半分は救われて、半分は心揺さぶられている。

「仇《かたき》であるわたしをあなたが殺さないでくれたから、わたしは今ここにいられるんだし、あなたは生かすばかりか導いてくれた。自分自身っていう一番大切な人を、きちんと大切にする方法を教えてくれた。あなたにとってわたしは憎い女だったはずなのにな」

　奇襲の夜を思い出す。神北草の咲き乱れる暗がりで、ナツイは鎮守将軍を――今目の前にいるこの男を殺すことしか考えていなかった。殺して守ると決意していた。

　そんなナツイに、捨てるしかなかった故郷の神石を突きつけられたとき、この男はなにを感じたのだろう。自分を取りもどした瞬間、己の手が盟友の血にまみれていると気がついて、どう絶望したのだろう。

「わたしはずっと、あなたを討てば神北は守られると思っていた。裏切り者の鎮守将軍が神北の人を人とも思わないからこそ、わたしたちは苦しい目に遭っているんだと。でも違った。あなたは立派な人だった。犀利を失ったのは今も苦しいけれど、あなたと出会えたことには心から感謝している」

　ナツイは本気で言った。本気で、嘘偽りない心を言葉にした。

　維明の目が、思わずといったようにナツイを捉《とら》えた。その帯を握る手に力が入り、炎に照らされた口の端が小さく震える。

「……違うんだ」

　堪《こら》えられなかったように、ぽつりと声が落ちる。

「俺はあんたを導こうとして生かしたわけじゃない。本当はあのとき、自分を取りもどしたとき、すぐにでも縊《くび》り殺してやりたかった。殺して、この行き場のない怒りをすこしでも追いやりたかった。なのにできなかった。殺せなかった。それは俺が――」

維明は言葉を切った。

胸の底から息を吐ききって、眉《まゆ》を寄せて微笑んだ。

「いや、犀利が、あんたを心の底から愛していたからだ」

言うや碧《あお》の帯を懐にしまいこみ、落ち葉を敷き詰めた褥《しとね》にナツィに背を向け横になる。

「今も犀利はあんたを案じている。苦しめてしまった自分を責めている。なによりあんたの幸せを願い続けている。俺にはわかる。だからこの旅が終わったとき、どうか報いてやってくれ」

「……維明」

「冷えてきたからあんたも早く休むといい。風邪でもひけば犀利が悲しむぞ」

すっかり平淡な声が返ってきて、ナツィはそれ以上の言葉をかけられなかった。

本当は、言いたいことがあったのだ。犀利の真心を疑うつもりは微塵《みじん》もない。でも最初にわたしを生かしたのは——わたしというなにも知らない小娘に未来を与えてくれたのは、犀利の愛じゃない。

——あなただろう、維明。

あの奇襲の夜、二度も『戦えない』わたしを逃そうとしてくれたのは、あなたじゃないか。犀利が向けてくれた想いは、そのさきにこそあったものだったんじゃないのか。

言えなかった。だから黙って維明の隣に背を向け横になり、目をつむった。

「……寒くて眠れないな」

「近くに寄ればいい」維明の声がした。「嫌じゃないのなら」

「嫌じゃない」

真実嫌ではない。維明の身体は犀利のものだから。そういうことにする。

ナツィはしばらく迷ってから、ささやくように問いかけた。

「なあ、維明」

「なんだ」

「今もあなたは、いつか穏やかに暮らす日を夢見ているか？」

しばしの静寂ののち、かすかな笑い声が返ってくる。

「おやすみ、ナツィ」

背後の男はどんな顔をしているのだろうと思いながら、ナツィは目をとじた。

維明の背はあたたかかった。

第九章　正しい石

明け方、碧の帯に『石砕きの刀』を差しこみ維明は言った。

「痣黒の神石を砕ければそれでいい。夜闇《よやみ》に紛れて『新宮』の中心にある宝物倉に忍びこむのがよいだろう」

「砕いたあとはどうする。あなたは復讐《ふくしゅう》を果たすのか？」

「復讐はしない」と維明は静かに返した。「神石がなくなれば、痣黒や『鷺』の者どもも、神石が煽《あお》りたてた破滅の夢から醒《さ》めるだろう。そのときシキやエッロがなにを理想とみなし、どんな夢を選ぶのかを、まずは確かめたい。もし彼奴《きやつ》らが、今度こそまことに神北の行く末を気にかけるのならば……俺は、刃《やいば》を納めてもいい」

ありがとう、とナツィは小さな声でつぶやいた。

シキやエッロのこれまでの行いは、ナツィだって許せない。だからこそ、維明がこの一言を口にするのにどれほどの葛藤《かっとう》があったのかは身に染みている。維明は割り切れない感情をねじ伏せてでも、神北のために最善の道を選ぶ決意をしたのだ。そういう硬い石を抱えて、歯を食いしばっている。

「もっとも、まったく戦いにならずにすむとも思えないから、ここからは俺がひとりで向かってもいい」

「いや、わたしも行くよ」

「かつての仲間と刃《やいば》を交えることになるかもしれないが、いいのか」

「覚悟してる。それでもあなたを守りたいんだ」

言い切れば、「俺の身体を、だろう」と維明はかすかに口の端を歪《ゆが》めた。

「ならば波墓の神石も必要な際に使ってくれていい。ただ、ここぞというときだけにしてくれ。権能は、神石が溜《た》めこんだ人々の思いを費やし振るわれるものだ。この波墓の神石は、人の生き死にを変える大きな力を幾度も使ったうえ、すでに帰依していた部族が滅んでいる。権能を振るえるのもあと一、二度といったところだろう」

「力を使い切ったら、神石はどうなるんだ」

「おそらく砕かれたときと同じく、砂となって跡形もなく消え去る」

え、とナツイは身を硬くした。

「あなたの部族の思いの証《あかし》が消えてしまうじゃないか」

「俺は構わない。神石などなくなろうと、その支えを失おうと、波墓の石はあんたの中に生き続ける」

そして、と維明は滲《にじ》む朝日に目を向けた。「おそらく犀利の中にも生きるだろう」

「……うん」

「それから言うまでもないが、あんたは今、弱いなりにも波墓の神石に帰依している状態だ。痣黒の神石には絶対に素手で触ってはいけない。他の神石に触れれば、たちまち乗っ取られてしまう」

「わかった、気をつける」

ナツィはうなずき、衣のうえから神石に触れた。

神石。人々に同じひとつの石を抱かせる器。石を同じくした人々と共にあることに強烈な安らぎと高揚、陶酔を感じさせ、権能までも授ける一方で、自分自身の心のうちさえ見えなくさせるもの。

その内側におぞましき神を隠すなにか。

「にしても、石神って何者なんだろうな。神石の中に潜んでいるのは間違いないとして、なにを求めているんだろう。人を乗っ取って、どうするつもりなんだ」

「誰もはっきりとは知らない。ただものの本によれば……いや」

言いよどんだ維明を、ナツィは穏やかに促した。「続けてくれ」

それが本当はあなたの口癖だって、ちゃんともう知っているんだ。

「……ものの本によれば、そも部族や国なるものとは、属する者同士が同じ石を抱くほどに固く結束し、尋常ならざる力を発揮できるのだという。だからこそ『十三道』は神石を崇めて祀《まつ》った。神石があれば、人々がそれぞれ心に抱く石を型に嵌《は》め、長く同じ形のまま保つことができる。結果、容易《たやす》く結束がもたらされる」

神石がひとつにまとめあげてくれるからこそ、それぞれの『十三道』の部族の民は同じ石を抱き、同じものを目指し、揺らがぬ結束の中で栄えた。栄えるほどに数多《あまた》の思いを捧《ささ》げられ、神石はますます強く輝くようになった。

「だが俺は犀利として生きて知った。神石とは単なる安寧の館《やかた》ではなく、縄であり、檻《おり》でもあるのだと」

澄んだ朝日が木立から差しこむ。清《さや》かな風が吹いて、木々が揺らぐ。

「みなで同じ石を信じ、固く強く育てるのは悪くない。その石に従い、一なる王を立てて神北を朝廷から守るのも立派な志だ。だが元来、心の石とは恐ろしいものなのだ。自ら石を選び、育てることは苦しく孤独な道だが、その苦しさに耐えかねて、誰かにもたらされた揺らがぬ石に身を任せているうちに、他の石をすこしも受けいれられなくなっていく。自分らしさを失い、瞳《ひとみ》をぞっとするほど輝かせて、自分が頑《かたく》なに奉ずる石や神石の素晴らしさを語るばかりになってしまう。であれば石神とは、すくなくとも、人々を狂気に突き進ませるおぞましい化け物に違いない」

「その化け物の力が強く表に出てきてしまったから、痣黒の神石はおかしくなったのかな。他の神石みたいにただ結束を与えてくれるだけじゃなく、痣黒の石のためなら誰が死んだって構わないって信じるくらいに、帰依した人々を変えてしまったのかな」

「かもしれない」

抱えた石も、掲げる夢も、それ自体が悪いわけではない。だが『鷺』の戦人たちは神石の怪しい輝きに囲いこまれ、とめられない濁流に呑《の》みこまれて、いつの間にかおぞましい化け物に——石神に、破滅へひた走らされているのかもしれない。

だとすれば。

「神石って、本当に必要なのかな」

ふいに疑問が口をつき、ナツィは胸の石に指を添えた。

「いつかは他の神石だって、痣黒の神石みたいにおかしくなるかもしれない。他人も自分も蔑《ないがし》ろにして、石の輝きばかりを守る人々を生みだしてしまうかもしれない。そんな危うい代物に頼らずとも、暮らしていくことはできないんだろうか」

維明は驚いた顔をした。考えたこともなかったような表情だ。

「違うんだ」慌ててナツィは弁解した。「一なる王のもと神北が安寧を得るためには、神石は絶対に必要だとはわかってる」

それを否定しては、神北の人々の希望を折るに等しいのだ。

しばし維明は黙りこんだ。やがて凪《な》いだ、それでいてどこか寂しさもはらんだ視線をナツィに向ける。

「あんたの言いたいことはわからないでもない。神北の誰もがあんたのようだったら、神石などがこれほど力を持つこともなく、神北も別の道を歩んでいたかもしれないな」

「わたしのよう？」

「あんたは抱くべき石を自分自身で見つけだせる。誰に言われたからではなく、真の意味で、自ら選んだ石を持っている。神石などに左右されない、本物の輝きを手にしている。俺たち凡人には為《な》せないことだ」

「褒めてくれてありがとう」

とナツィは眉《まゆ》を寄せた。いつぞや犀利も、同じように言ってくれた気がする。「でも、あなたが凡人っていうのは違うよ。あなたが抱えているものもすべて、自分で選んだ立派な石じゃないか」

誰よりも強く硬く、抱き続けているではないか。

維明は目をすがめた。そうとも違うとも言わないままに、おもむろにナツィを促した。

「ゆこう」

いつしか山は霞《かす》んでいる。今日はきっと、春めいた日になる。

痣黒が治める郡には『新宮』の他に、痣黒の神石に帰依したり、神石に正式に帰依しないまでも痣黒の石に従ったりする新興部族の里がいくつもあった。行商に扮《ふん》したナツィと維明はまず八十川のほとりにある、神石に帰依はしていないまでも痣黒の石に従っている里に立ち寄り様子を聞くことにした。

「エッロはおそらく、鎮守将軍の浜高を殺して勢いをつけるだろう」

維明は荷に太刀を潜ませながら言った。

征討の大軍がやってきてから諸部族に結束を呼びかけても遅い。だからエッロはすぐにでも東の城柵《じょうさく》を訪れて、油断している浜高を殺して反乱の口火を切るのは間違いなかった。そうなれば神北中で、対四方朝廷の気運が一気に燃えあがる。もはや痣黒の神石を砕いたとしても、止めきれるかわからない。

「じゃあ、浜高が殺されるまえに神石を砕かなきゃいけないな」

それにしても、とナツイも自分の短刀に手をやり少々考えこんだ。「結局あれはどういう意味だったんだろうな」

「イアシが言っていた話か」

「うん」

神北の民が束になったところで、征討軍には数の力で負ける。そう訴えたナツイにイアシは誇った。神北は勝つのだと、切り札は、何年も前から用意してあるのだと。

いったいどんな手があるというのだろう。ここまでの道中考えていたが、皆目見当もつかなかった。

「そうだな……」

厳しい顔をして思案していた維明は、やがて材木塀に囲まれた川岸へ目を向けた。

「そのあたりも含めて、そちらの里で探ってみるとしよう」

しかしいざ里に近づくにつれ、ふたりは拭《ぬぐ》いようのない違和感を抱きはじめた。なぜか里から歓声が漏れ聞こえるのだ。材木塀の隙間から中を窺《うかが》ってみれば、広場で祭りが執り行われている。色とりどりの布を手に、輪になり祝いの踊りを舞っている。

ふたりは顔を見合わせた。神北に征討軍が至るという噂は、このあたりまでも届いているはずだ。いよいよきな臭くなってきたというのに、なんの祝いだというのか。

「……俺が尋ねてみよう」

維明は、胸にかけた偽物の大珠を揺らして門に近づき、まるで犀利のような笑みを浮かべて話しかけた。

「兄弟、俺が行商に出ているあいだになにがあった。慶事か？」

大珠を見て同胞とみなしたのか、おう聞いてくれよ、と人々は口々に言った。

「数日前、急ぎの知らせを告げる朝廷の飛駅使《ひえきし》の馬が、東の城柵に入ったんだと」

「都から征討軍を率いる大将軍が出立したらしいよ」

ナツイと維明はひそかに息を呑む。征討軍を率いる雪下宮は、すでに都を発《た》っているのか。考えていた以上に早い。

「ではとうとう我らが長《おさ》は、鎮守将軍浜高を討ちにゆかれるのだな」

動揺を押し隠す維明に、赤ら顔の女が耳打ちした。

「逆だよ」

「逆？」

「鎮軍のほうがさきに動いたんだよ。そして痣黒を討ったんだ」

さすがの維明も声を失った。

「……嘘だろう」

「嘘なものか。鎮軍が突如『新宮』に攻め入ったんだよ。かわいそうに、純血の痣黒の部族は皆殺しだ」

そんな。ナツィも言葉が見つからない。エッロが先手を取ると信じきっていた。まさか浜高のほうが、さきんじて痣黒を攻め滅ぼすとは。

「なぜだ、新しい鎮守将軍はエッロさまに馬や毛皮を融通してもらってがっぽり儲《もう》けていたじゃないか」

「だからだよ。征討軍を率いてくるお偉方にばれるまえに始末したわけだ」

「なんて自分勝手な奴！」

ナツィは拳《こぶし》を握りしめた。エッロに思うところはあるが、それとこれは話が別だ。

「ならばお前たちがそうして祝いの踊りを踊っているのも――」

「鎮軍を歓迎してるように見せかけてるのさ。火の粉がふりかからないように」

だけど、里人はいっそう声をひそめる。

「俺たちが歓迎してるのは、本当は鎮軍なんぞじゃねえ。『鷺』とシキさまだよ」

「『鷺』？」

聞き間違いかと思った。「痣黒と一緒に散ったんじゃないのか」

『鷺』と痣黒は一心同体。攻めこまれたら当然助けに駆けつけ応戦しただろうし、滅びも共にしたはずではないのか。

「まさか」と人々は嘲笑《あざわら》った。「シキさまがそれほど容易《たやす》くやられるわけもない。あの方は生きていらっしゃるよ。そして痣黒とエッロさまの仇《かたき》をとろうとされているんだ」

「そう、あのお方と『鷺』は今、髑髏の谷で鎮軍を迎え撃っている。エッロさまのご遺志を引き継いで、我々神北の民を率いて朝廷と戦うお心づもりなのさ」

「……エツロさまの代わりに王になるってことか」

「お前たちはそれでいいのか？」

「その通り」

「もちろん」

里人たちは、ためらいもなく言い切った。

「むしろこれが正しい道だったんだよ」

「そもそも身を張って朝廷と戦っていらしたのはエツロさまじゃなくシキさまだった。つまりシキさまこそ、神北の王となるのにふさわしいお方なんだ」

里人の目は据わっている。ぎらりと輝いている。心から信じて疑わない目。シキという名の石に酔いしれた目。

その目を、里人たちは維明に向けた。

「なあ、あんたらも、シキさまこそが王にふさわしいと思うだろう？」

維明は小さく口をひらいた。この場を切り抜けるため、「もちろんだ」と答えようとしたようだった。だが言葉が出てこない。維明はその一言を口にできない。

里人たちの目が細まる。笑みの裏に尖《とが》った切っ先が見え隠れする。いつしかその手には、鍬《くわ》や弓矢が握られている。疑念と排除の意思。自分たちの石以外を認めない衝動。

そこにナツイは神石の影を感じた。間違いない、強い檻の力がみなを覆っている。

痣黒の神石の仕業か、それとも。

どちらにせよこのままではまずい。ナツイはとっさの判断で大げさに腕を広げた。

「当然だ、シキさまほど王にふさわしいお方はいない！　昔からそう思ってた！」

効果は覿面《てきめん》だった。たちまち里人の瞳《ひとみ》の裏側を這《は》っていた刃《やいば》はかき消える。

「……なんだ、そうかい。見る目があるなあんたら」

「どうも」とにこりと礼を返すと、ナツイは硬い顔をしている維明を促し駆けだした。


「助かった」

里人の姿が見えなくなると、維明は小さくつぶやいた。

「お互いさまだよ。にしても、浜高が痣黒を攻め滅ぼしたなんて信じられない」

「残念ながら違いないようだ、見ろ」

と維明が指差したほうに向いて、ナツイは顔色をなくした。八十川の川べりを西にいったあたり、崖《がけ》の上に築かれた『新宮』へのぼっていく坂路の入口が、びっしりと血に染まっている。おびただしい人が倒れ伏している。

「どうやら痣黒は急襲に気づいて、あそこでまず鎮軍を迎え撃ったようだな」

「でも押し切られたのか……」

互いの声が掠《かす》れているのがわかった。この地が攻め滅ぼされるのは三度目だ。一度目は維明の、二度目はナツイの記憶の中にある。目の前の凄惨《せいさん》な光景にぴったりと重なって、心にまざまざと蘇《よみがえ》る。鮮血を流している。

「あんたはここで待っていてくれていい」

ひとりさきを急ごうとする維明をナツィは急いで引き留めた。

「嫌だ、わたしも行く！　置いていくのはやさしさじゃないからな」

「……わかった」

拳《こぶし》を握りしめ、早足で『新宮』へ続く坂をのぼる。木立の中をうねる路《みち》を駆けあがれば、一気に景色がひらける。ナツィは打たれたように立ちどまった。路がおびただしい屍《しかばね》で埋まっているからでも、里を守る材木塀の内側が不気味に静まりかえっているせいでもない。

里への入口である櫓門《やぐらもん》の屋根に、男がひとり、見せしめのように両手両足を大きく広げた形で打ちつけられている。黒髪が風に舞っている。

頬は痩《や》せこけて、手足にも拷問の痕《あと》がある。それでもその風貌《ふうぼう》には確かな見覚えがあった。

「エツロ」

維明がつぶやき、走りだした。息せき切って駆けて、門の屋根へよじ登る。ナツィも続いた。

やはりその男はエツロだった。長く日に当たっていなかったのか肌は青白く、それでいて黄ばんでいた。藁束《わらたば》のように傷みきった髪が絡まり合い、瞳は落ちくぼみ、衣の襟元から覗《のぞ》く身体は傷だらけで骨と皮しか残っていない。

しかし、まだ息があった。

「……しぶとく波墓の末子が戻ってきたか。それとも維明さまと呼ぶべきか？」

エツロは燃えかすのような身体に残った気力をかき集め、ぎらりと維明を見あげて笑った。維明はわずかに息を詰め、太刀の柄《つか》にかけていた手をとめる。もはや助かりようもない、命の灯火《ともしび》が消えようとしている宿敵の、あまりの変わりように驚いたのか。それとも哀れを催したか。

やがて硬い声で問いかけた。

「俺の名などなんでもいい。なにがあった」

「見たとおりだ。誰ぞが俺が『鷺』の首領と浜高に告げ口したらしく、慌てて鎮軍を率いて口封じに襲ってきた。部族の戦人も不利な立場を押して立派に戦ったが、多勢に無勢でこのありさまだ」

エツロは顔を歪《ゆが》めて、里のほうに顔を向けた。その視線のさきの惨状に、ナツイは言葉を失った。あれだけ朗らかだった痣黒の民が、栄えていた『新宮』が、見るも無惨な姿を晒《さら》している。

痛いくらいに心臓が跳ねる。心の石が軋《きし》んでいる。

維明は、荒く息をするナツイの背を押して、里から目を背けるよう促してくれた。促しながら、いっそう厳しくエツロへ問いただす。

「『鷺』は――シキは、お前を助けなかったのか」

「助けるわけがなかろう」

とエツロは血走った目で笑い飛ばした。「なんせあの男こそが、浜高を焚《た》きつけたのだからな！」

「シキが？　奴がお前を裏切ったのか？」

「裏切りどころではない、聞いて笑え。シキは我ら痣黒の石を一心に信奉しているふりをして、ずっとまえから心に別の石を育てていたのだ。あやつはな、俺ではなく、自分が神北を統べる王になると決意していた。そして自分が王になるために、朝廷を利用して俺や痣黒を陥れたのだ！『鷺』の連中も同じ。娘のモセまでが痣黒を裏切って、シキの石へ身を委《ゆだ》ねた。奴らは白骨《しらほね》晒す冬のあいだ、俺を捕らえて幽閉した。堂々と裏切りの準備を進めるためにな！　そして今、用意が調ったとすべてを掠めとろうとしている。今までかけてやった恩を仇《あだ》で返す卑怯者《ひきょうもの》めが！」

維明の顔から、表情がするりと抜け落ちた。

「お前が言うか、エツロ。我が父の信頼を裏切り、我らが里を焼いたお前が」

「俺は間違ったことをしたとは思っていない」

エツロは挑むように笑ってみせる。「神北に必要なのは、いつ反故《ほご》にされるかわからぬ朝廷との約定などではなく、四方相手に一歩も譲らぬ、譲らぬと四方の馬鹿どもにさえ信じさせせられる強き石と、強き王なのだ。だからこそ一刻も早く他の神石を割って、我らの思いをひとつにせねばならなかった。お前の父にも共闘を持ちかけたのだぞ。『石砕きの刀』で他部族の神石を割って回ろうとな。だがお前の父は俺の理想を撥《は》ねつけた。同じ夢を見なかった。ゆえに殺すしかなかった。それだけだ」

「外道が」

維明は唇をわななかせた。激情を必死に抑えこもうとしているその肩をなだめながら、ナツイはエツロへ尋ねかける。

「シキと、お前の里を襲った鎮軍はどこへ行ったんだ」

「髑髏の谷だ。シキは『鷺』の戦人を使って、さも俺が里を見捨てて『鷺』の戦人とともに谷向こうへ逃げだして、陣を張ったように見せかけた。当然鎮軍は逃がすまじと追いかける。そのあと奴は悠々と、俺をここに磔《はりつけ》にして晒したわけだ」

「鎮軍は誘いこまれたってことか？　なぜ髑髏の谷なんかに」

「神石を使うに最適だからだ」

エツロは大きく身体を震わせた。「シキは別の石を育てていると言っただろう。心の中にだけではない。奴は自分自身の石を注ぐための、新たな神石すら携えている。昨秋、お前たちが阿多骨なんぞで遊んでいる合間に、奴は傍骨《かたわらぼね》の山脈を三つ越え、北の果てに至っていたのだ。主《あるじ》なき神石を携えてな！　そして玉懸の地にて、その神石に己の信念を刻みこんだ。己のものとした。奴の配下の者どもも同じ。あの愚かな我が娘も、冬を押して玉懸に至り、大珠に刻んだ痣黒の印を消したらしい。そして俺の面前で、シキの神石に帰依を誓った」

不孝者めが、とエッロは歯ぎしりしている。

「ありえない。とても信じられないようだった。

維明は、主なき神石など、もはや神北に残っているわけがない。あったとして、シキごときが手に入れられるはずも――」

はたと言葉を切った。みるみる蒼白《そうはく》になっていく。

「まさか……シキは、俺が砕いた波墓の片割れを、自分の神石に変えたのか？」

維明は、波墓の神石をシキの前で砕いたと言っていた。だがその神石は粉々にならず、ふたつの神石に分かたれたのだと。

「そのとおりだ小童《こわっぱ》」とエッロは嘲笑《あざわら》った。「お前たち波墓の神石は、そもそも二子石だった」

万年櫻の塚のもとにあった友枯の部族が固辞したために、最後に残ったふたつぶんの神石を、二子石の形で波墓が得た。

「そしてお前が『石砕きの刀』で砕こうとしてふたつに分かたれ、お前が持って逃げた神石のほうが波墓の神石として残った。もうひとつ、お前が『捨てた』ほうはシキの片目を潰《つぶ》したあと、主なき神石となった」

光を失い、眠りについた。なんの石も刻まれていない、白い翡翠《ひすい》のようになった。

「それを、奴はずっと手放さなかった。そして今玉懸の地で己の石を注ぎこみ、『鷺』

の神石と変えたのだ」

「……シキが、首にかけていたやつだ」

ナツイの脳裏に、いつぞやのシキの穏やかな笑みが浮かぶ。

眉をひらいてモセから受けとり、胸に潜ませた白い大珠が。

グジに託された神石のうち、シキはその白い石だけをことさら大切そうに取りあげていた。あの男は和やかな笑みのすぐ側に、自ら滅ぼした部族の欠片《かけら》を忍ばせていたのだ。

「……どこまで波墓を愚弄《ぐろう》する気だ」

波墓の神石の片割れを奪われたばかりか、別の神石に変えられたと知り、維明は憤怒《ふんぬ》に打ち震えた。だが懸命に抑えこんで問いかける。

「なぜシキは、わざわざ新たな神石など作りあげた。すでに痣黒の神石に帰依する者は数多《あまた》いたはず。お前を殺し、神石の主に成り代わるだけでよかったではないか」

「それでは駄目だったのだ。あやつは痣黒の『理想の夢を追い求める』なる石ではなく、己が抱いてきた石を注いだ神石がほしかった。己の石こそ神北を、いや神北のみに留《とど》まらず、この弓幹《ゆがら》の本州と島々全土を統べる石として、ふさわしいと思っている」

「弓幹の本州と島々全土だと」

「そうよ。シキはこの神北から朝廷の軍勢を退けて、一なる王となろうとしている。それればかりではない。奴は万年櫻の塚のさきへも攻め入る心づもりだ。奴は朝廷をも滅ぼして、すべてを統べる気でいる」

エッロは血を吐きながら喋《しゃべ》り続けた。

「奴は俺を捕らえ、冬のあいだに征討軍の到来のための準備を進めてきた。そして今とうとう俺をここで殺し、痣黒を滅ぼし、鎮軍をも討って、神北に己の名を轟《とどろ》かせようとしている。堂々と『鷲』の首領として姿を現そうとしている。そうなれば、神北の民はシキを王として戴《いただ》く未来を望むようになる」

「お前が痣黒の石をみなの心に植えつけ、『鷲』の石を、心に住まわせるようにか」

「俺はさすがに、朝廷を滅ぼそうとは思わなんだ」とエッロは苦く笑った。「一なる王として立ち、神北を、朝廷と対等に渡りあえる国にしたかった」

「ならばなぜ我が父を殺した。目指すものは同じだったはずだ」

「同じではない。俺が求めていたのはあくまで理想の夢よ、波墓の末子」

だからこそ、とエッロはささやいた。

「お前がとめろ、『石砕きの刀』を持つ部族の生き残り。シキが為《な》そうとしていることは、もはや理想の夢ですらない。打ってでたところで、朝廷を滅ぼすことなど絶対に叶《かな》わないのだからな。シキに率いられれば、神北の民は必ず不幸になる。シキを殺せ。そしてお前が王となれ。朝廷を知り尽くすお前ならば、あるいは俺の果たせぬ夢を叶えられるかもしれない」

エッロはひたと維明を見つめる。

「王になりたかっただろう？　サイリ」

維明は口の端に力を入れた。

振りはらうように、ひと息に告げた。

「言われなくともシキは討つ。だが俺は王にはならない。そんな石、お前が我が一族を殺したときにとっくに砕いてしまった」

「案ずるな。その石はいまだお前の中にある。必ず再び輝きはじめる。お前を衝《つ》き動かす。俺にはわかる」

「勝手なことを――」

「俺はなサイリ、お前の親父殿に尋ねたことがある。貴殿の子らのうちで、民に王たる石として自身を与えられそうな傑物はいるか、とな。親父殿はなんと答えたと思う」

サイリ、お前だよ。

そうエツロは笑った。

「親父殿はな、末子のサイリこそ、王たる石を抱かせる力があると言い切った」

「嘘をつけ！」

「わかるよ、俺も、嘘だろうと思ったのだ。俺もお前のことは遠目で見たことがあってな、見目は美《うるわ》しく、武芸の勘どころもあるがそれだけ、無邪気といえば聞こえがいいが、人を率いて、己の存在そのものを輝く石として与えられるような器にはとても見えなかった」

だがな、とエツロは掠《かす》れた声で言うと、口の端をいっそう吊《つ》りあげる。笑っているのか、痛みを堪《こら》えているのか、もはや判然としない。

「今ならわかる。お前の親父は慧眼《けいがん》の持ち主よ。……俺が今このときに痣黒の神石に触れたなら、きっとお前の夢を見るだろう」

つぶやいて、エツロはぐったりと目をとじた。言葉を見つけられない維明を、弱々しく、それでいてどこかさっぱりとした声で促した。

「さあ、楽にしてくれ。はやく我が一族の労をねぎらってやらねば」

「お前を楽にする義理はない」

だが、と維明は声を落とす。肩で息をしているエツロに、ゆっくりと切っ先を向ける。

「だがあのとき、必ずお前を殺すと誓ったからな。俺は神北の民だ。約束は守る」

「ありがたい」

エツロは力なく頭を垂れて、痩《や》せてしまった首を晒《さら》した。「どうか、いつか、俺の魂に、安寧を手に入れた神北がいかなる地なのか、見せてくれ」

ささやくように告げると、もはや口をひらかなかった。

維明の柄《つか》を握る手に力がこもる。短い息が吐きだされると同時に、太刀の切っ先が陽光にきらめく。

ひと息に、維明はとどめを刺した。

どこかで鵯《ひよどり》が甲高く鳴き叫び、白骨晒す山脈からおりてきた一陣の風が吹き抜ける。

血に染まった痣黒の里を囲む樅《もみ》の梢《こずえ》が、波立つように揺れている。

太刀を握った維明の腕が、力なく垂れた。

「あなたは、エッロの願いを叶えたんだ」

うなだれた背に、ナッィはそっと声をかけた。「故郷の仇《かたき》だって討てた」

「嬉《うれ》しくもなんともない」

「……そうだよな」

「だがあんたがそう言ってくれたから、すこし救われた気がする」

維明は黙りこんで刃《やいば》を拭《ぬぐ》った。太刀を納めて、ナッィに向き直った。

「最後まで来てくれるか」

「もちろんだ」とナッィは深くうなずいた。「なにを措《お》いてもあなたを守るよ」

あんなに約束したのに、結局犀利は守れなかった。

だから今度は必ず守る。その身も心も守ってみせる。

「……もう守っている」

「え?」

「ゆこう。里の中を突っ切るから、あんたは目をつむっていろ」

言うや維明はナッィの手を引いて、凄惨《せいさん》極まる里の内側へ飛び降りた。そしてナッィを肩に担ぎあげて走りだす。

ありがとう、とナッィはつぶやいた。そういうところ、犀利と同じだな。

裏手門を抜けて、いまだ芽吹かぬ端山の山道に分け入っていく。髑髏の谷にかかる蔓《かずら》橋《ばし》へと続く坂は、多くの足や騎馬に踏み荒らされた気配があった。

「鎮軍が、蔓橋を渡った向こう岸へ誘いこまれたのは間違いないみたいだな」

足跡を眺めようとナツイはしゃがみこんだ。

「もしかしてシキは橋の向こうで待ち構えていて、鎮軍が橋を渡りきったところで奇襲を仕掛けるつもりなのか？　そうなればあの、せいぜい武者ふたり分の幅しかない橋を一気に駆け戻るなんて無理だから、鎮軍は崖《がけ》を背に戦うしかなくてものすごく不利になるけど」

「それほどうまくいくとは思えないが。鎮軍とて戦慣れしているはずだから、易々と手に乗るわけも――」

突如谷のほうから地鳴りにも似た叫び声が響いてきて、ナツイも維明もびくりと顔をあげた。

鬨《とき》の声《こえ》ではない、恐怖の悲鳴だ。追いつめられた人々のあげる、末期《まつご》の叫びだ。

はじかれたようにふたりは駆けだした。左右にうねりながら山を登っていく路《みち》など無視して、枯れ葉を蹴《け》りあげひたすら崖際を目指す。木々の根を躱《かわ》し、蔦《つた》を振りはらい、そしてふたりほとんど同時に、蒼白《そうはく》になって立ちどまった。

髑髏の谷を挟んだ向かい岸の路を、鎮兵がわらわらと逃げ戻ってくる。得物すらも放りだし、両手を振り回し、恐怖に引きつった顔で叫んでいる。

はじめ、鎮兵が恐れているのは『鷺』の戦人のように見えた。やはり戦人は向こう岸で待ち構えていたようで、神北馬を操り、雄叫《おたけ》びをあげては弓を引き絞り、逃げる鎮兵の背を狙って矢継ぎ早に打ちこんでいる。

しかしそれだけで、これほど隊列が崩れるのは違和感があった。兵の総数は鎮軍のほうがはるかに多いのだから、この程度の奇襲ならばすぐに態勢を整え直して押し返せるはずだ。維明が鍛えた兵がそう簡単に崩せないのは、ナツイも重々覚えがある。

それに、よく見れば鎮兵の様子は尋常ではない。逃げ惑う兵らの見開いた目には、『鷺』の戦人すら映っていない。真っ白な顔に恐怖を貼りつけ、敵に背を向ける危うさなどお構いなしに、ただどうにか橋を渡ってこちら岸に戻る、それだけに目を血走らせている。

そうして隊列もなにもなく狭い橋へ一気に押しよせるから、橋の入口は詰まって一歩も進まない。なのにそこへまた背後から恐怖に駆られた兵が突っこんで、行き場をなくした者が次々と崖のほうに押しだされていく。崖際に追いこまれた兵たちは半狂乱になって腕を振り回す。押すな、もう押さないでくれ！　だが誰も聞いていない。自分が逃げることに頭がいっぱいで、ひたすらに前の兵の背を力いっぱい押しこみ続ける。

ついに兵が崖からこぼれ落ちはじめた。一度こぼれるともうとまらず、瀧《たき》のように連なり谷底へ落ちてゆく。むごたらしい叫び声が耳をつく。

そんな哀れな兵たちに目もくれず、向こう岸の林から、騎馬の一群が橋に向かって突

進してきた。大鎧《おおよろい》を着た鎮軍の高官たちが逃げ戻ってきたのだ。先頭で真っ青になって

馬にかじりついてるのは、鎮守将軍の浜高だった。押し合いへし合いを続ける兵らの只《ただ》

中《なか》に手綱を緩めず突き進み、助けを求める腕を蹴散《けち》らし踏み越えて、蔓の橋へ馬もろと

も飛び乗った。

「ええいどけ！」

橋が大きく揺れる。死にものぐるいでしがみつく兵を踏み散らし、浜高は引きつった

声で怒鳴る。「兄上の死霊になど殺されてなるものか！」

死霊？

そしてナツイは目を疑った。

向こう岸の林の中、逃げ惑いひしめく兵たちのうちに、不自然に丸く隙間があいてい

る。みなすこしでもその場を離れようと一心に駆けるから、まるでそこだけ空地のよう

に見えるのだ。

中心には大鎧をまとった男がひとり。筋骨隆々とした朝廷の男だ。

しかし様子は、尋常とはかけ離れていた。

前のめりに、両腕をだらりと垂らしている。その腕は異常に長い。まるでふたりの男

の腕をつぎはぎしたようだ。そして足どりには、意思のひとつも感じられなかった。た

だ右へ左へふらふらと歩いては、逃げ遅れた兵へ見るもぞっとする腕を伸ばす。とてつ

もない力でむんずと摑《つか》みあげ、決死の抵抗などどこ吹く風で頭上に高く掲げて、そのま

ま地へと叩《たた》きつける。そしてまたふらりと歩みだす。あとには無惨な屍《しかばね》が転がっている。

男は兜《かぶと》をかぶっておらず、ほつれた髷《まげ》が露《あら》わになっていた。

顔は土色で、だらしなくあいた唇のあいだから舌が力なく垂れている。瞳《ひとみ》は虚《うつ》ろに天を仰いでいる。

まるで死人が歩いているようだった。

いや。

「まさしく死人そのものだ……」

ナツィはわなわなと瞳を揺らして後ずさった。

あの顔には見覚えがある。

犀利が奪ってきた『維明の屍体《したい》』。つまりは波墓の神石に維明だと思いこまされていた、さきの鎮守副将軍、山高ではないか。

それがなぜ、あんなおぞましい姿に変じて蘇《よみがえ》った。あの男の屍は髑髏の谷に葬って、とっくに土に還《かえ》ったはずなのに。そもそもあれは人なのか？　人でないのなら、いったいなんなのだ。

こちら岸のどこかから、きりきりとかすかな音が響いて我に返った。それが弓が引き絞られる音だと気がついたときには、ナツィたちから離れた上流側の林のうちから、蔓の橋をめがけて火矢が打ちこまれていた。

あらかじめ油がかけてあったのか、瞬く間に蔓の吊《つ》り橋は燃えあがった。支えていた綱が燃え落ちて、橋全体が大きく揺らぐ。橋の上にぎっちりと詰まっていた鎮兵から恐怖の絶叫があがる。馬から振り落とされ、浜高もまた叫び声をあげた。浜高は、せめて向こう岸へ戻ろうと死にものぐるいで腕を振り回すが、押しよせた兵に阻まれ進めない。

橋は鎮兵をふるい落としながらたわみ続ける。業火に包まれていく。そして唐突に、かろうじて崖と繋《つな》がっていた太い綱がぷつりと切れると、もうおしまいだった。鞭《むち》のようにしなりながらあっけなく落ちていく。浜高もなにもかもを巻き添えに、まっさかさまに谷底へ吸いこまれていく。

それでも『鷺』の戦人と、山高の屍の追撃はとまらなかった。そして死兵と化した屍は山高だけではなかった。木立の陰からわらわらと、土色の肌をして、大鎧をまとった化け物どもが現れる。槍《やり》を振り回し、太刀を振りかぶり、鎮兵たちへと迫り来る。逃げ道を完全に失った鎮兵は、ますます恐慌を来していく。襲い来る死人から逃げ惑っては、『鷺』の戦人に恰好《かっこう》の的にされて次々と斃《たお》れていく。自ら谷へ飛び降りる者さえいる。

「……犀利」

尾を引く絶叫が耳にこびりつき、ナツイは堪《こら》えられずに維明に腕を伸ばした。声が出ない。自分が違う男の名を呼んでいることさえ気がつかない。

「将は死んだ。勝負はついただろう。もう……」

もう勘弁してくれ、そう言いたかった。

わかっている、これは戦なのだ。このまま『鷺』を思う存分暴れさせて、その間にシキを探して討つのが正しい。

でも。

あえぐように息をするナツイの肩に、維明は手を置いた。

「心配ない、俺が納めよう。背後を見張っていてくれ」

藪《やぶ》から歩みいでて、崖の向こうへその姿を晒《さら》す。武人らしき隆々とした背をすっくと伸ばし、太刀を抜き放ち、その切っ先で天を指し、向こう岸の兵らに叫んだ。

「兵らよ、立ち向かえ！　死霊を射て、敵を討て！　我こそさきの鎮守将軍、維明である。そなたらの力を誰より知っている、なにより信じているわたしがここにいる！」

声を耳にするや、恐怖にとりつかれていた鎮兵たちの目は信じがたいように見開いた。聞くはずもない声を聞いた、とうとう恐怖が幻を耳に注ぎはじめたのか、そういう顔で、それでも縋《すが》らずにはいられないように声のほうへ瞳を向けた。

そして目をみはった。

そこにあるは紛《まご》う方ないかつての上官、鎮兵を自ら率いて幾度も『鷺』の戦人を蹴散らしてきた、鬼の鎮守将軍ではないか。

本物の、血の通った維明そのひとではないか！

鎮兵たちは悪夢から醒《さ》めたかのように瞬《まばた》いて、次の瞬間にはまったく違う表情に変わっていた。そうだ、逃げても深い谷が待っているだけ。戦わねば。数では絶対に負けないのだから。

戦う意思を取りもどした兵らは、再び武具を構えた。

心に石を見いだしたのだ。維明という石を探しあてた。

鎮軍は、押し返しはじめた。

もっともナツィは、実際にその光景を目にすることはできなかった。維明の背を守るように立ち、視線はぴたりと森の中に向けていた。

よそ見をしている場合ではないのだ。ここに維明がいると知ったのならば、必ず来る。

あの男はやってくる。

果たして枯れ色の木立のさきに、古《いにしえ》から伝わる文様で飾った紺の絹を頭に巻いた、隻眼の男が現れた。

「やはりお前のような半端者は、早くに始末するべきだったな、ナツィ」

シキだった。モセを従えて、ゆったりとした足どりで歩んでくる。いつもどおりのにこやかな笑みを浮かべている。

胸には、強く輝く大珠があった。波墓の神石によく似ているが違う、墨を混ぜたような澱《よど》んだ碧《あお》を放っている。

その黒々とした輝きは、モセの腕にも斑《まだら》のように広がっている。モセは背後に、虚ろな目をした死人を十人ちかく従えていた。山高たちと同じく、魂を持っているようには思えなかった。抜け殻の屍を神石の権能で蘇らせて、兵として操っているのだ。

「シキが来た。神石の権能を使ってるみたいだ」ナツィは背を合わせた維明にささやいた。「死人を魂抜きで蘇らせて、戦わせようとしてる」

「おぞましい」

維明は怒りを滲《にじ》ませ、抜き放った太刀はそのままにシキへ向き直った。

「我らが一族の神石の欠片《かけら》に、いったいどんな石を注いだのだ、シキ」

「波墓のものとそうたいして変わってはおりませんよ、若」

シキはわざとらしく笑みを浮かべた。

「俺がかつて――波墓の一族であったときより抱いてきた石とは、『なにを曲げても生かす』。同胞を殺してでも神北を生かす、己が死んでも大義を生かす、魂が欠けていようと死人を生かす。そうでなくては神北に一なる王など立たない。朝廷を滅ぼすことも叶《かな》わない」

「それで死者を蘇らせて、死兵と成すのか。そんな外道を用いて王を名乗ろうとしているのか」

「サイリ、お前はまだそのような甘い認識でいるのか？」

シキの口調が煽《あお》るようなものに変わった。

「波墓の石など、しょせんは己《おの》が一族すら守れぬ代物と、心の底から打ちのめされたのではなかったのか？　波墓の石に従い逃げだし生き延びて、結局お前はなにを得た。朝廷の手先になりさがり、利用され、裏切られ、散々痛い目に遭ったはずではないのか」

維明は奥歯を嚙《か》みしめ、太刀を構えた。

気にもしていないかのように、シキは泰然と歩み寄る。

「よいかサイリ、この死人を操る権能こそ、神北を救う唯一の手なのだ。今はまだ帰依する者も少ないゆえ、百を操るのがせいぜい。しかし神北すべての民が我らの石を心に抱いたならば——つまりはわたしを王と仰いだのならば、数百、数千、数万の死兵を操ることができよう。死兵を操れば、戦人を前線に送らずとも戦える。しかも朝廷が本腰を入れて軍を送れば送るほど、彼奴《きゃっ》らの犠牲は増える。つまり我らの手勢が増える」

「ゆえに征討軍を待っていたのか？　大軍であるほど死兵と化させられる屍体が増えると」

「そのとおり。死兵の力があれば、朝廷を退けるどころか、討ち滅ぼすこともできよう。皇尊《すめらみこと》の首を刎《は》ね、斎宮を辱め、四縛将軍を吊《つる》し、彼奴らが奪いとった富によって建てた宮殿を、我らの住み処《か》とできる。東国も西国も、都さえもが我らが領土となる。ひとつになる。お前が切に望んだ穏やかな生活は、その暁にこそ成り立つのではないのか？」

「違う」

「なにが違う。まだ朝廷におもねりたいのか？　神北の民としての矜持《きょうじ》は失ってしまったのか」

「朝廷などどうでもいい。俺は今も昔も神北の民だ」

「ならばなぜ俺の大義を拒む。犀利であったお前はあれほどかわいらしかったのに。素直で愚かで、ころりと我が言葉になびいて、盟友を嬉々《きき》として手にかけていたのに」

「それは俺ではない」

「お前だよ、サイリ。幼いころのお前にそっくりな、やさしい男だ」

「黙れ」と維明は腕に力を込めた。「なにを言われようと俺はもはや揺らがない。自らの心の石に従ってお前を討ち、神北を陥れる神石を砕くだけだ」

「つまりお前はこの期に及んでも、神北はおとなしく朝廷に蹂躙《じゅうりん》されるべしというのだな。我ら神北の文化が伝統が、矜持が、我らの石が、粉々に砕かれるのを甘んじて見過ごせと。変わってしまったものだなサイリ。あれだけ一なる王になりたいと願っていたお前が」

「王は必ず見つける。この神北のために必ず。だがそれはお前ではない」

「死兵の力を借りてでも、朝廷に抵抗を続ける俺が間違っていると言いたいのか？諾々と朝廷の支配を受けいれへつらう鎮守将軍維明が正しかったと」

「それも違う。俺とお前、どちらが正しかったのかなど知らない。どちらも間違っていたのかもしれない。そんなもの、今このときには誰にもわからないのだ。だから俺は、俺の心に従う。お前を討ち、お前の石を砕く。それだけだ」

「なるほど」とシキは顎《あご》を持ちあげ、目をすっと細めた。「ならばまずはその伝家の短刀で、俺の正しさを砕いてみるがいい」

死兵の群れが、シキとモセの背後から腐臭をまとって現れる。ふらふらとこちらを目指して向かってくる。みな土色の顔をして、虚《うつ》ろな瞳《ひとみ》を天に向けている。

ナツイは思わず身を震わせた。

それはあまりに異形だった。腕の太さが左右で大きく異なったり、異様に長かったりする者がいる。明らかに別の手足をつなぎ合わせて、さらにただの肉塊を足の代わりにつけている者もある。顔と胴体が別人の者、鎮兵と神北の戦人の身体を無理やりひとつにまとめた者。

しかしなにより怖気立《おぞけだ》つ事実に気がついて、ナツイも維明も立ちすくんだ。

死兵のうちには、見知った顔がいくつもある。ナツイに向かって得物を振りあげる二体は、どちらも鎮兵らしき鎧《よろい》をまとった身体に、耳輪をつけた神北の戦人の首がついているではないか。

どちらの首にも見覚えがあった。よく似たこのふたつの首は、忘れもしない――。

「グジ、ユジ」

口の中が乾いていく。間違いない。あの双子だ。

ここで、こんな形で再会するなんて。

じりじりと後退するナツイの隣で、維明もまた、別の死兵の顔を信じがたい面持ちで見つめていた。

「父上……」

その視線のさきには、数人の屍《しかばね》を集めたいびつな死兵がいる。首に乗っているのは、白骨化した髑髏《どくろ》だ。だがどこからか腐肉が寄せられてきたのか、片側には肉が盛りあがり、瞳も入って人の顔を成している。

そこには、確かに維明に似た面影があった。

そして。

「お前たち、誰よりこいつと会いたかったのではないか？」

嘲笑《ちょうしょう》したモセが顎をしゃくったさきには、朱色の衣を着た男が立っていた。早蕨《さわらび》の大刀を引きずり、胸を血に染めている。虚空を見つめる瞳には、生前の生き生きとした輝きはすこしもない。それでも、見忘れるわけもない。

糸彦だった。波墓のサイリの盟友であり、維明として戻ってきた男に黙って手を貸し、そして『鷺』の犀利に裏切られて殺された、阿多骨の男だった。

「……敵味方問わず髑髏の谷に葬っていたのは、これが理由だったか。いつかこうして死兵と化させて利用しようと、屍を集めていたにすぎなかったか！」

太刀を握りしめ、維明は低く唸《うな》った。怒りが瞳を浸してゆく。

「下衆《げす》が」

眺めるシキは、たっぷりと間を取って答えた。

「勝つための方策にすぎない。かつて心強い味方であった者が、死兵として命を奪いにやってくる。その恐ろしさと絶望はいかばかりか」

シキが笑めば、モセも嗤《わら》う。

「維明、お前の屍もちゃんと活用してやろう。そちらの半端で軟弱な裏切り女は、切り刻んで獣の餌にしてやるがな」

「勝手に言っていろ」ナツィは眉《まゆ》を吊《つ》りあげ言いかえした。「死兵に手を下させる、お前たちだって軟弱者じゃないか！」

「わたしがわざわざ手を出す必要がどこにある」

シキは冷徹に言い捨てた。早蕨刀のひとつも抜かず、ただ死兵に追いつめられてゆくナツィたちを眺めている。

「お前たちは波墓の神石のもうひとつの欠片を隠し持っているはずだ。その権能をおおいに使って、死兵と死闘をくり返すがよい。神石の力を使い果たすまでな」

神石を使い切らせようと誘っているのだと知って、ナツィは歯噛《はが》みした。ここで餌食《えじき》になるわけにはいかないのだ。だがシキの思惑どおり、みすみす波墓の神石を使うのも悪手。

「犀利のためにとっておけ」と維明がささやいた。「俺が死兵を引きつける。だからあんたはシキを殺せ」

「いや逆だ」とナツィは短刀を抜き、低く構えた。「まずふたりで死兵を始末しよう。それからあなたがシキと決着をつけろ」

「あんたは哀れな死兵を討てるのか？」

「もちろんだよ」とナツィはあえて笑みを浮かべた。「戦人の魂は、屍なんかに残っていない。糸彦もあなたの父上も、グジやユジだって、あなたとわたしの中にいる。わたしはみんなを、こんな辱めから守らなきゃいけない」

眠りを妨げられたうえに利用されるなどという、残酷な仕打ちから守らねば。その石は揺るがない。だからナツイは迷いもしない。

「ならばゆこう」

「うん」

うなずきあったその刹那《せつな》、ふたりは同時に、別々の方向へ駆けだした。迫り来る死兵を一気に相手にはできない。まずは引き寄せ、分散させねば。

「こちらだ、グジュジ！」

ナツイは山猫のようにしなやかに身を翻し、ふたりの死兵へ叫んだ。グジとユジの頭を持った者は、生前の名を聞くと糸で引かれたようにナツイのほうへ歩を向ける。ユジがのろのろと弓を引く横で、グジはナツイめがけて槍《やり》を突き入れてくる。息をとめてナツイはのけぞった。ほんの紙一重の胸先を、錆《さ》びた槍の穂先が走っていく。

それを確かに見届けてから、つま先に力を入れた。のけぞった身を戻す勢いそのままに、グジめがけて短刀を振りおろす。

「もしかしたらあなたがたは、死兵としてシキの役に立つのが望みかもしれない！」グジの頭に向かって叫ぶ。「だけど叶《かな》えられない！　あなたがたの魂のために、わたしはここであなたがたを屠《ほふ》る！」

槍を突き入れようとしていたグジの動きがとまる。その隙に、今度はユジのほうへ飛びかかった。ユジだったものは弓を放とうとするも、そのときにはもう、ナツイは懐へ入りこんでいた。

躊躇《ちゅうちょ》なく短刀を振るう。腐った肉を穿《うが》つ手応《てごた》えがあって、ユジの首に繋《つな》げられた誰かの腕が、手にした弓ごとぼたりと落ちる。それでもユジは気にもかけない。残った腕に矢を握りしめ、ナツイに突きたてようとする。

だがその鏃《やじり》がナツイの胸を貫くまえに、ユジの腕を何者かの一閃《いっせん》が切り裂いていった。

維明か、と振り返ったナツイは、信じがたいものを目にして絶句した。

ユジの腕を落としたのは、木々の向こうで多くの死兵を相手取っている維明ではない。むろんシキやモセであるはずもない。

まさかの人物。双子の片割れ。死兵となったグジだった。

「……グジ？」

「山猫ごときが俺の心を代弁するな」

間違いなく死人であるはずなのに、確かにグジはそう告げた。告げるばかりか、さきほどまで濁っていた瞳に光が宿っている。生きている者と同じように、瞳の奥に確かに石を抱いている。

「驚いた。魂までもが戻ってくることもあるのだな」

眺めていたシキが、感心したようにつぶやいた。かと思えば一転、厳しく命じる。

「グジよ、お前の腕をちょうど欲していたところだった。そこにいるのは鎮守将軍維明だ。お前の弟を殺した男だ。恨みの穂先を突きたてよ」

グジは瞳を細めて、死兵を一手に引きつけ手一杯の維明に振り返った。そのまま背後に歩み寄る。喉笛《のどぶえ》に食いつかんと襲い来るユジをどうにか躱《かわ》しながら、ナツイは顔色を失った。このままグジが混戦の中に雪崩れこめば、いくら維明でも持ちこたえられない。

「維明！　気をつけろ！」

薄笑いを浮かべたグジが槍を向けたのはしかし、維明ではなかった。その穂先が貫いたのは、死角から維明に襲いかかろうとしていた死兵のほうだった。

「あれが維明なんぞ言われなくとも知っているし、言われたところで、石を違《たが》えた者に従う義理はない」

なあ将軍さまよ、とグジは維明と一瞬目を交わし、大声で嗤った。

「俺の片割れをこんなおぞましい姿に変えやがった男と、神石に乗っ取られるまえに人として殺してくれた男、今このときにどちらにつくかなど、決まっているだろう！」

立場は違えど歴戦の戦人たるグジと維明は、その一瞬で互いの意図を理解した。維明は今にも槍を突き入れようとする死兵にひと太刀浴びせるや、苦戦を続けるナツイのほうへ脇目も振らずに駆けだした。しかし太刀を浴びせようとも、槍で貫こうとも、それだけでは死兵を留《とど》めることはできない。死兵はわずかに勢いを減らしただけで、維明めがけて襲いかかる。だから駆ける維明の背をグジが守った。槍を撥《は》ねあげ、すれ違いざまに維明へ叫ぶ。

「神石の権能に操られた死兵をとめるには、首を刎《は》ねて手足をすべてもぐしかない。そしてとどめは『石砕きの刀』でしか刺せないぞ、将軍！」

「わかっている」

維明は『石砕きの刀』を右手で抜き放った。今にもナツィに歯を立てようとしているユジの眼前に踏みこむと、勢いのまま天に向かって切っ先を撥ねあげた。刀はユジの胴体を裂いていく。切り裂かれたところは青黒く輝き、土となって解《ほど》けていく。あっけなく砂と化しながら、ユジは崩れ落ちていく。

「よくやった！」

高笑いをあげながら、グジは飛びかかってきたふたりの死兵の首を両腕に抱えこんだ。そのまま後ずさり、もろとも崖下《がいか》に飛びこんだ。

「俺のこともあとできちんと殺してくれよ。それか俺がお前を殺してやろう、維明！」

あとひく嘲笑を追いかけそうになって、はっとナツィは自分を押しとどめた。短刀を構え直し、維明と背中合わせになる。

「ありがとう、助かった」

「気を抜くな。グジの言うとおり、『石砕きの刀』でしかとどめはさせない。あんたは死兵をうまくあしらって、隙を作ってくれ」

「わかった」

ふたりは再び駆けだした。

グジが暴れたおかげで、動ける死兵の数は減っている。だが息つく暇もない。ナツイが陽動し、維明がとどめを浴びせる。汗が流れて、身が軋《きし》む。

いつしか背後には、太刀を掲げた維明の父の死兵が迫っていた。ぎくしゃくとナツイを追う首には、やはりどことなく息子の面影がある。この父が微笑むさまが、ナツイにははっきりと想像できた。その傍らでじゃれる小さなサイリも。サイリの目はきらきらと父を見つめている。父は微笑み、サイリの頭を何度も撫《な》でる。

ひどすぎる。

怒りを堪《こら》えて両足に力を入れた。父に面と向かってとどめを刺すことになっては、あまりにも維明が哀れだ。だからなんとか背を晒《さら》させる。維明の心を守るのだ！

振りおろされる太刀をかいくぐり、右に左に躱しながら、維明の父を誘導する。骨もあらわな顔を向け、維明の父はナツイを追いかけてくる。樅《もみ》の木の手前まできたところで追いつかれそうになったが、むしろ思うつぼだった。維明の父が太刀を握りしめ、横《よこ》薙《な》ぎに振りきったとき、ナツイはもうそこにはいなかった。体重をかけて振られた剣は、樅の幹に食いこみ抜けなくなっていた。

それでいい。

「維明！」

ナツイが叫んだ直後、維明の短刀が父の首筋を、背後からひと息になぎ払う。砂となっていびつな屍《しかばね》は崩れていく。

「恩に着る」と維明がつぶやく。ナツイは聞こえなかったふりをして、「次で最後だ」と身構える。

残るは糸彦ひとりだった。維明は当初、糸彦の屍がまとった毛皮の衣の裾《すそ》を樅の幹に矢で打ちつけて、動きを抑えこんでいたようだった。だが屍はその縛《いまし》めを、恐ろしいほどの力で引き剝《は》がそうとしている。

「糸彦の屍はすべてが糸彦の骨からできているからか、他の死兵よりも動きが速い。気をつけろ」

維明は努めて淡々と言葉にする。その苦しい心がわかるからこそナツイは言った。

「いや、生前の糸彦とは比べものにならないよ。あの屍に糸彦の魂はいない」

あの朗らかで快活な男はそこにはいない。

「……そのとおりだ。ならば滅すのみ」

維明は自分に言い聞かせるようにつぶやいて、口を引き結んだ。切り替えたように『石砕きの刀』を構えた。

それを合図にナツイは駆けだした。縛めを引きちぎった糸彦は、口を力なくひらき、あらぬ方向に目を向けたままこちらに向かってくる。直視するにはあまりにもむごい。だからこそ目を逸《そ》らしてはならなかった。

目を背けたらやられてしまう。やられてしまえば、糸彦の魂は悲しむだろう。糸彦は最後までサイリを信じ、託していた。ナツイもまたその願いに正面から向き合い、引き継がねばならないのだ。

縦横に振られる早蕨刀《さわらびとう》を紙一重で躲し、近寄る隙を窺《うかが》う。窺いながら、記憶の中の糸彦の表情を、目の前の屍のそれに置き換えられないよう懸命に思い起こす。一族を率いる堂々とした姿。『受けいれる』という石を体現した鷹揚《おうよう》な微笑み。亡き維明《いと》を語る寂しそうな横顔。狩り帰りの、どこか無邪気で明るい声。家族に向ける、愛しさの滲《にじ》んだ視線。

糸彦は、朱鹿《あかしか》を狩るときには二心の狩りをせねばならないと言っていた。油断させたところを、不意打ちするのだと。

ならば。

ナツイはくるりと糸彦に背を向けて、全力で走りだした。糸彦は濁った瞳《ひとみ》を揺らしてナツイを追う。どこまでも追ってくる。死しているから疲れることもないのだ。しかし生身のナツイはそうもいかず、とうとう立ちどまった。膝《ひざ》に手をつき、もう一歩も走れないというように大きく肩を上下させた。

すぐに糸彦の足音が迫ってくる。早蕨刀を高く掲げ、ナツイ目がけて振りおろす。

その刹那《せつな》、ナツイは横に飛び退いた。振りおろされた刀身が宙を切る。かいくぐるように地面に手をつき、迷いなく足を伸ばして糸彦の足元を払った。傾いだ糸彦の身体は空虚な瞳を天に向けたまま、仰向《あおむ》けにどうと倒れこむ。

そこに維明が馬乗りになった。犀利が糸彦の命を奪ったときとまったく同じように、胸の真ん中めがけて短刀を突きたてた。

青黒い光が糸彦の胸から漏れる。光は大きく広がり糸彦の身を覆い、覆ったところからざあと音を立てて崩れていく。瞬く間に糸彦の身体の端まで光は寄せて、砂となって消えていく。

あとには白骨だけが残された。

その骨に手を添えて、維明はささやきを落とす。

「お前の魂は、必ず最後まで連れてゆく。だから共に来てほしい」

そしてやおら立ちあがり、シキを睨《ね》めつけた。

シキはその視線を正面から受けとめた。受けとめたまま、首にかけていた神石をモセに投げ渡し、腰の早蕨刀を抜き放つ。

「あのとき、この神石がふたつに割れたとき、お前の息の根をとめられなかったのが悔やまれる」

「まったくだ」

維明も『石砕きの刀』をナツィに預け、太刀を低く構えた。ふたりは睨《にら》み合い、対峙《たいじ》する。もはや言葉もなかった。じりじりと間合いを推しはかり、そして同時に斬りかかった。

雄叫《おたけ》びをあげて、シキが身をしならせる。早蕨刀を振りかぶり、その勢いのままに飛びかかる。渾身《こんしん》の力をもって振りおろす。維明は両足を踏みしめ、シキの一撃を下から上へと撥《は》ねあげた。刃《やいば》がかち合い鋭い音が放たれる。早蕨刀を撥ねた太刀の先は、そのままシキの喉元《のどもと》へ襲いかかる。シキはのけぞり躱した、と思った瞬間には、身体をひねって切っ先を突き入れていた。

維明は刃元で受けとめる。鍔迫《つばぜ》り合いとなった。互いの刀身からも、間近で睨み合う瞳からも火花が散る。

しかしそれも一瞬、ふたりはまた間合いを広げて、相手の出方を窺いにかかった。

朝廷の太刀と早蕨刀、それぞれの手練《てだ》れとして名が通った男ふたりは、今はまったく互角に見える。どちらが勝つのかすら予想できない。

それでもナツイは、戦いに目もくれなかった。

わたしはわたしの仕事をする。『鷺』の神石を預けられたモセを追いつめ神石を奪うのが、今のナツイがすべきことだ。

手近な死兵のすべてを失ったモセは、シキに加勢する心づもりのようだった。だがナツイが脇目も振らずに向かってくるのに気づくと、舌打ちして神石を手に走りだす。逃がすものかとナツイは追った。

維明の心配などしない。シキのことを一夜も忘れなかっただろう維明が、サイリなど忘れ去って自分の夢ばかりを追っていたシキに負けるわけがない。

そのはずだ。

一気に間合いを詰めて、シキが鋭い一撃を繰りだしてくる。太刀で受け流し、維明は今度こそ仇敵《きゅうてき》を捉《とら》えんと振りかぶった。しかし切っ先が落ちるまでのわずかなあわいに、またしてもシキは飛び退き間合いを取る。

――逃げ足の速い。

シキは何度も遠い間合いから、ひと息に維明のもとへ切りこんでくる。しかしその一撃が躱されたと見れば追撃もせずにすぐに退いて、再び間合いをひらく。さきほどからこのくり返しだ。

波墓の部族の一員であったとき、シキは部族の誰よりも手練れだった。目にも留まらぬ速さで早蕨刀を操る姿に、誰もが惚《ほ》れ惚《ぼ》れとした。だからこそ取り立てられて、サイリの守役を命じられていたのだ。

そんなシキに、サイリもまた憧《あこが》れの目を向けていた。いつか自分が立派な大人になって、波墓の石のもとに諸部族の心をひとつにまとめられる日が来るとすれば、必ずやこの男は俺を支えてくれるだろう、右腕となってくれるだろう、そんな都合のよい、甘い夢さえ抱いていた。

なのに。

心臓がばくばくと跳ねた。遠い日、両親の血で染まりながらも変わらぬ微笑みを浮かべるシキを目の当たりにしたときに感じた、全身の血潮が引いていく感覚と、かっと身を焼く憤怒《ふんぬ》と焦燥が、つい昨日のもののように鮮やかに蘇《よみがえ》る。胸の中心から手足のさきまで満ち満ちて、維明に衝動のままに太刀を振るわせようとする。

──落ち着け。

細く長く息を吐き、太刀の柄《つか》を握り直した。

目の前のシキはやはり強い。一打一打が正確に、目にもとまらぬ速さで飛んでくる。しかしあのころほどの切れ味はないように思われた。かつてのシキは、相手の懐に飛びこむや受けきれないほどの手数を、相手の隙を見極め重ねてくるのが恐ろしかった。だからサイリは、いくら挑もうともとうとう一度も勝つことができなかったのだ。

だが今のシキは、隻眼ゆえに間合いを誤るのと死角をとられるのを警戒しているのか、踏みこみが甘い。そうなると太刀のほうが長く、一撃も重いから、そもそも遠い間合いからの打ち合いに不利な早蕨刀では対処しきれずシキは退くしかなくなる。

いや、隻眼ゆえではない。あのころの維明は、戯れに片目をつむったシキにさえ太刀打ちできなかったではないか。であればこれは、歩んだ道の差か。あのころからシキは変わらず、維明は変わった。その差がはっきりと表れているだけなのか。

「どうした、もう息が切れたか？」動きをとめた維明をシキがせせら笑う。「鎮守将軍は恐ろしく強いという噂だったが、聞くほどでもない。肥え太った身体が重いか。散々都で享楽に興じてきたのだろう？」

「まさか」と維明は声を低めた。「そのような日など、一日たりとも過ごさなかった」

真実、一瞬たりとも過ごさなかった。地位を得るために、享楽の場にはいくらでも足を運んだ。だが斎宮や貴族たちにへつらい頰に笑みを貼りつけている最中こそ、鬼の形相で心の石を砕き続けていた。そうでもしなければおかしくなってしまいそうだった。ひとりになればなったで激しい後悔と嫌悪が身を焼き、むなしさに溺《おぼ》れて幾度も切っ先を喉《のど》に突きつけた。それでも死ねず、ならば復讐《ふくしゅう》を果たせと自らを叱咤《しった》して、恨みつらみで頭の中を塗りつぶし、苦しみを忘れようとした。

心から喜びを感じる瞬間などなかった。

だがシキは、そんな維明すら嗤《わら》ってみせる。

「なるほど、では肥え太ったのは身体ではなく心か。敵に媚《こ》びへつらい、一人前に渡りあった気になって、利用されて故郷を売り飛ばす。お前の父親そっくりだ」

維明は短く息を吸った。次で必ず殺す。必ずだ。

シキの早蕨刀のさきが揺らぎ、と思ったときには飛びこんできた。うまく合わせて一歩退き、向かい来る剣を受け流す。シキは勢いを殺せず、身体が横を向く形となった。視界がない側を維明に晒《さら》すようになった。

隙が生まれた。

今だ、と維明は踏みこんだ。シキの死角へ、維明として生きてきたすべてを乗せた太刀を振りおろす。間違いなく届く。刃《やいば》はこの宿敵を切り捨てる。

そのはずだった。

だが思わぬ速さで、まるで見切っていたようにシキは維明に目を向けた。その隻眼に浮かんでいるのは、驚愕《きょうがく》でも恐怖でもなかった。してやったりとでも言いたそうなきらめきと、冷たい軽蔑《けいべつ》だった。

はっと気づいたときには遅かった。シキは太刀の切っ先をかいくぐり、維明の懐に入りこんでいた。雨矢のように早蕨刀《さわらびとう》が突き入れられる。かろうじて避《よ》けれども、間髪を容《い》れずに刃《やいば》が首元めがけて降ってくる。息つく暇もなく襲いかかる。維明は太刀の刃元で受けとめるので精いっぱいだった。間合いを取ろうにも、シキはさせてくれない。かつてと同じ、いやかつて以上に磨き抜かれた剣を矢継ぎ早に繰りだしてくる。

さきほどまでの戦法は、俺を誘うためだったか。

維明は奥歯を軋《きし》ませた。このままではあと数合で受けきれなくなるというところで、シキの早蕨刀が刀身を強打すると、すでに死兵との戦いで無茶な振るわれ方をしていた太刀は耐えられなかった。折れた得物を手放し、維明は数歩ぶんを大きく飛び退いて、帯から『石砕きの刀』を引き抜こうとした。しかし手は宙を切る。そうだった、あの短刀はナツイに預けてしまったんだった。

勝負はついた。

そんな目で、シキは丸腰の維明を見おろした。

「やはりお前の正しさなど、この程度か」

「まだ負けとは決まっていない」

　維明は唸《うな》った。汗が額を滴り落ちる。どうする。ここで死ぬわけにはいかないのだ。だが手元の太刀は折れてしまった。短刀もない。シキは早蕨刀を掲げたまま、一歩、また一歩と維明に近づいてくる。命を奪おうとやってくる。

「もっともはじめは、立派に太刀を振るうようになったものだと思ったのだよ。この十数年の苦闘がさぞやお前を変えたのだなと。だが気のせいだったようだ。しょせんは変わらぬ、愚かなサイリ。今でも、どこより正しき石を抱えた部族こそ、王を出すものと信じているのか？」

「当然だ」

「その正しき石を抱えた部族の長《おさ》ならば、どんな者でも王になれると？」

　維明は懸命に逆転の術《すべ》を探した。この問答が終わるまでは、シキはとどめを刺さないはずだ。今のうちに打ち勝つ方法を探さねば。

「……部族の石に従うだけではいけない。従ったうえで、己自身で選んだ、揺らがぬ崇高な石をも抱いていなければならない」

「崇高な石とな。たとえば？」

「たとえば『戦えぬ者を殺さない』という石。『民に安寧をもたらすために身を捧《ささ》げる』という石。その、磨き抜いた輝きこそが人々を引きつける。これまでの石を捨ててでも、託してみようと思わせる。民草に、この者こそはと王の石を抱かせる。そしてそのような民の信頼を、崇高なる石の持ち主はけっして裏切らない」

視界の端でなにかがきらめく。ひそかに目をやれば、糸彦の屍《しかばね》が消えた場所に、ひと振りの早蕨刀が落ちている。糸彦の得物だ。あれならどうにか手が届くかもしれない。

だが。

維明は躊躇《ちゅうちょ》した。神北の民であった当時でさえ、早蕨刀同士の勝負でシキに勝てたためしはない。ましてや長らく振っていなかった今、通用するとはとても思えない。

「なるほど、つまりお前は、崇高なる石を持つ立派な人格者こそが王になるべしと言いたいのか」

とシキは失笑した。

「聞いた俺が馬鹿だった。この期に及んでも、お前が語るは理想の君主、理想の国。まるで痣黒の追い求める、理想の夢のごときではないか。散々四方の繁栄と、その裏の薄汚いふるまいを目にしてきたくせに」

シキは早蕨刀を握る手に力を入れる。維明の首を飛ばそうとしている。

「四方のどこに、お前が語るような崇高な石の持ち主がいた？　あの国を大きくしたのは、そのような王ではない。美しい王など、お前が好んだ物語のうちにしか存在しない」

シキは心底冷えた隻眼を歪《ゆが》め、早蕨刀を高々と掲げる。

覚悟したそのとき、維明は誰かに呼ばれたような気がした。

――サイリ、俺の刀を取れ。神北の民として、早蕨刀を振るえ。

サイリ、とまた別の声が、深い記憶の底から呼びかける。

――勇敢なる我が息子よ、お前の見いだした答えを信じろ。その答えに至った己の歩んだ道を信じろ。お前はもはや、あのころのサイリではない。

そうだ。

シキが口の端に力を込める。唸るように刀が維明の首めがけて落ちてくる。維明は息を詰めて手を伸ばした。転がっていた早蕨刀の冷たい柄に指がかかる。短く息を吸いこむその勢いで得物を引き寄せ、腕ごと突きだした。

刃《は》と刃が激しくかち合い、甲高い音が放たれる。シキはそのまま押し切ろうといっそう力を込め、維明はさせじと歯を食いしばって受けとめる。

「勝てぬよ」

刃《やいば》の向こうでシキがぎらぎらと隻眼を見開き嘲《あざけ》った。

「お前は自分が特別な男だと思っている。だから捨て身で飛びこめない。そんな体たらくでは俺には絶対に勝てないと、あのころ教えてやっただろう！」

「俺が特別？」

維明は総身に力を入れて、シキの刃《やいば》を撥《は》ね飛ばした。馬鹿げたことを言うな。

「自分が特別だと思っているのは、お前のほうだろう！」

そのまま飛びかかった。

首を貫こうと狙った一撃は、とっさに腕を捻《ひね》ったシキによって拉《ひし》がれる。それでも身を翻して横薙《よこな》ぎに払おうとすれば、シキは足を伸ばして維明の腹を蹴《け》りあげた。たまらず数歩後ずさった頭上に刀が叩《たた》きつけられようとする。脳天をかち割らんと襲い来る。維明は足を踏みしめ、両腕を唸らせ、刀身で一撃を受けとめた。

激しい剣戟《けんげき》の音が鳴る。火花が散る。歯を剝《む》き、目を見開いて、ふたりは対峙《たいじ》する。胸元を幾度切っ先が襲っても、維明はひるまなかった。だが打ち合いが数十合と続けば、手数の差がひらいて押されていくのは自分のほうともわかっていた。

ならば、と維明は腹を決めた。

相打ち覚悟で突っこむしかない。

激しい打ち合いに息はあがり、心臓は破裂しそうに跳ねている。だが頭の中は冷静だった。森の奥底に横たわる静かな碧《あお》き沼のように心は澄んで、迷いはなかった。もしこの身が滅びたとしても、思いは死なない。ナツイは俺の魂を、この胸に抱えた亡者たちごと引き取ってくれる。

神北のよりよい明日を目指してくれる。

そう信じられるからこそ、今度こそ命を奪おうと鋭く向かってくる切っ先を躱《かわ》すことなく、大きく足を踏みだした。捨て身で早蕨刀を突き入れた。

予想だにしなかったのか、シキの隻眼が裂けんばかりにひらかれる。その瞬間、互いの肩を鋭い切っ先が穿《うが》った。左肩に焼けるような熱さを感じる。それでも維明は刀を握る腕から力を抜かず、いっそう深く押し入れた。自身の得物にも、確かな手応《てごた》えがある。

シキの左肩に食いこんでいる。より強く、より深く求めたほうが勝つ。

互いの荒い息だけが、林に響いている。

やがてシキは、小さく笑いを漏らした。

「……お前が生き延びたところで、すでに波墓の神石に帰依する民などいない。その神石を大事に持っていたところで、一なる王にはなれない」

「それがどうした」

維明は切れ切れの息の合間から言いかえした。

「どのみち俺の、維明としての命はわずかなのだ。波墓の神石も、すでに力を使い果たそうとしている。俺自身が王を志すつもりはない」

「俺を殺しておいてか？　それは、もったいない……」

シキの身体がふらりと傾いだ。右へ左へとふらついて、そのまま、糸彦の早蕨刀が深々と肩を刺し貫いたまま、春待つ枯れ草の大地に膝《ひざ》をつき、仰向《あおむ》けに崩れ落ちた。

維明は、信じがたい思いでその姿を見おろした。

勝ったのか。

そう思ったら、急に足元がおぼつかなくなった。焼かれたように痛む肩を押さえ、片膝をつく。シキはまだ息がある。隻眼を覗《のぞ》きこむと、泉に映った自身を眺めているような気分になった。

「お前の勝ちだ。嬉《うれ》しいか？」

「当然だ」

唸り返すように答えれば、ならばいい、とシキは天を仰いだまま、口の片端を引きつらせる。

「サイリ、波墓の神石が消えてしまうのだとしたら、新たな神石が入り用だろう。俺の、『鷺』の神石をやろう」

「……なにを言っている」

「俺の神石は、もとは二子石であった波墓の神石の片割れ。だとすれば、俺亡きあとはお前が携えるべきだ。注がれた石も『なにを曲げても生かす』だから、『なにを砕いても生き延びる』なる波墓の石と、たいした変わりはないだろう？」

「なにを言っている！」

維明は気色ばんで言いかえした。「そもそもお前の神石など、今ごろナツィが『石砕きの刀』で砕いているはずだ」

「いや、まだだな。まだあの石は砕かれてはいない。なぜならば、今も変わらず俺の心を縛っている。俺の石をみなで守り高めることこそが至高と、俺を酔わせている」

シキは血を吐き、それでも口をつぐまなかった。いつものとおりの微笑みさえもたたえていた。

「なあサイリ、俺が死んだら、あの神石の権能で、俺を死兵と化させるといい。そしてお前の傍らに侍《はべ》らせろ。そうすれば『鷺』と俺を信奉していた者どもは、お前を新たな主《あるじ》と仰ぐ。お前という石を心に抱き、お前の存在を支えにしはじめる」

「だから、なにを……」

「さきほど、俺はしかと見せてもらったぞ。みっともなく逃げ惑う鎮兵どもは、お前が一声かけただけで、見違えるように勇敢になったではないか。維明という石を心のうちに見いだして、支えとしたではないか。お前にはそういう力があるのだ。美しく、強く、悲劇と物語を、なにより民を導く強き意志をまとっている。お前だって自覚はあるのだろう」

維明は答えられない。答えられないと知って、シキは口端を思わせぶりに吊《つ》りあげる。

「王になるには、そのように己を石として民草に抱かせる才が必要だ。お前にはそれがある。痣黒の遺民も、これまで『鷺』に好感を抱いてきた諸部族の民も、すぐにお前に夢中になる。お前に熱狂し、信奉する。サイリという石に依存するようになる。お前が掲げる石と、お前の存在そのものを混同して、お前が携えた神石に進んで囚《とら》われ、強く思いを注ぐようになる」

嘘だと思うのなら、モセを落としてみるといい。

そうシキは微笑んだ。

「あの女ははじめこそ、俺を殺したお前を殺したいほど憎むだろう。だがすぐに、強くて美しいお前に夢中になる。『男としても女としても認めている』と一言ささやいてやれば、ころりとお前に欲と熱を帯びた目を向けはじめる。崇拝しはじめる。他の者も同じだ。せっかく俺が、『鷺』こそが神北を救うという伝説をここまで作りあげたのだ。俺の石と神石を引き継げ。そして王へ成りあがれ」

「……ふざけるな」

維明は戸惑いと怒りに揺さぶられるまま、瀕死《ひんし》のシキの胸ぐらを摑《つか》みあげた。「なぜ俺が、お前の石を引き継がねばならない！」

『なにを曲げても生かす』。シキの抱いたその石が、これまでどれほど維明の大切なものを奪ってきたのか。そんなもの、押しつけられても突き返してやる。

だがシキは、維明の怒りなどとうに予期していたように動じなかった。血を吐く唇で、うっすらと笑みを深めるばかりだった。

「別にお前自身が、俺の石にどっぷりと浸る必要はないのだ。むしろ王となる者は誰より醒《さ》めているからこそ、神石に縛られ、石をひとつにする快楽に身を委《ゆだ》ね、熱狂に陥る者どもを冷静に眺め渡せる。自分で考え選ぶ苦しみと、その果てに得られる得がたき果実を放棄して、誰ぞの用意した揺らがぬ石を安直に追い求める者どもに、ほしいものを的確に与えてやれる。人々を率いることができる」

なあサイリ、とシキは力なき手を伸ばす。維明の汚れた肩に、指をかけようとする。

「今の神北に、お前の言うような崇高なる石も、崇高なる石を抱く王も必要ない。そういうものは国が建ったあとにこそ求められるものだ。国を建てるに必要なのは、民を熱狂に引きずりこむ力と莫大《ばくだい》な血。だがお前は余計な血を流したくないのだろう？　ならば俺の神石を受け継ぎ、礎となれ。『鷲』の神石と呼ぶのが嫌ならば、神北の神石と呼べばいい。この神石こそが神北を生かす。我らの民が歴史の闇に消えゆくのを食いとめられる」

俺には、わかっている。

シキの瞳《ひとみ》はもはや維明を映していない。ただ宙にさしのばされた指先だけが、生きた証《あかし》を求めている。意思が受け継がれることを願っている。

「サイリ、俺はずっと怒っていたのだ。この世のすべてに怒り続けていた。大業を成し遂げられるはずなのに、生まれた土地に縛られ一生を過ごさねばならない自分に、俺の献身を享受しているくせに、押し入った四方に怒声ひとつ浴びせられない故郷に」

そしてすべての元凶たる、神北を兵士と税の新たな狩り場としか思っていない朝廷に。

「だからこそ俺は、『なにを曲げても生かす』なる石を抱いた。俺という男を、叶《かな》う限りに生かそうとした。限界まで生かすことができれば、俺は必ず一なる王となれる。なれるだけの才がある。そして神北ばかりか朝廷をも平らげて、この弓幹《ゆがら》の本州すべてに安寧の王国を築くだろう。そのときこそ、胸に燃えるこの激しい怒りが消え失《う》せて、俺はようやく安寧なるものを手に入れられる。そう悟ったのだ」

それゆえに、なにを曲げようとも生かし続けた。

「己の才ばかりでなく、他人や周りのすべてを活《い》かした。それはお前には故郷を裏切り、部族の石をかなぐり捨てた悪行に映っただろうが、俺はなにひとつないがしろにしたつもりはなかったのだ。故郷の人々も波墓の石も、神石も、エツロや痣黒ですら、大願成就のために不可欠だった。そのひとつひとつを生かさねば、とても一なる王になど手が届かないことはわかりきっていた」

だからこそ、とシキの指が小さく震える。維明を探すように揺れる。

「だからこそ、俺にはいっさいの後悔などない。一なる王が立つためには俺の死も、これまで俺の歩んだ道のりも、すべてが必要だったのだ。そうなるように、お前が俺の死を生かしてくれるはずだ。なあサイリ、どんな形でもいい。王になるために、俺が積み重ねてきたすべてを生かせ。死して俺はお前の右腕となろう。俺の魂はお前の隣に立ち続け、お前のために働こう」

維明はその手をとらなかった。ただ甲を包みこむように握り、そのままシキの胸へと押し当てた。

「……お前の魂は、必ず俺が引き受けよう」

だが俺は、お前と同じ道は歩まない。

心のうちで告げたときには、シキの瞳から光は失せていた。

強く風が吹きすさぶ。シキの片目を覆っていた神北文様の描かれた絹布が舞いあがり、風に揉《も》まれて髑髏の谷の底へと消えていく。穏やかな笑みの裏に、激しい怒りを滾《たぎ》らせていた男の魂が、身体を離れていく。

維明はうつむき立ちあがった。

王なるもの。王の石。

「……俺はただ、穏やかに生きられればよかったんだ」

ひとりぼっちになったような気がした。

ナツィは枯れ葉を蹴《け》り、並び立つ樅《もみ》と樫《かし》の合間を縫って、『鷺』の神石を手に逃げるモセの革の鎧《よろい》を一心不乱に追いかけた。息が切れて、胸が軋《きし》むように痛い。だが立ちどまるわけにはいかなかった。諦《あきら》めて足をとめたほうが負ける。『石砕きの刀』を託された以上、絶対に逃してはいけないのだ。

モセは一度は痣黒の里のほうへ向かったが、里の裏手門が見えてくると、急に踵《きびす》を返してもと来たほうへ逃げはじめた。さすがに一族の惨状を直視はできないのか。どうでもいい、息せき切って追いかける。再び髑髏の谷が見えてくる。ちょうど崖《がけ》に向かって下り坂になっている。

今ならあるいは、手が届くかもしれない。

覚悟を決めて大きく踏みきった。両手を広げ、山猫のように身をしならせて、モセの背に飛びかかる。かろうじて指先が、モセが腰に締めている、神北文様で彩られた立派な組帯にひっかかった。

「放せ！」

モセは身体を捻《ひね》ってナツイを振りきろうとする。ナツイは猛然と食らいつく。

「放すもんか！」

もみ合ううちに、モセが姿勢を崩した。この機を逃すまいと、ナツイは思いきり指に力を込めて引き倒す。わざと転がり勢いをいなすモセの手が、早蕨刀《さわらびとう》の柄《つか》にかかる。抜かせまいとナツイは両の手足をモセに巻きつけた。

ふたりはもつれあったまま、崖に向かってゆるやかなくだりになった枯れ葉の上を転がった。蹴られようと殴られようと放すつもりはなかった。かえって手足に力を込めて絡みついてやる。

やがて倒木にしたたか身体をぶつけ、はずみにモセの手から『鷺』の神石が投げだされる。勢いよく転がって、あわや谷底に落ちる一歩手前でようやくとまった。

「くそ」

モセは飛び起き、神石を拾いに走ろうとする。ナツイはさせなかった。負けじと立ちあがり、モセの行く手を阻んだ。

ナツイとモセは、崖の際にひっかかっている神石を横目に睨《にら》み合った。

「いつも大業の成就を邪魔するのは、お前のような軟弱な女子どもだ」

モセは髪を振り乱し、瞳を燃やす。「惚《ほ》れた男に合わせてころころと信念を変える、それが女だ。恋にうつつを抜かし、男が抱える石に簡単になびく。目の前しか見えていない。だから女は信用できない」

「お前自身の話をしてるのか」

「わたしは他の女とは違う！　シキさまの抱いた『鷺』の石を心から理解し、偉大な理想を体現すべく、戦いに身を捧《ささ》げられる立派な戦人だ！　シキさまも、『鷺』の戦人も、わたしだけは違うと言ってくれた、男の中の男だと」

モセは蔑《さげす》むように口にする。心から信じているかのように。だからこそナツィの心には怒りが湧いて、それから芯《しん》まで悲しくなった。なにを言っているのだろう。

「そうやってシキは、お前をいいように利用したんだ」

みんな利用されてきたのだ。モセもイアシも、犀利もみんな、心に空いた虚《うろ》にするりと入りこまれて、本当にほしかったものに見た目だけはよく似たなにかをさしだされ、受けとって、いつの間にか乗っ取られてしまった。

「お前はエツロのひとり娘で、取りこめば地位が安泰だと考えたからこそ、シキはお前に甘い言葉を与えたんだ」

『お前だけは他の女と違う』と、『男としても、女としても信頼している』と。

「そうして、男だったらよかったのにとずっと言われ続け、本当の自分をすこしも評価してもらえずに育ったあなたの悔しさとさみしさにつけこんだ。変わるように強いた」

「わたしはなにひとつ変わっていない！」

「あなたは『鷺』で生きるために、変わらなければならなかった。戦人の結束を高めるには、共通の敵を作るのが手っ取り早い。自分たちだけは特別だと思わせるためには、朝廷側の柵戸や『大義を解しない軟弱者』を、ときに笑い飛ばすように仕向ければいい。だからシキは、『鷺』の戦人が軟弱者を嘲笑《あざわら》い蔑むのを放置した。女や幼子を殺していたぶることを黙認した。そしてお前はそんな戦人に認められ、馴染《なじ》まなければいけなかったんだと錯覚させた！　そういうことができてこそ、一人前の戦人なんだと錯覚させた。女だってだけでいたぶられる側だとみなされないように、『これだから女は』と軽んじられないように、そのために、自ら率先して卑しめて、もてあそんできた」

「……うるさい」

「哀れだよ。そんなふうにならずとも、あなたは充分強くて、立派な戦人だったのに」

「うるさい！」

とモセはわめき散らした。「お前になにがわかる。しょせん自分の幸せしか考えていないお前に！　尊き我らの大義など、結局最後まで解せなかったお前に！」

「自分の幸せが大事でなにが悪い。たったひとりの大切な、自分自身すら守れないなら、大層な大義なんて当然守れない」

「黙れ」

モセは怒りのままに突っこんできた。ナツイは身構え後ずさる。落ちていた太い枝が足にひっかかった。しゃがみこむと、ひるんで体勢を崩したと見たのか、モセは叫び声をあげて早蕨刀を振りあげ突進してくる。

だがナツイは冷静だった。太い枝を器用に拾いあげると、そのまま崖の縁の『鷺』の神石めがけて投げつけた。

　モセの瞳が見開かれる。だがもう遅い。ナツイの投げた枝は、枯れ草に埋もれた神石をしかと打つ。青黒く輝く『鷲』の神石はゆっくりと傾いて、そのまま音もなく、崖の向こうへ姿を消した。

「神石が！」

　モセは絶叫した。刀を放りだし、崖にかぶりついた。ナツイも走り寄る。はるかな谷底へ転がり落ちていく石が見えた。豆粒よりも小さくなったその輝きは、谷底にせりだした岩の割れ目の暗闇に、吸いこまれていった。

「あああああ！」

　モセは獣のような声で吼《ほ》えた。このまま神石を追って、崖に飛びこんでしまうかにも見えた。だがあと一歩のところで押し留《とど》まると、血走った瞳《ひとみ》でナツイを睨み、両腕を突きだし摑《つか》みかかった。

「大丈夫、まだ拾えばいい。拾いにいかないと、お前を殺してから！」

　衣を握られナツイは蒼白《そうはく》になった。このままでは突き落とされる。だが逃れようにも、鍛えたモセの指は振りほどけない。

　せめて道連れにして死ぬしかないのか。そう観念したときだった。

　目の前を矢が走り、モセの腕を貫いた。モセはぎゃっと叫び声をあげ、転がるように倒れ伏せる。

ナツイは振り返った。

木立の彼方《かなた》でいまだ弓弦《ゆづる》を震わせている大弓を手にしているのは、維明だった。左腕がおびただしい血に染まっているが、両の足でしっかりと立っている。生きている。

そして背後には、仰向《あおむ》けに倒れた男の姿があった。

もはやぴくりとも動かない隻眼を天に向けているそれは間違いなく、『鷲』の首領であった男の屍《しかばね》だ。

モセは矢を腕に突きたてたまま、ぼんやりと屍に目をやった。

「シキさま……シキさま！」

人とも思えぬ叫び声をあげて走りだした。もはやナツイも、維明すらも見えていない。屍に駆け寄り両膝《りょうひざ》をつき、何度も揺さぶる。シキの屍はされるがままだ。

それでも手をとめようとしないモセに、維明は静かに告げた。

「終わりだ。お前の王は死んだ」

「そんな……そんな」

「シキだけではない。『鷲』の戦人も、もはやほとんど残っていない」

維明は向こう岸に目をやった。そちらの情勢も、いつしか逆転していた。そもそも鎮兵は数で圧倒していたから、冷静になって隊列を組めば、いかに勇猛な『鷲』の戦人といえども囲まれ矢の雨を浴びる。押しこまれ、後退しか手がなくなる。そして『一人前』の戦人の頭には、投降するという選択肢はない。ゆえにひとり、またひとりと崖に追いやられて、しまいには死兵とともに墓場の底へ落ちてゆく。痣黒の神石ではなく、『鷺』の神石へ帰依を誓い直した証《あかし》、枯れ櫻の印が刻まれた大珠とともに命を散らしていく。

『鷺』はここに滅んでゆく。

だがモセは認めなかった。矢が突き立った傷口を押さえ、わめき散らして立ちあがる。

「まだだ……まだ終わっていない！　『鷺』の神石を拾って、もう一度わたしが『鷺』を率いる！　シキさまの仇《かたき》をとる！」

「できるわけがない」

維明が冷たく告げる。ナツイも身体中にまとわりついた枯れ葉をはたいて近寄った。

「シキありきだった『鷺』を、お前が再び盛りたてられるとは思えないよ」

「なぜだ！　神石さえあれば――」

「シキは、自分は特別な男だと考えていた」と維明は遮った。「自分の役目を、誰かが取って代われるとなど思っていなかった。右腕と据えたお前のことすら、心から愛していたわけでも案じていたわけでもなかった。利用していた」

「なにが……お前になにがわかる！」

食ってかかるモセに、太刀の切っ先を突きつける。

「シキは自分だけに尊敬を集めすぎた。シキの代わりはいないと、シキだからこそ

『鷺』は強いとみなに思わせすぎた。お前たちは自分の考えなどなにもなく、神石が与える悦楽に心を明け渡し、シキという輝く王の石を追いかけてきただけだった。だからシキがいなくなれば、『鷺』は壊れるしかない」

モセは声に詰まった。瞳を揺らがせ、力なく膝《ひざ》を折った。瞳は次第に焦点を失い、つぶやきが涎《よだれ》と交じって口元からこぼれ落ちる。

「わたしは全部捨てたのに。父を殺して、一族を見捨てて、尽くしたのに……」

終わった。

そうナツイは思った。『鷺』の大義は果たされることなく、ここに潰《つい》えた。むなしさが、胸のうちを吹き抜けていった。

抜け殻のようになったモセを木の幹に縛りつけ、ナツイは維明に歩み寄った。

「シキと最後に話をしたのか」

「いや。今さら話すことなどなにもなかった」

「……そっか」

維明の声はあまりにも冷静で、だからこそ事実や本心を告げているわけではないのは明白だったが、ナツイはそれ以上詮索《せんさく》はしなかった。まずは、はっきりと見えている傷のほうに対処しなければならない。

「ひどい怪我だな。すぐに手当てをしよう」

維明の腕は血で濡《ぬ》れている。顔からも血の気が失《う》せていて、痛みを我慢するように唇を噛《か》んでいる。シキは敗れたものの、維明を容易に勝たせはしなかったのだ。

だが維明は、

「たいしたことはない。行こう」

と濡れた腕を押さえて素知らぬそぶりで歩きだそうとするので、ナツィは呆《あき》れて引き留めた。

「鎮守府を預かったほどの男がやせ我慢か？」

遠慮なく袖《そで》をまくりあげると、さすがの維明も小さく痛みの声を漏らす。

「ほらやっぱり。全然たいしたことはあるじゃないか」

ナツィはすこし笑って波墓の神石を取りだし、迷いなく命じた。

「波墓の石を心に抱く人を、生き延びさせてくれ」

神石の碧《あお》の光がひときわ濃くなり、維明の傷は塞《ふさ》がっていく。白くなっていた頰にも血色が戻ってきた。

「……悪い」

維明がなんだか気まずそうなので、ナツィは冗談めかして答えてみせる。

「あなたの神石なんだからなにも悪くないし、わたしだってあなたが死んだら困るんだ。犀利を取りもどせなくなるからな」

本当は別のことを考えていた。神石は『波墓の石を心に抱く人』を生かした。つまり今このときも維明の中には、波墓の石が生きている。『なにを砕いても生き延びる』のが波墓の石。シキを殺して復讐《ふくしゅう》を遂げきっても、維明に生きる意思はある。

それが嬉《うれ》しく、胸が痛む。この孤独な男が今このときに生きる支えにしているのがなんなのか、どんな石や願いを抱いているのか、知ってしまいたくはない。知ればきっと苦しむことになる。維明がどれほど強い思いを抱いていたとしても、ナツィはもうすぐこの男を殺すのだから。犀利を取りもどすことと引き換えに、維明という男は消えてしまうのだから。

また一段と光を失い、あえぐように点滅する波墓の神石に目を落としていると、維明はかすかにうなずいた。

「以後は気をつける。犀利を呼び戻すまえに神石がなくなったら困る。おそらく次で最後だろうからな」

「……うん」

「ところで『鷺』の神石はどうなった?」

拾った太刀を佩《は》きながら、なんでもないように維明は尋ねてくる。

「そうだ」とナツィは跳ねるように崖際《がけぎわ》へ駆け寄った。「谷底に落ちて、岩の合間に嵌《は》まってしまったみたいなんだ。ほら見えるか、あの細い割れ目の中で光ってる」

維明は谷底を覗《のぞ》きこんだ。割れ目に向けられた瞳が、鋭く細まる。

「……まだ砕かれてはいないんだな」

「ごめん」

「責めているわけじゃない。モセから取り返してくれたのだから充分だ、感謝している。感謝といえば、グジにも礼を言わねばならないな」

「うん」とナツィは神妙にうなずいた。「まさかわたしたちに味方してくれるとは思わなかったよ」

あの奇襲の夜で、グジの時はとまっていたはずだ。宿敵たる維明と、寝返ったナツィをけっして許しはしないと思っていた。

「我らへの怒りよりも、痣黒の石と民を捨てたうえ、双子の弟の屍をも辱めたシキへの恨みが勝ったんだろう」

「かもしれないな」

ナツィは谷の底に遠く目を落とした。シキの死とモセの戦意喪失によって、崖下《がいか》に落ちていった死兵のほとんどは土と骨に戻ったようだった。だが魂まで戻ってきてしまったせいか、グジはいまだ生きている。落ちたときの衝撃でもはや歩くことも難儀するようだが、変わらず猛々《たけだけ》しい嗤《わら》い声をあげ、死屍《しし》累々の谷底を眺め渡している。

「どうする維明、まずは谷底に降りて、シキたちの神石をどうにかして拾おうか？　グジの魂も解き放って」

「いや、まずは痣黒の神石を砕きにゆこう。神北中にこの戦の話が知れ渡るのは、あんたが思っている以上に早い。シキと話がついているだろう他の『十三道』をとめるためにも、一刻も早くけりをつけたい」

わかった、とナツイはうなずいて、預かっていた『石砕きの刀』をさしだす。

「いよいよだな」

「そうだな」

と短刀を受けとった維明は、静かな笑みを浮かべた。

「犀利との再会はもうすぐだ」


維明はモセに、『鷺』が痣黒の里から奪った神石の隠し場所まで案内させた。モセはもはや抵抗もせず、南に延びた峰に沿って端山をふらふらとくだってゆく。そして樅《もみ》と雪椿の暗い緑が覆う森を抜け、八十川の流れが耳に届くあたりで立ちどまった。

視界のさきにあったのは、枯れた葛《くず》と羊歯《しだ》に覆われた石窟《せっくつ》の入口だ。

忘れもしない、犀利とナツイの秘密の洞窟。幾度もふたりで話をし、一生の約束を心の石に刻みこんだ場所。

痣黒の神石は、その入口からほど近いところに埋められていた。

「維明、あなたは真実を知っているんだろう？　石神によって神石が十三に砕かれた『光差す窟《いわや》』っていうのは……」

「まさにこの洞窟そのものだ」

維明は掘り返した土から、黒く輝く神石を布に包んで取りあげる。

「そして波墓の一族は長らくこの故地に、自分たちの神石を祀《まつ》ってきた」

だとすれば、とナツイは後ろめたさにうつむいた。ナツイがなにも知らずに犀利と幸せを嚙みしめていたのは、かつてサイリがすべてを失った場所か。

「……ごめん」

「なにへ謝っているんだか」

と小さく笑って、維明は痣黒の神石をくるんだ布ごとナツイに手渡した。「この窟ほど、犀利の人生が再び始まるのにふさわしい場所はないだろう。ふたつの神石を砕いたら、ぜひともこの場で俺を殺してくれ」

あまりに穏やかに告げられて、ナツイはもう我慢できなかった。

「本当にそれでいいのか？　本当にあなたは、犀利に人生を譲っても構わないと思っているのか。思えるのか？」

なにもかもを手放せるのか。諦められるのか？

「俺がどう思っていたとしても、あんたの答えは決まってるはずだ」

維明は、やんわりと諭すばかりだった。そのとおりだ、とナツイは自分が恥ずかしくなった。維明と犀利は表裏一体。どちらかの生を願えば、どちらかは死ぬ。ナツイは今も変わらず犀利を愛している。取り戻したくて、その献身に報いたいと願っている。ならばこんな問いを発すること自体がおこがましい、浅ましい。

でも。

「気にしないでいいんだ、ナツィ」

唇を嚙《か》みしめるナツィに、維明はさっぱりと、犀利のような声音で言いきかせた。

「俺は充分生きたし、果たすべきことも果たせそうだ。だからあんたは、安心して波墓の神石に願ってくれ。俺はいつでも、あんたの幸せを願っている」

「維明」

「さあ、まずは痣黒の神石を砕いてしまおう」

やわらかに促して、ナツィの掌《てのひら》に載せられた神石に目を落とす。その黒い輝きを砕こうと、帯に挟みこんだ『石砕きの刀』の柄《つか》に手をかけたときだった。

「哀れな鎮守将軍！　この期に及んで、自分の石から目を背けるなんてさ！」

箍《たが》の外れた笑い声が、春待ちの森に響きわたる。

維明もナツィもはたとして振り返った。

声の主はモセだった。口調にかつての威厳ある軍長の影はなく、小さな娘のようだ。腹を抱えて、ひきつけを起こしたように笑っている。

そして、その手は血まみれだった。隠し持っていたらしき小刀を握っている。指をいくつか犠牲にして縄を抜けたのだ。

青ざめたナツィの前で、モセは痛みになどてんで気がつかないように立ちあがった。ぎらりと瞳《ひとみ》を輝かせて、おぼつかない足どりで、維明に近づいてゆく。

維明の腕がぴくりと動く。太刀の柄に手がかかる。その瞬間、モセは維明を指差し哄《こう》笑《しょう》した。

「あんたは嘘吐きだよ。あたしにはわかる、嘘吐きの目をしてるもの。男なんてみんなそうだ、自分が綺麗《きれい》に死にたいだけ！　男同士でわかりあえれば、約束を果たせればそれで満足、女なんて感情で動く下劣な生き物だと馬鹿にしてる！　ほんとは自分たちのほうが欲まみれで、嫉妬《しっと》深《ぶか》くて、感情に動かされているのにね！」

そうでしょう鎮守将軍、とモセは口の端を吊《つ》りあげる。

「恰好《かっこう》つけてるあんたの心のうちだって、ぐっちゃぐちゃのくせに」

ほんのわずかに維明の抜刀が遅れた。その隙を縫って挑みかかる――かと思えたモセはくるりと踵《きびす》を返し、ナツイのほうに爛々《らんらん》と光る目を向け飛びかかった。

完全に虚を衝《つ》かれ、ナツイは一歩も動けなかった。血まみれの小刀をかろうじて躱《かわ》すも、頰が切れて朱が走る。次の一撃はよけきれない。

だがモセは、とどめなどに見向きもしなかった。瞳はナツイではなく、ナツイが手にした痣黒の神石へ向いている。

「まだ終わらない、あたしは痣黒の族長のひとり娘！　あたしには痣黒の神石がある！」

叫んだときにはナツイの手から神石をひったくって、うっとりと天に掲げていた。

「痣黒の神石、あたしの部族の石。どうかあたしに権能を貸してくれ。この者たちを甘い夢に引きずりこんで――」

唐突に声が途切れる。モセはなにが起きたのかわからないという顔で瞬《まばた》いている。

やがて目をかっとひらき、小刻みに震えだした。

「……どうした」

ナツィは小声で問いただす。答えはない。モセは震えながらも、なんとかして神石を投げすてようとしたようだった。だができない。神石を手放すことは叶《かな》わない。逃げられない。

石に触れた掌から、黒い光が針のようにモセの腕を刺し貫き、入りこむ。モセはのけぞり絶叫する。それでも神石を手放せない。みるみる黒い光は、モセの血管という血管を侵してゆく。身体の中心へ遡《さかのぼ》っていく。

モセは石を掲げたまま、天を仰いで痙攣《けいれん》している。白眼を剝《む》いている。結いあげられた髪がひとりでにほどけて広がる。白く変じていく。額がめりめりと割れて、漆黒の角が生えだした。

神石に、乗っ取られていく。

「ナツィ、伏せろ！」

維明が叫んで、太刀を握りしめる。モセの首を飛ばそうと振りかぶる。

だがその渾身《こんしん》のひと振りは、モセがふいに盾のように突きだした掌に阻まれた。異様な光景だった。ほんのすこし刃《やいば》に手を添えているだけに見えるのに、維明がどれほど力を込めようとも、モセの腕はびくともしない。斬り伏せられない。

白目を剝いたモセの瞳が戻ってくる。その瞳は金色に染まっている。そして押し切ろうと奥歯を噛みしめ腕を震わせている維明に、にこりと微笑みを向けた。

「実に惜しい。太刀ではなく『石砕きの刀』で挑めば勝てたものを」

モセの声だが、モセの言葉ではなかった。

維明は太刀を引っこめうしろに飛び退いた。駆け寄ったナツイは、へらへらと微笑む白髪の女をあっけにとられて凝視する。

白く変じた髪に、輝く金眼。額を割って伸びた、漆黒の石でこさえたような両の角。

これは、この姿こそは。

「……石神か。痣黒の神石が、モセを乗っ取ったのか」

「ご名答」

モセの姿の神は得意げに顎《あご》を持ちあげた。「しかしこのモセ、腹の立つ女だと思わないか？　玉懸の地にわざわざ足を運んで別の神石に浮気したというのに、この期に及んでわたしに助けてもらおうとは。……いや悪いね、腹が立つなんてまるきり嘘だ。最後の最後でわたしに身体を譲ってくれる、けなげな娘だった。かわいくて仕方がないよ」

神はくつくつと笑いながら、自身そのものである漆黒の輝きを放つ神石を、大珠のごとく首にかける。

そうして泰然と佇《たたず》んだ。

ナツイと維明は悟った。この弓幹《ゆがら》の本州では元来、言葉を話す神とは忌わしき者。人とは異なる考えのもと、人の運命を手玉に取る者。この石神もまた同じなのだ。これを野放しにしてはならない。恐ろしい獣と同じく、人の世に踏み入ったのならすみやかに滅さなければならない。

だがどうしたら葬れる。きっと神石それ自体を砕かねばならないのだろうが、渾身のひと振りすら片手で容易《たやす》くとめられる以上、おいそれと手出しができない。

懸命に頭を巡らせるナツイたちをよそに、痣黒の石神はのんびりと小首を傾げた。

「戦いの算段か？　やめたほうがいい。お前たちにわたしを砕くことはできないよ」

なぜならば、と詠《うた》うように言葉を紡ぐ。

「わたしは他でもない、『理想の夢を追い求める』なる石を刻みこまれた神石だからね。お前たちが心の底に描いた夢を、つまりは弱みをよく知っている」

とくに維明、と石神は甘やかな声で呼んだ。

「いっときわたしに深く依存していたお前の夢は、わたしもよくよく解しているのだよ。お前が綺麗事の裏に隠している願望も欲望もすべて」

微笑む石神の背後に、黒い靄《もや》のようなものが漂いだす。寄せ集まり、数十もの腕の形をとって蠢《うごめ》きはじめる。

「お前は本心では、この小娘の望みどおりに死ぬのなどまっぴらなのだろう？　己こそが神北の王にふさわしいと思っているのだから」

予期せぬ言葉に目を見開いたナツイの横で、維明は、厳しく撥《は》ねつける。

「まさか」

その声は、かすかに揺れている。

「むろんお前が消えたくないのは、野望が理由ばかりではないな」

石神はさらに笑みを深くして、血に染まった指で維明をまっすぐに差した。背後の腕《かいな》も一斉に、黒く細い指のさきを維明に向ける。

糾弾するように、暴くように。

「お前は心の底に、より苦しく、切ない思いも抱いている」

「なにを――」

「今ここでその娘に、つまびらかに話して聞かせようか？　娘の愛を自分ではない自分が得ることに、維明という男がどれほどの嫉妬《しっと》と苦しみを感じているのかを」

維明が息を呑《の》んだのが、ナツイにはわかった。

わかってしまった。

つまりは、それは、そういうことなのだ。

「……違う」

「汚らわしいことだ。娘のほうは、同志としての信頼の心でこそ繋《つな》がっていると、今の今まで信じていたのになあ。裏切られた思いに違いない」

「違う！」

「面白くなってきたなあ、維明。長くなりそうだから、続きは奥で話そうか。待っているよ」

痣黒の石神は悠然と背を向けると、靄の腕をひらひらと振って、窟《いわや》の中へ姿を消していった。

「……ふざけるな」

維明は歯を軋《きし》ませ、すぐに石神を追おうとした。

もちろん、ナツィだって続くつもりだった。だが維明は、目すら向けずにナツィを硬く突き放す。

「来るな」

「なぜだ！」

「刃が立たない以上、ふたりで追う意味なんてない。もし俺が帰ってこなければ、別の方策を講じてくれ」

その言は、至極まっとうに思われた。それでいて感情に流されているようにも感じられて、ナツィは食いさがった。

「一緒に行かせてくれ、あなたを守りたいんだ」

「だめだ」

「だめだと言われようと行くからな！　わたしは――」

維明は背を強ばらせ、まるで懇願するような声で遮った。

「来ないでくれ、お願いだ」

「……維明」

「守るというのなら、この身ではなく、心をこそ守ってくれ」

維明はほんの一瞬、ナツィに目を向けた。すぐに短く息を吐きだして、ひとり窟の奥へ消えていった。

第十章　神の石

流れる白髪を揺らし、神は遠ざかっていく。その幻のような白からひとときも目を逸《そ》らさず、維明は岩穴を駆けていった。太刀の柄《つか》を握る手は怒りに震えている。やり場のない苛立《いらだ》ちが口元を歪《ゆが》ませる。

石神め、絶対に許さない。綺麗《きれい》に終わらせるつもりだったのに。己の瞳《ひとみ》の裏側を直視することなく、自分でない自分にすべてを譲って去るつもりだったのに。

欠片《かけら》も残らないほどに粉々に砕いてやる。

滾《たぎ》る怒りを抱えたまま窟の奥へと行きついた。光景は、記憶の中の過去となんら変わっていない。はるか頭上の岩の割れ目から、一条の光が差しこんでいる。照らされた足元には、神北草にも似た膝丈《ひざたけ》に満たない小さな白い花々が、可憐《かれん》に咲き乱れている。

その白き花の只中《ただなか》で、黒く輝く角を生やした白髪の神は待っていた。

姿はますます異様だった。いまや胸にさげた痣黒の神石は、ひとりでに宙に浮いて激しく光を放っている。額を突き破った二本の角もまた、同じように輝いている。そればかりか夢のごとく揺らいでいた霞《かすみ》の腕は、確かな現《うつつ》の重みを得て漆黒の石の腕と化し、石神の背からぞろりと生えだしていた。数十のほっそりと長い手が、目を背けたくなるような人ならぬ動きでうねうねと蠢いている。

一方で、いまだ人であるままの肩や指からは、とめどなく血が流れ続けていた。モセの身体は長くは持たないだろう。

それでも石神ののどやかな笑みは揺らがない。

白の花弁と白の髪、漆黒の角と神石、そして金の瞳。すべてが輝き、光を放ち、この世のものとは思えない美しさと忌わしさを振りまいている。

だがその美しさも、忌わしささえも、維明の目には一片たりとも映っていなかった。

ぴくりとも頬を動かさず歩み寄る。その険しい形相を目にして、痣黒の神は笑みを深くした。

「愛《いと》しの娘は置いてきたのか？　維明」

「黙れ化け物。今に口もきけなくしてやる」

憎しみに満ちた返答に、神は声をあげて笑う。

「図星を指されて逆上したのか。お前も人の子だなあ」

「まさか」

「図星だからこそ、お前はあの女を置いてきたのだよ。どのように懸想しているのか、仔細《しさい》に知られたくはないものな。知られた挙げ句にきっぱりと拒絶されたら、二度と立ち上がれぬだろうし」

維明は口を引き結び、太刀を抜きはなった。

「そう怒るな」と神は含み笑う。『鷲』に少々奪われたとはいえ、痣黒に帰依する民はまだごまんといる。お前ならば、その者たちに理想の夢を見せ続けられるだろう。神北の一なる王となり、朝廷を退けることすらできるかもしれない」

「だからなんだ」

「お前は、わたしと手を組めばよいのだよ」

痣黒の神は、金にきらめく瞳をすっと細めた。

「わたしはあくまで石塊《いしくれ》。この女の身体は遠からず朽ちるだろうし、そもそも神石は、普通は長く人を乗っ取り続けてはいられないのだ。つまりわたしには、わたしを携え、わたしにせっせと石を注ぐ民を集めてくれる者が必要なのだよ」

「だから俺に痣黒の石を心に抱えろと？　そのうえでお前に帰依して、お前の力を手に入れろと？」

「そのとおりだよ、維明。なに、一度は痣黒の石を心の中心に据えて、同志とともに見果てぬ理想の夢を追い求めたお前のことだ、勝手はわかっているから簡単だろう？　あとはただ、我こそエッロに後事を託された者と宣言すればよいのだよ。さすれば痣黒に従っていた者のみならず、神北の諸部族はみなお前を新たな救い主と見る。お前に従い、お前に理想の夢を見いだす。お前は新たな痣黒の長《おさ》となり、果てには神北の一なる王に収まる」

「馬鹿を言え」

維明は怒りに震えた。「なぜ俺が、波墓を滅ぼした一族を率いねばならない」

シキといいこの神石といい、俺をなんだと思っている。俺は俺だ。俺自身の選んだ石を、意思を抱く者だ。お前たちの体のいい木偶《でく》ではない。

「おや、一なる王になりたいのではなかったのか？　手段を選ぶ余裕はないだろうに。それとも故郷の石が恋しいか？　ならば尋ねるが、『生き延びた』だけでお前になにが果たせた。結局はすべてを失っているではないか」

「失っていない」

維明は撥《は》ねつけた。こんな問答、すでにナツイやシキと散々繰り広げた。今さら人ならざる者に指摘されようと痛くもない。

「俺はようやく今、得るべきものを得たのだ。むしろすべてを失ったのは、理想の夢に殉じた瑳黒のほうだろうに」

「なにもわかっていないのだなあ。確かに瑳黒の民は皆殺しにされた。だが『神北に一なる王を立て、朝廷を退ける』なる美しい理想の夢は、きちんとみなの心に残ったではないか」

「その美しさだけ追い求めたからこそ、エツロは寝首を掻《か》かれ、瑳黒の里は滅ぼされたのだ。目指す理想さえ美しければ、なにをしてもよいわけではない。見てくれの美しさを保とうとすればどこかにしわ寄せが来る。おぞましく、汚いものが裏側に積み重なる。そんなものは覆い隠しておけばよい、掲げた夢が素晴らしければすべてが許される、そう人々に思わせてしまうような石などいらない」

わかったよ、と神は淡く光る髪を振り、息を吐きだした。

「ならば理想の夢なんてどうでもいい。『鷺』を作りあげたシキのように、お前が一から自分だけの石を見いだし、新たな集団を立ちあげればいい。わたしを携え、玉懸の地に至るがよい。玉懸の地こそ、我ら神石の生まれた地。そこでお前は、我が身に刻まれた痣黒の印を拭《ぬぐ》い去り、代わりにお前が選んだ石を刻むのだ。そうしてわたしに新たな思いを注いでくれさえすれば、わたしはお前が神北を守ろうが滅ぼそうがどうでもいい。お前だって、本当はすべてがどうでもいいんだろう？　穏やかに過ごせさえすれば」

なあ、と石神は軽薄な笑みをたたえて歩み寄ってくる。なんの警戒もしていないかのように。

維明は唇に力を入れた。怒りを煽《あお》りたて、冷静さを失わせようとする石神の思惑に乗ってはいけない。充分に間合いが詰まるまで待つのだ。あとすこし、ほんの数歩こちらに近寄れば、あの蠢《うごめ》く黒い腕に捕まるまえに、『石砕きの刀』の切っ先が胸の神石に届く。

神石が権能を振るうまえにけりをつけられる。

痣黒の神石の権能とは、心のうちに潜む理想の夢を見せること。夢に取りこまれるまえに終わらせる。黒く光る神石を砕ききる。それですべてが収まる。石に振り回された維明の旅は終わる。真にほしいものをなにひとつ得られず、失ってばかりだった人生に別れを告げる。

ようやく楽になれる。

神が糸のように目を細める。数え切れない腕を広げ、なにもかもを見通しているような瞳でやってくる。維明は腰を落とした。

今だ。

握っていた太刀を投げすてて、返す手で腰の『石砕きの刀』を引き抜いた。大きく踏みこみ、懐に入るや刃《やいば》を振りきった。

確かな感触があった。

切っ先が、石神の胸を一閃《いっせん》する。宙を舞う神石の表面を確かに穿《うが》つ。たちまち神石の石肌には、蜘蛛《くも》の巣のごとき割れ目が走った。隅々にまで広がって、漆黒の石は音を立てて砕け散る。

とたんに石神の角も白髪も四本の腕も、瞳の怪しい輝きも消え去った。石神だったものは、糸が切れたように仰向《あおむ》けに倒れた。

それきり動かなくなった。

維明は肩で息をした。切っ先を向けても、モセの身体はもはやぴくりとも動かない。

痣黒の神石は砕け散り、白い花の中に埋もれている。

「終わった……」

もう一度、ひっそりと息をした。終わった。

どっと疲れが背にのしかかり、うつむき短刀を納めたときだった。

「よかったなあ維明。これぞ理想の結末、理想の夢だ。まあ、しょせんは夢にすぎない背後から、頬にひやりと黒い掌が添えられる。乾いた笑い声が響く。ついさきほど屠ったはずの、石神の声が。

維明は信じがたい思いで振り向いた。そんな、まさか。今しがた、お前は砕かれたはずではないか。

だが幻聴でもなんでもなかった。そこには確かに、モセの身体を乗っ取った痣黒の石神が立っていた。砕かれたはずの神石を胸の中心に揺らし、維明の両の頰を黒い掌で挟みこんだまま、わずかに首を傾げて、馬鹿にしきった笑みを向けていた。

「なぜ……」

維明は後ずさる。頭の隅では気がついている。だが認められない。

「簡単だよ。いつから自分が夢を見ているかなんて、夢の中にいる者にはわからないというわけだ」

「俺はすでに、夢を見ていると」

「そのとおり」と石神は、残りの黒き細腕を維明の身に添えた。ねっとりと絡めとった。

「わたし自ら、わたしの権能を振るったわけだからね。知らずのうちに夢に引きずりこむことなど至極容易」

維明は歯ぎしりした。嵌《は》められた。知らぬ間に、痣黒の神石が見せる夢の中に引きずりこまれている。

身体を引き寄せ捕らえようとする石の腕を切り払うべく、再び『石砕きの刀』を引き抜こうとした。だが身体がうまく動かない。風もないのに白い花がふわりと揺れる。維明を嗤《わら》っている。甘やかな香りが窟《いわや》に満ちる。

「満足しただろう？　一度は理想どおりにわたしを砕けた。勝ったのだよ。ならば次は、更なる甘い夢でも求めたらどうだ？」

「そんなものはない」

「あるだろうに」

神はせせら笑って、維明が捨てた太刀を足蹴《あしげ》にする。そのあいだも黒い手は、うっとりと維明の首筋を撫《な》でている。

「それにしても自分を殺した女を好くとは、お前も酔狂な男だな。あの女に殺された配下の魂に、どう言い訳するつもりだ」

「黙れ」

と維明は唸《うな》るように答えた。「ナツィを好いているのは犀利だ、俺ではない」

だめだ、今考えるべきはこの神をどう討つか。そう思うのに頭が回らない。痣黒の神石が促すがままに思考が流されてゆく。

「なるほど、『俺ではない』と言い訳してしのいできたのだな」

と神は金の瞳《ひとみ》を輝かせた。「そうして最後まで逃げるつもりだったか、小心者め」

「違う」

維明はやっとのことで言った。逃げたわけではないのだ。むしろすべてを諦めるためにこそ、必死の思いで己を律して押しこめている。しかし一言否定するのが精いっぱいで、言葉にならない。

とうとう白い花が咲き乱れる只中《ただなか》に両膝《りょうひざ》をつく。立ちあがろうにも、足が言うことを聞かない。力が入らない。なにかがおかしいのだが、なにがおかしいのかさえ判別できない。頭の中が燃えるように熱く、考えがまとまらない。

代わりに夢が浸食してくる。

穏やかな夢。清らかな小川のほとりで暮らす夢。やさしい朝の日差しを浴びて、碧《あお》の水面がきらめいている。木々の若葉がささめいて、さわやかな風が維明の衣を揺らす。隣には誰かがいる。維明を見あげて微笑んでいる。あれは――。

「安心したらよいよ、維明」

ようやく抜けた『石砕きの刀』が、維明の手からこぼれ落ちる。焦点が合わなくなっている碧《あお》の眼を間近から覗《のぞ》きこみ、瘴黒の神は笑いをかみ殺した。

「わたしはあの小娘の身体を頂くことにする。そうしたらお前に、あの娘のなにもかもをくれてやろう」

維明はなにごとか言いたげに口を動かした。しかしもう声にならない。

「ただ厄介なのは波墓の神石だな。仕方ないから一芝居打たせてもらおうか」

もはや聞こえているかも定かではない維明の頬を本物の腕で撫で、瘴黒の神は笑みを漏らした。

ナツイは立ちつくしていた。

維明は、来るなと言った。守るつもりなら来ないでくれと。この身ではなく、心を守ってくれと。その意味を悟っていたから、ナツイは維明を追わなかった。なにを言われようともついていくべきだったのに、物怖《ものお》じしてしまった。

暴かないでくれと懇願する維明の心中は誰よりわかる。ナツイこそが知っている。それは目を背け続けた、ナツイの心の鏡映しだ。

両手を握りしめ、窟の暗闇を睨《にら》んだ。闇に沈んださきからは、ひとつの物音も聞こえてこない。維明は戻ってこない。

そう、認められなかったのだ。一度認めれば、自分自身の心に向き合わなければならなくなる。ナツイ自身の思いの形を、はっきりさせなければいけなくなる。その石を、直視しなければ。

心の中心に据えられた石がひときわ輝く。忘れるな、ぶれるなと言っている。

わかっている。忘れるつもりも、ぶれるつもりもない。

それでも。

それでもわたしは、あのひとを守りたい。

なにを知ってしまうとしても、これ以上待ってなどいられない。みすみす失うのはもう二度と耐えられない。

「だから、ゆこう」

幽《かそけ》き光を帯びた波墓の神石を握りしめ、ナツィは走りだした。

「おや、来たか」

窟の最奥に飛びこんで、裂けんばかりに目を見開いた。落ちかかる光の中、佇《たたず》んでいるのは石神ただひとり。その傍らに、白き花の群生に埋もれるように、維明がうつ伏せで横たわっている。ぐったりと伏せた頭は神の膝《ひざ》の上にあり、おぞましき黒き石の両腕に抱えられている。なすがままにされている。

「夢を見ているだけだよ。きっとお前の夢だ」

神は甘やかにささやき、怖気《おぞけ》立《だ》つほどにびっしりと生えた黒の腕を維明の頭に這《は》い回らせる。

怒りが胸の底からほとばしり、ナツィは短刀を振りかざして叫んだ。

「触るな！」

しかし、神も維明もまるで聞いていない。聞こえていない。ふらりと維明の頭が傾ぎ、ナツィのほうへ向いた。まどろむような目をしている。夢の世界を彷徨《さまよ》っている。

動揺と後悔が、震えとなって身体を貫く。やはり、一緒に行くべきだったのだ。

いや、しっかりしろ、まだ遅くはないはずだ。わたしには波墓の神石がある。命じれば、維明は正気を取りもどす。

でも、と心はぐらぐらと揺らぐ。この神石が権能を使えるのは、おそらくあと一度だけ。ここで用いればもう、犀利は帰ってこない。

「ナツィと言ったか」

神は微笑を浮かべ、維明の頭を放るように手放した。おびただしい腕を蠢《うごめ》かせ、白絹のごとき髪を揺らしてナツィに向き直る。

「お前は結局、痣黒の崇高なる理想の夢に夢中になってはくれなかったな。わたしにも、一度も思いを捧《ささ》げてくれなんだ」

「来るな」

搦《から》め捕ろうといくつもの黒腕が伸びてきて、ナツィは短刀を振り回し後ずさった。神はあるかなしかの笑みを浮かべている。金の瞳に吸いこまれそうになる。寄る辺のない不安が身のうちをじわりと這いあがってきて、ナツィはとっさに目を背けた。取りこまれるな、わたしが守るんだ。

「褒めているのだよ、ナツィ。お前は美しい理想に呑《の》まれず、熱狂もしなかった。痣黒の石に、それをみなと共有することでもたらされる安易な安らぎに身を委《ゆだ》ねなかった」

「人ごとみたいに言うな、痣黒の人々をおかしくしたのはお前だろう！」

「いやだなあ、わたしが悪者か？」

「お前以外の誰が悪いっていうんだ。お前さえ、他の『十三道』の神石みたいに正しく器として働いていれば」

人々に穏やかな結末だけを与えていれば、犀利はあんな苦しみを背負わなかったのに。

「それはまったく見当違いだよ」と神石はおかしそうに笑った。「わたしはなにもしていない。四方の進出に刺激された痣黒の者どもが、勝手に暴走しはじめただけだ。頼んでもいないのに、狂気じみた思いをわたしに捧げはじめただけだ」

「嘘をつけ！」

「嘘なものか。わたしはただの『石』。偶然痣黒の部族にもらわれて、その思いを捧げられたからこそ、すこしの礼を返してきただけのもの」

神は誇らしげに、胸元で光る痣黒の神石に手を添える。足元に落ちている抜き身の『石砕きの刀』も、維明さえも足蹴にしている。それでも維明は立ちあがれない。神を殺せる刀はすぐ手が届くところにあるのに、鋼の刀身に朦朧《もうろう》と瞳を向けているばかり。

「なあナツィよ、神石の輝きに一度も目がくらむことのなかった希有《けう》なるお前は、我らにとは何者であるのだと考える？　我らを利用しているつもりで呑まれていく愚か者らに教えぬ秘密を、お前だけには明かしてやってもいい」

神石とは何者であるのだと考える？

よどみなく見くだしながら、神はナツィに歩み寄る。ナツィは歯嚙《はが》みした。どうすればいい。わたしは胸の碧き石に、なにを願えばいい。

「……きっとお前は檻《おり》なんだ。お前に囚《とら》われた人々は、自分の頭で考えずに目をつむってしまう。そしていつの間にか、お前という檻を守ることこそなにより大切と考えるようになる」

『鷺』の一員であることにこだわり、自分自身の芯《しん》にある望みすら見失ってしまった犀利のように。

「だからお前の正体は、わたしたちの心を捕えておく檻に違いない」

「賢いね、ナツィ」

と石神は唇を吊《つ》りあげた。「だが残念ながら、すこし違うな。檻を作りあげ、他人や自分を閉じこめているのはお前たち自身だ。痣黒も『鷺』も、あるときから自分たちで勝手に檻を作りだし、同調圧力やら厳しい掟《おきて》やらで細やかに維持しはじめたのだよ」

「だとしたら、お前たちは何者だっていうんだ！」

「石だと言っているだろう。鈍いものだな」

「お前たちが石塊《いしくれ》なんてのは最初から――」

叫びかえそうとして口をつぐんだ。

違う。

『石』。

「……そうだ、石だ」

ナツィは唐突に、この化け物の正体に思い至った。

「お前たちは石なんだ。『みなとひとつでありたい』という石。他人と同じものを信じ、同じ理想を追い求めたいという、人々の願望」

「ご名答」

痣黒の神は、まるで心から喜んでいるかのように破顔した。「そう、我らもまた石だ。『他者と同じ石を有することこそ、安寧にして至高である』という信条にして、主義にして、強迫観念だ」

ナツイの前で立ちどまり、うっとりと両手を合わせる。白く輝く垂髪《すいはつ》の背後では、石の腕《かいな》が嘲笑《あざわら》うかのようにてんでばらばらに蠢いている。

「思ったほど悪いものではなかっただろう？　同じでありたいと願うからこそ、人は他者と歩み寄ることができる。同じ考え方を好み、同じ規律に従う穏やかなるひとつの共同体を形作り、長く維持してゆける。つまり我らは、人が助け合って暮らしていくために必要な、何物にも代えがたい石なのだよ」

「他の『十三道』の神石はそうかもしれない。でもお前は違う！」

ナツイは突っぱねた。わたしは知っている。これまでずっと見てきたのだ。涙を流し、歯噛みして、目に焼きつけてきた。

「お前は『ひとつでありたい』という穏やかな願いなんかじゃない。『ひとつであらねばならない』という頑《かたく》な石だ。同じであることを人にも自分にも強要して、従わせて、閉じこめようとする力を生むものだ」

引きずりこんで、型に嵌《は》めて、変わることを許さない人々を作りだす化け物だ。だからこそ痣黒の神石に帰依した人々は、ひとつであるため、そのためだけに他人や自分を縛りつける。尋常ならざる忠誠を神石とその主《あるじ》へ捧げ、石を同じくしない者へ激しい敵意を育《はぐく》んでいく。

しかし石神は含んで笑う。おかしそうに肩を揺らす。

「わたしだけを悪者にしても意味がないと言っているだろう、ナツイよ。『ひとつでありたい』と『ひとつであらねばならない』に、お前が考えるほどの差などないのだよ。『十三道』の神石はみなわたしと同じ。今はおとなしく揺籃《ようらん》に甘んじている神石も、すこしのきっかけさえあれば、お前たちを破滅へ駆り立てるだろう」

よく知っているのだよ、と石神は詠《うた》う。流れるように言葉を紡ぐ。

「我ら神石の同類は、神北に限らずさまざまな地にいるからね。あるときは神と呼ばれるなにかを、あるときは輝かしい名を、教義を、歴史を、伝統をその身に刻み、守り育て、強く人々を引きつけ、囲いこんで、縛りつけてきたのだよ。お前には理解できないかもしれないが、ただびとの心は移ろいやすく、抱く石も砂の塊のように脆《もろ》い。どれだけ同じものを見て、同じように考え、結束したとしても、いずれは変わってしまう。そのような人々をまとめるには、真の賢さが必要だ。まことの王の器が」

しかし、と神は言う。

それほどの器量など、ほとんどの者は持ち合わせない。そもそも多くの人の心を束ねて同じ方向を向かせ続けることなど、どれほど偉大な王でも難しい。

「そこで人は、我らを見いだすわけだ」

願いや意思、教義や理念、ときにはどうでもいい些細《ささい》な決まりを掲げて、いたく魅力的なものに見せかける。心の虚《うろ》に入りこみ、この輝きこそがお前を救うと甘くささやく。

「そうして誘いこんだ者たちに、いよいよ我らを与えてやるのだ。我らの力を借りさえすれば、数多《あまた》の心に同じ石を植えつけられる。他の石に目をくれず、与えられた石を硬く、強く育てねばと思わせることができる。どれだけ怠惰な王でも、部族や国や集団でも、我らさえあれば強固に人を縛ることができる。人々は我らの力を借りて栄華を誇る。もっとも長くは続かないがね。やがては我らの毒に当てられて、痣黒と同じように同志以外を許容できなくなる。討ち滅ぼすか、討ち滅ぼされるしかなくなる」

「だったらお前たちに頼る意味なんてないだろう！」

「欲深いものだなあ、いっときでもよい思いができたのなら充分だろう？　それに滅ぶからこそよいのではないか」

神は黒の腕をすうと伸ばし、足元に咲く花を一輪摘んだ。匂いを嗅《か》ぎ、まるでかぐわしく感じているかのように瞼《まぶた》を伏せる。

そんな感情、欠片《かけら》も持ち合わせていないだろうに。

「滅ぼし滅ぼされる世こそ我らの望み。お前たちがそうして『ひとつでありたい』なる欲望に抗《あらが》えず殺し合えば合うほど、人ごときが捻《ひね》りだした崇高な理念になどなんの意味もないと、我らこそが普遍にして至高の石であるのだと証《あか》される」

「……それがお前たちの目的なのか。証すために、そんなことのために人を利用しているのか」

「お互い様だろう？」

と神は口角を吊りあげた。「ひとつでありたいのは我らもまた同じ、わたしだって他の神石など討ち果たし、最後の神石になりたいからね。手足となってくれる者に快く力を貸しだそう。人のほうも、支配のために我らの力を必要としている」

「なにが言いたい」

「わたしには、新たに民が要るのだよ。部族の矜持《きょうじ》や信念をわたしに刻み、果てはわたしこそが部族の石そのものだと誤解して崇めてくれる民が」

石をひとつにすること自体に執着し、相容《あいい》れない他者を排除にかかる民が。

神は石の腕を次々とナツイの手足や腰に絡め、引き寄せると、さきほど摘んだ一輪の花をさしだした。

「そしてお前もだろう、ナツイ。神北を守るために、お前にはわたしが必要だ」

白い花は強く香る。払いのけたいのに黒の腕に囚われて、思うように身体が動かない。

「信じてくれないかもしれないが、わたしはずっと、理想のためならやむなしと虐殺を続ける我が一族に心を痛めていたのだ。しかし歯止めを利かせられなかったのだよ。わたしはただの石で、思いを伝える声を持たなかったから」

矛盾まみれにもかかわらず、言葉は子守歌のように響く。じわりじわりとナツイを浸食する。底なしの金の輝きが、すうと細くなる。

「なあ、今一度機会をくれないか。やり直したいのだよ。わたしもお前たちも見る夢は同じだろう？　朝廷の支配を振りはらい、神北の民が穏やかに暮らせるただひとつの国を建てる。今度こそは作りあげよう。そのために、お前と犀利の手を借りたいのだ」

「犀利の、手を」

「そうだよ、我が子よ」

神は数多の腕を蠢《うごめ》かし、ナツィの背を撫《な》でさする。ナツィは夢見心地で耳を傾ける。

「維明ではなく、犀利だよ。お前の愛する男だ。だから、さあ、波墓の神石に願うのだ。犀利に会いたいと。抱きしめてほしいと。あのやさしい瞳《ひとみ》を忘れたわけではないだろう」

当たり前だ、とナツィは苦しく思う。犀利をけっして忘れない。維明と同じ姿形をしていて、まったく違う大切なひと。

しかし、わかったと首は振れなかった。維明に約束したのだ。志を果たすまで守ると、共にゆくと誓った。今ここで維明を裏切るわけにはいかない。

「ナツィ」と神はあやすようにささやき続ける。「わたしは維明の才を愛している。維明といがみ合ったことほど不幸はないと後悔している。だから本当は、ともに新しい国を造りたかったのだよ。しかし維明は受けいれてくれなかった。頑なな心が、仇《かたき》たるわたしを拒絶したのだ」

ぼやけた視界の端に、花に埋もれる維明が映る。そうなのか、本当なのか、維明。

なにかがおかしい。なのに思考は、考える端からほつれてゆく。

「もっともわたしにも、維明の心は分かるのだ」

神はナツイの瞼の上にするりと掌《てのひら》を滑らせて、視界を遮った。

「維明は復讐《ふくしゅう》を、わたしを砕くことだけを望んで生きてきた。それなのに和解などしたら、心の石は粉々に砕けてしまう。かわいそうな維明。あの子はわたしを憎むあまり、もともと持っていた伸びやかな気質を失ってしまったのだよ。本当は犀利のようにやさしく、朗らかな子だったのに」

「でも」

「わたしは維明を殺したくない。だからこそ、犀利を求めるのだ」

石神の言葉は正しく思えた。するりとナツイの心に入り、居座って、ひとりでに輝いている。神石の人ならざる腕が、頬を、背を、身体中を撫でてゆく。夢にすっかり堕《お》としてしまおうとしている。

そうだ、そのとおりだ。この石を抱けば楽になれる。みなで同じ夢を追いかけて、喜びも悲しみも共にすれば、得も言われぬ安寧を得るだろう。ナツイはもうひとりではない。悩まずともよい。

みなと同じでありたい。同じになって、すべてを手放してしまいたい。

それでもナツイは、あと一歩のところで踏みとどまった。

「わたしは、裏切れない」

どうしても維明を裏切ることができない。

ナツイが自分で選んだ心の石が、ナツイ自身が許せない。

「これは裏切りではないのだよ。お前もわかっているのだろう？　維明は犀利であり、犀利は維明だ。維明が世の苦しみに翻弄《ほんろう》され、固く閉ざしてしまった殻の中には、今もお前に笑いかける犀利がいる。お前はただ、引きだしてやればよいだけなのだよ」

さあ。

「犀利を起こそう。きっとわたしやお前とともに、人々のために働いてくれる。お前は犀利を愛しているのだよ。そして犀利もお前を愛している」

「だめだ」

「本当に硬い石だなあ。ならば、本人の口から聞くといい。ほら、目をあけてごらん、犀利がお前へ微笑みかけているよ」

両目を覆っていた掌が、頬を撫ぜながらゆっくりと外れていく。ナツイはぼんやりと目をひらく。

そして息を呑んだ。

そこには犀利がいた。

微笑みを浮かべ、白い花をさしだしていた。

「どうしたんだ、そんな顔をして」

言葉を失っているナツイに、からかうように声をかける。さわやかな風が渡ってゆく。花の甘やかな香りがほのかに薫る。

「俺があんたに花を贈るのが、そんなに珍しいか？」

「いや、そういうわけじゃ、ないけど」

ナツイは目を惑わせた。違う、これは幻だ。わかっているのに言葉にならない。ナツイは今、白木の薫る真新しい家の戸口に腰掛けている。膝《ひざ》には、刺しかけの刺繍《ししゅう》に彩られた、美しい青い帯。『波墓の碧《あお》』。幻というには、すべてが鮮やかに過ぎる。

と、犀利の背後から笑い声がした。

「なんだ、ナツイは戸惑ってるじゃないか。よっぽど犀利に贈り物をされるのが珍しいとみた。新婚なのに、愛想を尽かされるぞ」

ナツイはびくりと目をあげる。聞き間違いではなかった。犀利の肩越しにこちらに笑いかけているのは糸彦だ。それも、腕にかわいらしい赤子を抱いている。

「糸彦……どうして」

声に詰まる。どうして、どうして。

「覗《のぞ》いて悪いな。実は狩りの帰りに、見事な神北草の群生が春を告げていたんだ。俺が妻子に摘んでゆくといったら犀利の奴、俺もナツイに一輪贈るってきかなくてな」

「おい、ぺらぺらと喋《しゃべ》るな。だいたい、なに覗きに来ているんだ」

「照れるなよ。用があるから来たに決まってるだろ」

むくれた犀利の肩を、糸彦は笑って軽く叩《たた》いた。それから眉尻《まゆじり》をさげてナツィに言う。

「実は俺たち夫婦からも贈り物があるんだ。ほら、この子が生まれたとき、美しい刺繍を入れた産着を贈ってくれただろう?」

と糸彦は赤子のふっくりとした腕をとって、背中を見せる。色とりどりの野の花が凜《りん》と咲いている。

「返礼に、都から取り寄せた珍しい彩帛《さいはく》で仕立てた衣を贈りたいと笹目が言ってな。まあ笹目も俺も縫い物が苦手だから、縫うのは人に頼んだんだが」

糸彦は声をあげて笑う。つられたように赤子もきゃっきゃとはしゃぐ。

「あとで笹目と渡しに来る。そのあと五人で食事でもしよう」

「ありがとう。……でも」

「どうした?」

喉《のど》に泥が詰まったようになる。

でも糸彦、あなたはもう死んだんだ。その赤子を抱くことなく、あなたは死んだ。屍《しかばね》は死兵として利用されて、維明は、あなたが未来を託した人は、涙を呑《の》んで『石砕きの刀』を突きたてあなたを土に還《かえ》したんだ。

言えなかった。言いたくないのだ。この夢を壊したくない。春の風に雲がたなびく。暖かな日の光がみなを照らす。幼子たちのあどけない声が響いている。なにより糸彦は、愛《いと》おしそうに我が子の頰を撫でている。

「……わかった、待ってるよ」

ナツイが絞りだすと、糸彦はおかしそうにした。

「泣きそうになるほど嬉《うれ》しいか？　それほど喜んでもらえれば、笹目も大喜びだ」

そして犀利に、「うんと期待しておけよ。あの衣をまとったお前の妻は、さぞかし美しいぞ」とからかいの言葉をかけると、赤子の背をやさしく撫でて去っていった。

「……糸彦め、これでは俺の贈り物が霞《かす》むだろうが」

犀利は口では文句のように言いながら、目を細めて赤子に手を振っている。

それからナツイの隣に腰掛けて、改めて花をさしだした。

「でも、受けとってくれるだろう？　俺の心がここに籠《こ》められているって、あんたはちゃんとわかってくれる」

やわらかに表情が崩れる。明るい碧の瞳がナツイを覗きこんでいる。

ふいに目の奥が熱くなって、ナツイは瞼《まぶた》を拭《ぬぐ》った。

「どうした？」

「なんというか……幸せで、怖いんだ」

犀利に会いたかった。この温かな瞳に見つめられたかった。だから怖い。

この夢が終わるのが怖くて仕方ない。

「なにも怖いことなんてないよ、ナツイ」と犀利はナツイの肩を、そっと引き寄せた。

「あんたは、俺を守るって約束してくれただろう？　だから俺はこの未来を得られたんだ。あんたと穏やかに暮らすって夢を、叶《かな》えることができた」

「でも夢っていうのはいつか醒《さ》めるんだ。幻の中でまどろみ続けることなんてできない」

どんなに頑《かたく》なな石であろうと、いつかは砕かれる。変わっていく。

「大丈夫だよ」

犀利は泣きじゃくるナツィの頭を何度も撫《な》でて、そっと鼻先に花を掲げた。

「あんたが望む限り、俺はあんたのそばにいる。ここにいる。こうして一緒に夢を見続けられる」

「それでいいのか」

「いいんだよ」

落ちる声はどこまでもやさしい。

「だから願ってくれ。声に出して命じてくれ。犀利と一緒にいたい、犀利を生かしてと。それですべてがうまくいく」

ナツィは胸の中心にさげた碧い石に触れた。手に取り目を落とした。深い碧に染まる石。そうだ、これですべてがうまくいく。ナツィと犀利は永遠に、夢のなかで生きてゆける。

「……わかった」

犀利は変わらず微笑みを浮かべて、花をさしだしている。ナツィは涙ながらに笑いかけて、受けとろうと指を伸ばした。

視界の端で、碧が揺らめいた気がした。

かすかな、しかし鮮烈な碧が。

頬を叩かれたような気がして、ナツイは手をとめる。今のはなんだ？

見回しても、どこにも見つからない。和やかな阿多骨の里の景色が広がるばかり。

「ナツイ、どうした？」

「いや、なんでも――」

また碧の光が、どこからかナツイを射貫《いぬ》いた。一瞬だけ、だが間違いなく、碧の滲《にじ》む瞳《ひとみ》がナツイを捕らえた。貫いた。

目の前の犀利の瞳がたたえる明るい碧ではない、別のなにか――誰かだ。笑顔を浮かべる犀利の背後、くさはらがひろがっているはずのところにそれはある。ナツイは唇を引き結ぶ。目をこらす。ふいにくさはらの景色が揺らぎ、別の光景が重なった。乾いた窟《いわや》に広がる昏《くら》い花畑が、その只中《ただなか》に倒れ伏した維明が。

その瞳が、ナツイを見つめている。訴えている。

胸が跳ねる。

そうだ、これはただの夢だと心が思い出す。

維明、と呼びかけようとする。だが言葉が出ない。維明も、すでにナツイを見ていない。焦点の合わない瞳を惑わせて、声をあげることすらできずふらふらと頭を振っているそれは、維明でも犀利でもない気味の悪いものにすら見えた。

「ナツイ」

犀利が維明の姿を隠すように身を乗りだし、にこやかに諭した。

「なにも心配しなくていいんだ。俺を、俺だけを見ていればいい」

それができればどれほど幸せだろう。なにも考えず、信じていられればよかった。ナツイは唇を噛《か》んだ。だが叶わない。どうしても、倒れ伏す男から目を離せない。

そしてナツイは気がついた。

維明はまどろみの中にあるわけではない。かの人は抗《あらが》っていた。腕を幾度も伸ばし、『石砕きの刀』を摑《つか》み取ろうと懸命に足掻《あが》いていた。

気づいた瞬間、ナツイは悟った。

そうだ。

夢を見るにはまだ早い。

わたしは、あなたは、生き抜かねばならない。なにを砕こうとも、生きてゆかねばならない。

「……ごめん」

ナツイは、花をさしだす犀利の腕をやんわりと押しやった。「これはもらえない。わたしは、砕かなきゃいけない」

「そうか」

幻の犀利が寂しそうに微笑む。ナツイは顔をゆがめた。

「ごめん」

涙が落ちる。頬を伝ってあとからあとから落ちてゆく。犀利が好きなのだ。助けを求めるナツィの手を取ってくれたひと。ナツィを心から愛してくれたひと。一生かけて守りたかったひと。

なのに、心に抱いた石が照らすさきに、犀利はもういない。

「いいんだよ、ナツィ」と大きな手が髪を撫でてゆく。「それがあんたの道だ。あんたはきちんと選んでいける。硬い石を抱えて突き進めるし、砕いて形を変えさせることもできる。俺は、そんなあんたが大好きだよ。ずっとあんたの幸せを祈ってる」

ありがとう、とナツィはぼろぼろと泣きながら、波墓の神石を握りしめた。別れの言葉を口にした。

「さよなら、犀利」

夢が消えてゆく。眩《まぶ》しい阿多骨の里の景色も、幼子の笑い声も、犀利の笑みも。

――さよならじゃない。

どこからか声がした。

――俺はいつもあんたのそばにいる。とっくに気がついているだろう？

犀利が笑ったような気がした。

ナツィは目をひらいた。

夢が失《う》せたさきには、変わらぬ窟が広がっている。白い花畑に一筋の光が落ちかかっている。白髪金眼の神は、黒き石の腕を這《は》わせてナツイを搦《から》め捕ったまま、放心したようにナツイを見つめていた。

だがそんなもの、どうでもよかった。

ナツイは波墓の神石を握りしめ、天に掲げて叫んだ。

「なにを砕いても、わたしたちを生き延びさせろ！」

手の内で、神石は鋭い閃光《せんこう》を放った。咲き誇っていた一面の白い花々が波うつようにその色を碧《あお》く変え、わっと散って宙に舞いあがる。石神の黒き腕が霧散して、代わりに波墓の碧が窟を染め尽くしていく。

その碧に囲まれ、ナツイは叫ぶ。

「維明！」

維明は夢から醒めたようにはたと顔をあげ、ナツイを見た。

そして猛然と立ちあがった。

「させぬ」痣黒の石神はナツイの首に摑みかかる。「お前はわたしのものだ」

血走った眼で首を摑まれ、ナツイはあえいだ。神の指先から、針が暴れるような激しい痛みが入りこみ、身体を侵してゆく。ナツイの身体を無理やり乗っ取ろうとしている。

負けるものか。ナツイは遠のく意識をかき集める。

諦《あきら》めた瞬間、永遠に自分を失う。そんなのは嫌だ。生き延びねば！

霞《かす》む視界の端で、維明が太刀を拾いあげた。勢いつけて、背後から石神の首めがけて振りおろす。首が飛ぶ。神の腕がナツィを手放す。

そして維明は叫んだ。

「ナツィ！」

なにを託されたのかはわかっていた。ナツィは碧の花弁が舞う中へ手を伸ばす。淡く輝く『石砕きの刀』を摑み取る。

握りしめ、石神の胸の中央で光る痣黒の神石へと、渾身《こんしん》の力で突きたてた。

つんざくような叫び声が、胴体を離れた神の口から放たれる。ナツィを神石から引き剝《は》がそうと、霧散していた黒が再び形をとり、背後から蠢《うごめ》く腕となって襲い来る。

だがナツィは揺らがなかった。全身の重みをかけて刀を押しこむ。刀の白と石の黒、そして碧が入り混じる。神石の表面に割れ目が走っていく。それはみるみる広がって、激しい漆黒の閃光を放って、視界を黒に侵してゆく。

それでもいっそう力を込めたとき――ふいに漆黒に吞《の》まれた窟のうちに、玻璃《はり》の割れるような音が響いた。

瞬間、閃光も、神の絶叫もぱたりと消えた。

神石は、あっけなく砕け散った。

黒を帯びた光の破片が舞いあがる。驚き顔をあげたナツィと維明を取り囲む。そして最後の輝きとばかりに虹色《にじいろ》にきらめいて、静かに光を失い消えていった。

ナツイはしばし、その美しさに見入っていた。

やがて自分の胸に目を落とす。

波墓の神石を手に取って、声もなく維明に向き直った。

維明が静かにうなずいた。ナツイはゆっくりと腕を伸ばし、落ちかかる光芒《こうぼう》へ波墓の神石を掲げる。石はひときわ強く波墓の色に輝くと、さらさらと崩れ落ち、砂となってナツイの掌《てのひら》から去っていく。碧の花弁と交じり合い、きらめき、落ちかかる光のあわいに解《ほど》けていく。

「またいつか」

ナツイは虚空へつぶやいた。

終章

脊骨の山脈の麓《ふもと》から白骨の色が去ったころ、のどかな春の日のことである。

ナツイと維明は、痣黒の里の裏手にある端山を黙々とのぼった。途中の林には、白い花弁を揺らした神北草が咲き乱れ、神北の地にも春がやってきたのだと高らかに告げていた。山椒喰《さんしょうくい》の明るいさえずりが遠く聞こえる。柳の新芽が眩《まぶ》しく輝き、風に揺れる。

ナツイは、阿多骨の里の麓に広がるくさはらを思い出していた。あの美しい丘も、今ごろ花に埋め尽くされているのだろうか。いつか誰かが、再び明るい声を響かせるのか。

端山の頂《いただき》のほど近く、ひときわ大きな榎《えのき》の枝によじ登ると、眼下がよく見渡せた。雲ひとつない青い空に狼煙《のろし》があがっている。すぐそばの端山の麓と平野のなかほど、二箇所でそれぞれ三連の狼煙が焚《た》かれていた。三本の白線がまっすぐに空へ昇っては消えをくり返す。濡《ぬ》れた布を煙に被《かぶ》せては除《の》けて、合図を送りあっているのだろう。

麓の狼煙のほうは、鎮軍の生き残りがあげたものだった。

高官の多くを失った鎮軍は、髑髏の谷で死んだ輩《ともがら》の弔いをすませると、治安の維持に専念した。略奪も、虐殺も行わなかった。

もっともそれは、鎮兵や率いる将が高潔だったからとか、朝廷の命をおとなしく待ったからというよりは、いっときだけ姿を現し、そして忽然《こつぜん》と姿をくらましてしまった

『鎮守将軍維明』の目を意識しているからではないかとナツィは思っていた。

もう一方、六連の平野の彼方《かなた》からあがる狼煙の袂《たもと》には、黒い粒が数え切れないくらいに集まっている。

ひとつひとつの粒は征討軍の軍士だ。征北大将軍に任じられた雪下宮は、維明とナツィが去った数日後には都を出発し、東国の軍団を率いて東の城柵《じょうさく》に入ったという。

だが。

「征討軍は、帰っていくよ」

ナツィは新緑の草原を遠く眺めた。黒い塊はゆっくりと遠ざかっていく。大軍は、結局戦らしい戦を行わずに戻るのだろう。

「ここに居続ける意味はないからな。鎮軍は『鷲』の戦人をほとんど殺してしまったし、痣黒は滅んだ。エツロを担ごうとしていた諸部族も知らないふりを決めこんでいるとなれば、わざわざ戦をする意味もない。表向きは俺の仇《かたき》を取ったと浜高に花を持たせ、実際はおおよそ浜高とエツロの癒着による争いに、『鷲』が絡むも合い討ちとなってみな負けた、そう処理して収める心づもりだろう。雪下宮は無駄が嫌いな男だ」

「そっか。じゃあ、ひとまずはよかった」

神北に一なる王は立たなかった。エツロが死に、『鷲』が壊滅した今、諸部族は道を失っている。それでも、すくなくとも今このときは、神北のすべてが巻きこまれた大戦《おおいくさ》は起こらなかった。

神北は、守られた。

——それで許してもらえるとは思わないけれど。

ナツイは髑髏の谷のほうへ目を向けた。

死兵にされた人々や『鷺』と痣黒の民の亡骸《なきがら》は、ナツイと維明、そしてグジで弔った。髑髏の谷へ落ちていった死兵がみな砂へ戻っていっても、グジだけは生きていたのだ。しかしグジはもう、『鷺』を裏切ったナツイも、宿敵だった維明すら殺そうとはしなかった。

痣黒の神石を失い、かつての『鷺』の仲間も、痣黒の人々をも失ったグジは、自分の心に残った理想の夢を、ナツイや維明に託すことにしたようだった。そしていつか自らを生かしている権能が薄れて砂に戻るまでは、髑髏の谷に残ってみなの供養をするという。

それで三人で、死した人々の弔いをした。糸彦の骨は、維明の身を助けた早蕨刀《さわらびとう》とともに髑髏の谷に葬った。シキやモセ、エツロや痣黒の人々、かつての戦友、死兵たちも同じく。

みなの魂は今度こそ、維明やナツイ、愛《いと》しい人々の中に還《かえ》っていっただろうか。

「だけど、あなたが生きているって朝廷にもばれてしまったな」

都から漏れ伝わる噂ははじめ、矛盾したふたつのものがあった。維明は処刑されたというのと、生きていて雪下宮が匿《かくま》っているというもの。

しかしあの日髑髏の谷で戦った鎮兵たちは、確かにさきの鎮守将軍に檄《げき》を飛ばされたわけで、維明が生きて、しかも神北に隠れているとは早晩誰もが知るところになる。

朝廷は維明を捕らえようとするだろうか。沙汰《さた》から逃げた罪人として。

「どうせ雪下宮は気がついていただろうから今さらだ。それよりも……」

と維明は小さな声でつぶやいた。

「悪かった。俺が考えなしに突っこんだから、あんたに波墓の神石を使わせてしまった」

「いいんだよ」

ナツイは精いっぱいに強がって、大きく伸びをした。「いつから痣黒の石神に夢を見せられていたかなんて、わたしもあなたもわからないんだ。それに」

それに。

「これでよかった。神北には、あなたが必要だ」

それは、ナツイの偽らざる本心だった。

征討軍は去り、痣黒の神石は砕かれた。しかしすべてが終わったわけではない。朝廷は支配の手を緩めない一方で、朝廷に叛旗《はんき》を翻した誇りある『鷲』と、その首領であるシキの武名は神北中に轟《とどろ》いてしまった。誰もが『鷲』の残党が、まだどこかで生きていると思っている。シキという王の石を継ぐ者がいつか再び立ちあがり、神北と、自分を救ってほしいと願っている。痣黒と『鷲』の、エツロとシキの目指した理想の夢は燻《くすぶ》り続ける。

そして必ず、再び燃えあがる。

ある意味ナツイたちは、問題を先送りしたにすぎないのだ。だとすれば、強い思いを持って挑み続ける者が神北には必要だった。

つまりは、維明が必要だった。

「そうだろう?」

まっすぐに問いかけるナツイに、維明もまた顔を向けた。決意を滲《にじ》ませ、口をひらいた。

「ナツイ」

「うん」

「俺は、一なる王を目指す」

「神北に安寧をもたらす者を、だな」

そう言ってくれると思っていた。

「そうだ。正直に言えば、俺は自分が正しかったのか、それともエツロやシキが正しかったのか判じられない。今も答えは見えない」

神北を侵す朝廷と正面からぶつからず、穏やかに取りこまれてゆくべきか。

それとも滅びを覚悟してでも、神北の誇りを守って戦うべきなのか。

「だがすくなくとも、シキとエツロが正しかったことがひとつだけある。この神北には一刻も早く、神北の意思をまとめあげ、四方の朝廷と渡りあえる一なる王が必要なんだ。

勝ち目のない反乱を起こすわけではなく、かといって諾々と従うわけではなく、我らの守るべきものを守り、相手と駆け引きできる王が」

そのために、と維明は、自分の首に大珠としてかけた白い石に手を添えた。

「俺はこの主《あるじ》なき神石を持って北へ向かう」

それは波墓の二子石から分かたれて、シキによって『鷺』の神石と変えられ、そして髑髏の谷へ落ちていった神石だった。

そのなれのはてだった。

石神を屠《ほふ》ったあと、ナツイと維明は髑髏の谷へ戻った。そして崖《がけ》を転がり落ちた『鷺』の神石を捜した。

それはせりだした岩の隙間にちょうど挟まっていた。禍々《まがまが》しい青黒い光はすっかり失《う》せて、かつてと同じく白い翡翠《ひすい》とまったく見分けがつかない姿で、かろうじて岩の端にひっかかっていた。主なき神石として眠りについていた。

そこに『なにを曲げても生きる』なる石が注がれている証《あかし》は、うっすらと刻まれた枯れ櫻の印のみ。

そんな石を維明は拾いあげ、大珠として胸に納めたのだった。

「脊骨の山脈の果て、玉懸の地にこの神石を携えていって、そこで改めて俺の石を注ぎ、俺の神石とする」

玉懸の地は、神石が生まれた地。神石に注がれた思いを刻み直すことのできる地。

「あなたは玉懸で、シキが刻んだ思いと印を流してしまうつもりなんだな。そしてまっさらな神石に、また波墓の石を注ぐんだな」

なにを砕いても生き延びる。

そんな部族の石を再び掲げて、一なる王を目指そうというのか。

「でも、他の部族の神石はどうするつもりなんだ。予言どおりを目指すなら、一なる王が立つには他の神石は砕かなければならないはずだ」

「もちろんそうなる。いずれはこの石を除いてすべてを砕くことになるだろう」

「……どうやってだ」

『石砕きの刀』を持っている維明ならば、誰ひとり殺さずとも他の神石を消すことはできる。ただ、神石という強烈な器を突然失った部族がどうなってしまうのかはわからない。結局多大な犠牲が生まれるのではないか。

「心配しなくていい。あくまで俺の石と、その石を掲げる俺自身に行く末を預けてもよい、そう思ってもらえるように説得するつもりだ。神石を砕くとしても、相手の納得のうえで砕きたい」

維明は強い視線を平野の彼方へ向けている。

「石とは理念にすぎない。扱う者により、よいものにも悪いものにもなる。だから諸部族に、ただ俺の掲げる石の素晴らしさを説くだけではだめで、王となる俺自身を受けいれてもらわねばならない。俺を信頼して、従うべしと思ってもらわねばならない」

『維明こそ王である』という石を心に抱いてもらわなければならない。

「王の石ってやつだな。うん、あなたにはそれを抱かせる力がある気がするよ」

鎮兵たちが鎮守将軍の檄を耳にするや奮いたったように、いつか神北の人々は、王となった維明の言葉に未来を見いだすのかもしれない。

「そう言ってもらえてほっとした」

と維明は一瞬、犀利のような顔ではにかんだ。

「どういたしまして」ナツイは笑った。「とすると、あなたは玉懸にゆくがてら、今も残っている『十三道』の里にも寄っていくわけだな」

維明はうなずいて、それからすこし、言いよどんだようにナツイを見つめた。

「……あんたはこれからどうする」

「わたし？　そうだなあ」

とナツイは青空を仰いだ。「とりあえずは、自分が誰だったのかを調べてみようかな。『若』の弔いもちゃんとしたいし、わたしに変な石を植えつけた父の素性も気になるし」

「そうか」

維明は目を伏せる。沈黙が満ちる。それではな、と今にも別れを告げられる気がして、ナツイは息を吸った。勇気を出して告げた。

「でも、もしよかったら、王を目指す旅に一緒に連れていってくれないか？」

視界の端で、維明が驚いたように顔をあげるのがわかる。

ナツィは勢い続けた。

「こんなことを言うと怒られるかもしれないけど……やっぱりわたしは、神石なんていらないんじゃないかって考えているんだ。光差す窟《いわや》ですこしだけ石神と喋《しゃべ》ったんだよ。そして神石っていうのは、ものすごく恐ろしいものだって思った」

「……その一面がおおいにあるのは認める。エツロさえ、痣黒の神石の権能に理想の夢をくり返し見せられているうちにおかしくなった」

「神石を利用してるつもりで、輝きに呑《の》みこまれていたんだな」

他の人々も同じだったはずだ。神石がもたらす結束に甘んじ、熱狂に浮かされ、判断を間違っていく。ひたすら尖《とが》り続ける頑《かたく》なな石たちに心を支配され、他の石をすこしも受けいれられず、排除しはじめる。石神に、神石こそが至高の石だと証《あか》すための手足として使われて、結局は破滅に突き進んでいく。

「だとしたらやっぱり、本来は神石なんてあがめ奉るのは間違っているんだ。わたしたちは自分自身で抱くべき石を、進むべき道を定めなきゃならない。神石に守られ心地よくなって、石を砕けず変えられず、権能を使っているつもりが使われているようなことなんて、もう二度とあってはならないんだ」

維明は神妙な顔をしている。当然だろう。ナツィは今、維明も、『十三道』のありかたも否定している。

もちろん、とナツィは付け加えた。

「一刻も早く王が立つには、神石が与える結束が無視できないのはわかってるよ。だからわたしは決めたんだ。まずは、あなたが一なる王になる手助けをする。わたしだって神北を守りたいんだ。幼子を、戦えない者を守りたい。もう二度と、イアシみたいな生き方を選ばされる子どもが生まれないようにしたい。モセが苦しんだ世の理不尽だって変えなきゃいけない」

生き延びたからこそ、無念の死を迎えた魂の思いを背負っていきたい。あなたがたの苦しみを忘れない。同じ目に遭う者は二度と生みださない。維明が王として立ったとき、そう胸を張って伝えられるようにしたい。死者の魂に報いたい。

「そしてあなたがめでたく最後の神石を持つ一なる王として、神北に安寧をもたらした暁には――」

胸に手を置く。自らの心のうちで輝く石の光を感じる。

「その暁にはどうか、あなたの持つ最後の神石を砕かせてほしい。あなたほどの人が王ならば、神石になんて頼らなくてもこの地を率いていけるはずだ」

そのときこそ神北に、真の意味で安寧がもたらされるはずなのだ。

「もちろん、無理強いはしないよ。砕きたくないというのなら理解するし、そもそも、もし、その」

ナツイは急に自信がなくなった。

「もしわたしになんて一緒に来てほしくないのなら、また別の道を――」

ふいに『石砕きの刀』をさしだされ、目をみはった。

「……これは」

「この刀はあんたに譲る。『なにを砕いても生き延びる』という波墓の石を、そしていまや『神石を砕く』という石をも硬く心に抱えるあんたこそが、受け継ぐべきものだ」

「でも」

「俺が王となった暁には、あんた自身がこの短刀で、俺の神石を砕いてほしい」

それまで、と維明はひと息に言った。

「そのときまで、俺と来てくれないか」

深い碧《あお》に彩られた瞳《ひとみ》が、揺らがずナツィを見つめている。

互いの心の石が、瞳の向こうで輝いている。

その輝きを目にして、おのずとふたりは理解した。今この瞬間、ナツィが維明をどう想い、維明がナツィをどう想っているのかを。

そのうえで気がついていないふりをした。口に出すには、失ったものがあまりに多すぎる。

だから代わりに約束を交わした。

「わたしはまた石に頑なに囚《とら》われて、自分自身を見失うかもしれない。そうしたら教えてくれるか。首を刎《は》ねてでもとめてくれるか」

「もちろんだ」と維明は約束してくれる。「俺こそもし、『神北へ安寧をもたらすために王になる』という石を忘れて道を踏み外すようなら、その刀で粉々に砕いてくれ」

「わかった、約束する」

ナツイは証《あかし》のごとく、胸に『石砕きの刀』を押し当てた。

ただただ大珠を握りしめていたころとは違う石が、自分で選んだ石が、心に息づいているのがわかる。

石はこれからも姿を変えてゆく。育っては削られてをくり返し、輝きを増してゆく。

願わくはそのさきに、穏やかな未来がありますように。

わたしの、犀利の、維明の願いが叶《かな》いますように。

いつの間にか狼煙《のろし》の白は失《う》せていて、ふたりは榎《えのき》の枝から地におりた。空は青く広がっている。

「よし、そうと決まったら行こうか！」

ナツイは『石砕きの刀』を腰帯に差すと、軽やかに山をくだりはじめた。

「どこへゆく」

「それはまあ、歩きながら考えよう。わたしは考えるまえに動くほうが得意なんだ」

「そういうのを、ものの本には『せっかち』と書いてある」

苦笑している横顔に思う。このひともいつか、心の底から笑えたらいい。もうひとりの自分と同じように、屈託のない明るい笑みを浮かべられたらいい。

きっと叶うはずだ。ふたりはまったく別の男というわけでもないのだから。

とさりげなく振り返った。「これからあなたをなんと呼べばいい？　維明だと、不都合も多いだろうし」

「好きに呼んでくれ」

「そっか。じゃあ」と大きく息を吸う。「サイリと呼んでもいいか？」

驚いた顔をした維明は、やがて綻《ほころ》ぶように頬を緩めた。

「なあ」

本書は書き下ろしです。
本文デザイン／青柳奈美

蒼碧《そうへき》の孤将《こしよう》

神石《かみいし》ノ記《き》2

奥乃桜子《おくのさくらこ》

令和7年 1月25日　初版発行

発行者●山下直久

発行●株式会社KADOKAWA
〒102-8177　東京都千代田区富士見2-13-3
電話　0570-002-301（ナビダイヤル）

角川文庫 24496

印刷所●株式会社暁印刷
製本所●本間製本株式会社

表紙画●和田三造

●お問い合わせ
https://www.kadokawa.co.jp/（「お問い合わせ」へお進みください）
※内容によっては、お答えできない場合があります。
※サポートは日本国内のみとさせていただきます。
※Japanese text only

ISBN 978-4-04-115648-3　C0193

◇◇◇

角川文庫発刊に際して

角川源義

第二次世界大戦の敗北は、軍事力の敗北であった以上に、私たちの若い文化力の敗退であった。私たちの文化が戦争に対して如何に無力であり、単なるあだ花に過ぎなかったかを、私たちは身を以て体験し痛感した。西洋近代文化の摂取にとって、明治以後八十年の歳月は決して短かすぎたとは言えない。にもかかわらず、近代文化の伝統を確立し、自由な批判と柔軟な良識に富む文化層として自らを形成することに私たちは失敗して来た。そしてこれは、各層への文化の普及滲透を任務とする出版人の責任でもあった。

一九四五年以来、私たちは再び振出しに戻り、第一歩から踏み出すことを余儀なくされた。これは大きな不幸ではあるが、反面、これまでの混沌・未熟・歪曲の中にあった我が国の文化に秩序と確たる基礎を齎らすためには絶好の機会でもある。角川書店は、このような祖国の文化的危機にあたり、微力をも顧みず再建の礎石たるべき抱負と決意とをもって出発したが、ここに創立以来の念願を果すべく角川文庫を発刊する。これまで刊行されたあらゆる全集叢書文庫類の長所と短所とを検討し、古今東西の不朽の典籍を、良心的編集のもとに、廉価に、そして書架にふさわしい美本として、多くのひとびとに提供しようとする。しかし私たちは徒らに百科全書的な知識のジレッタントを作ることを目的とせず、あくまで祖国の文化に秩序と再建への道を示し、この文庫を角川書店の栄ある事業として、今後永久に継続発展せしめ、学芸と教養との殿堂として大成せんことを期したい。多くの読書子の愛情ある忠言と支持とによって、この希望と抱負とを完遂せしめられんことを願う。

一九四九年五月三日

角川文庫ベストセラー

火狩りの王
〈一〉春ノ火

日向理恵子

最終戦争後の世界。人類は火を扱えない病に冒され、炎魔という獣を狩る者は〈火狩り〉と呼ばれていた。火狩りに命を助けられた少女と、首都で暮らす少年。2人の人生が交差する時、新たな運命が動き出す。

火狩りの王
〈二〉影ノ火

日向理恵子

首都に辿り着いた灯子は、自身を助けた火狩りの家族を探す。煌四は火狩りに同行し、思いもよらない残酷な光景を目にする。様々な思惑が渦巻く中、首都には〈蜘蛛〉と呼ばれる者による反乱の時が迫っていた。

火狩りの王
〈三〉牙ノ火

日向理恵子

首都に侵入した炎魔を食い止めた灯子達。しかし〈蜘蛛〉の進攻は静かに始まっていた。更に燠火家の娘・綺羅にも神族の魔の手が迫る。それぞれが戦いへと動き出す中、ついに千年彗星〈揺る火〉が帰還する。

火狩りの王
〈四〉星ノ火

日向理恵子

神族の力で黒い森に戻されるも、灯子たちは再び神宮を目指して動き始めた。はたして彼らは願い文を姫神に届けることができるのか。千年彗星〈揺る火〉が最後に下した決断とは？　シリーズ堂々の完結作！

火狩りの王
〈外伝〉野ノ日々

日向理恵子

機織りの村で突然、村の守り神が姿を消した。少年が手にした手紙には思いがけない事実が記されていた——。「火狩りの王」本編で活躍した「彼ら」の過去と未来を描いた短編に、旧世界の物語も収録した外伝。